依蓝戴盆地 & 北蛮苦之地

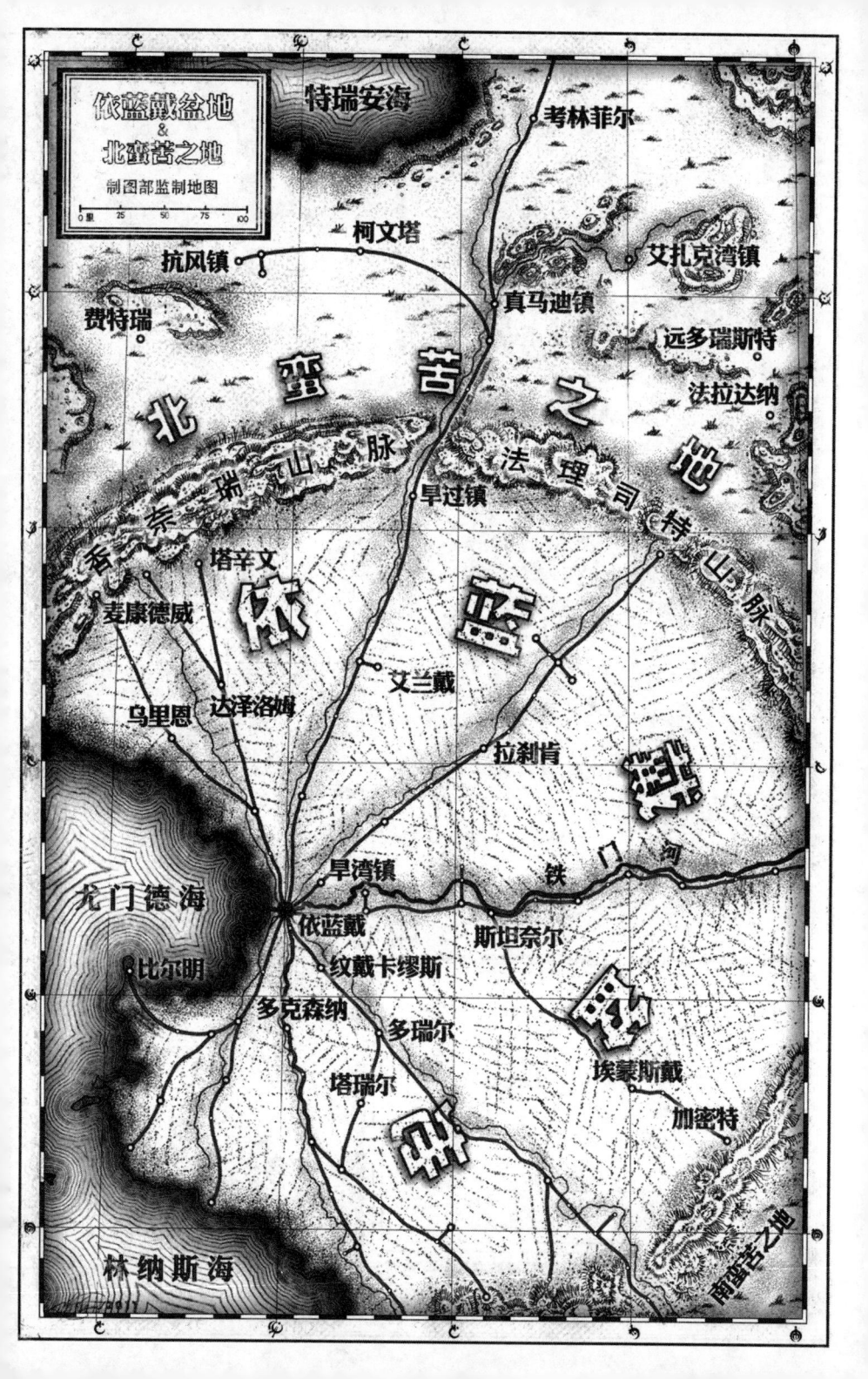

制图部监制地图

0 里 25 50 75 100

特瑞安海

考林菲尔
柯文塔
抗风镇
艾扎克湾镇
费特瑞
真马迪镇
远多瑞斯特
法拉达纳

北蛮苦之地

香奈瑞山脉
法理司特山脉
塔辛文
旱过镇
麦康德威
依蓝戴
乌里恩
达泽洛姆
艾兰戴
拉刹肯

尤门德海

旱湾镇
铁门
依蓝戴
斯坦奈尔
比尔明
纹戴卡缪斯
多克森纳
多瑞尔
埃豪斯戴
塔瑞尔
加密特

林纳斯海

南蛮苦之地

依蓝戴城

及周边地区地图

**制图部
于341年勘测绘制**

哈姆德海湾

第八八分区

七八区运河

城七八分区

第六八分区北区

第六八分区

五六区运河

第五八

参考图示

———	道路	▬▬▬	铁路
------	地下铁路	▰▰	火车站
⬛	码头	▨	街区
⬛	公园	⬜	农田

每里长度标示

0　1/4　1/2　3/4　1里

本平面图以里为计量单位

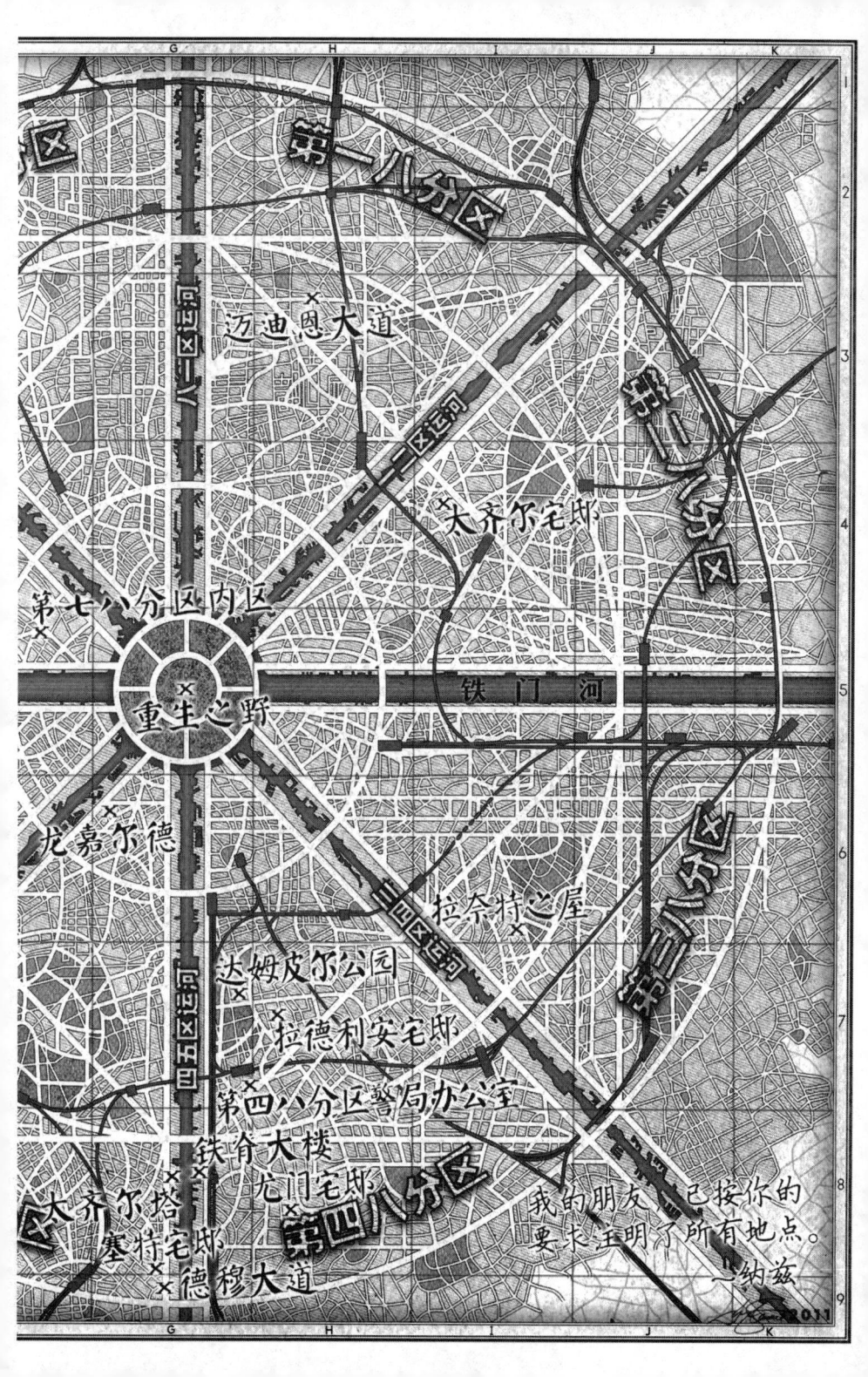

第一八分区
第二八分区
第三八分区
第四八分区

迈迪恩大道
一区运河
太齐尔宅邸
第七八分区内区
重生之野
铁门河
龙嘉尔德
拉奈技之屋
三四区运河
达姆皮尔公园
拉德利安宅邸
第四八分区警局办公室
铁脊大楼
太齐尔塔
尤川宅邸
塞特宅邸
德穆大道

我的朋友，已按你的要求注明了所有地点。
——纳兹

致约书亚·比姆斯

感谢他总是直言不讳地向我指出每本作品的不足之处，无论有多少人放弃，他都会为那些作品奋斗不懈。

鸣　谢

我是在2006年向我的编辑提出了撰写"后时代迷雾之子"系列小说的想法的。长久以来，我都在为这几本书的发生地——司卡德瑞尔做着这样的酝酿。我希望能摆脱奇幻世界的静止构想，在那些世界里，即便已过千年，技术仍然不会有任何改变。当时我计划撰写第二套史诗三部曲小说，时间设定在都市时代，第三套三部曲小说则发生在未来——贯穿全书的主要线索是镕金术、藏金术与血金术。

这本书并不是续作三部曲中的一部分，而是外篇，是在我构想世界该如何发展时，意外衍生出的一个令人兴奋的故事。向读者们讲述这些，是为了解释我不可能把多年来所有帮助过我的人全都一一列数出来。相反，我所能做的只是向帮助我完成这一本特定作品的伟大伙伴们逐一致谢。包括参与内部试读的读者，以及我的经理人——约书亚·比姆斯，还有我的编辑——摩西·费德。我特别要将这本书献给约书亚。他凭借专业性，比任何在我创作组之外的人都更早地给予我的作品信任，堪称是我的良师益友。

此外，还要感谢我创作组中的成员们：伊桑·斯卡斯特德、丹·威尔斯、埃伦与珍妮特·雷顿、凯琳·佐贝尔、凯伦·奥斯龙、本与丹尼尔·奥尔森、乔丹·桑德森还有凯瑟琳·多尔西。最后，当然还有我形影不离的彼得·奥斯龙——我的助手兼好友，一人包办了与我写作事业有关的重要工作内容，我对他的谢意难以言表。

还要感谢托尔出版社的艾琳·加洛、贾斯丁·格伦伯克、特里·麦加利和许多无法一一致谢的伙伴们——从汤姆·多尔蒂到营销团队的成员们。谢谢你们所有人的出色工作。此外，我要再次向保罗·史蒂文斯致以特别的谢意，感谢你不厌其烦地为我提供帮助和解答。

还有包括杰夫·克里尔和多米尼克·诺兰在内的参与外部试读的读者们。特别要感谢多姆在武器与枪械方面帮了我大忙。如果你在枪支方面有什么问题的话，问他就对了。

我特别邀请克里斯·麦格拉斯为本书绘制了优美的封面，因为《迷雾之子》平装本的封面也出自他手。本·麦克斯威尼和艾萨克·斯图尔特为这本书绘制了插画，他们在《王者之路》上的作品实在是让人眼前一亮，精彩的绘画技巧有增无减。本还为 Crafty Games 开发的《迷雾之子》RPG 游戏绘制了同样精彩的原画，打开 crafty-games.com 网站一探究竟吧。如果你对卡西尔早年的故事感兴趣，这款游戏更是不容错过。

最后，我想要再次感谢我伟大的妻子艾米丽，感谢她的支持、评论与爱。

序　言

瓦克斯屈膝沿着参差不齐的栅栏前行，靴子刮擦着干燥的地面。他将史特里昂36型手枪举到头边，银色的长枪筒上覆满了红色的黏土。这把转轮手枪外观平平无奇，但可供装填六发子弹的枪膛与钢铁合金框架拼装得严丝合缝。金属本身不会发光，握柄处也没有使用什么特殊材料，却与手掌契合得恰到好处。

齐腰高的栅栏显得很是脆弱，木头因年久而变灰，由磨损的绳索绑缚在一起，散发着岁月的气息，甚至连虫子都在很久之前就放弃了这些木头。瓦克斯的目光越过变形的木板，扫视着空旷的城镇。蓝色的线条在他的视野里盘旋，从胸口向外延伸，指向附近的金属源，这是他使用镕金术的结果。燃烧钢会产生这种作用，让他看到金属源的位置，再根据需要做出"推"的动作，用他的体重对抗那件金属物体本身的重量——如果金属物体比他重，他会被往后推；反之，则物体会被向前推出。

但在眼前这种情况下，他没有推。他只是观察着这些线条，看看有没有哪块金属在移动。结果是否定的。用来加固建筑物的铁钉，散落在尘土中的弹壳，寂静铁匠铺里堆满的马蹄铁——所有这些都像在他右侧的那台老式手动泵那样一动不动。

瓦克斯保持着警惕，也选择纹丝不动。钢继续在他胃里舒服地燃烧着，以防万一，他轻轻以自己为中心朝各个方向往外推。早在几年前他就掌握了这个技巧，不用推任何特定的金属物件，而是在身体周围制造出一个类似防御圈之类的东西。任何朝他所在方向飞来的金属都会略微偏离既定轨迹。这一招并非万无一失，他仍有被击中的可能，但子弹会失去准头。这曾在好几次紧要关头救过他一命。他也不知道是如何做到的，镕金术对他来说通常是直觉使然。他甚至能做到不让随身携带的金属受到影响，不会把枪从自己手里给推出去。

之后，他继续沿着栅栏前行——仍然注视着金属线条，确保没人偷偷近身。费特瑞镇曾经很繁荣。那是二十年前的事了。自从某个克罗司部族在那附近定居下来，那里的情形便每况愈下。

今天，这座死城看起来空无一人，虽然他知道事实并非如此。瓦克斯来这里是为了追猎一个杀人狂魔，而且来的人不止他一个。

他抓住栅栏顶端，一跃而过，双脚把红色黏土踩得嘎吱作响。他蹲下身子，弯着腰小跑到老铁匠铺的锻炉边。他的衣服上沾满了灰尘，但仍能看出裁剪得体——那是一件精致的西装，领口处系着银色领结，里面是一件体面的白衬衫，袖口闪闪发亮。这身行头在此刻显得很不合宜，就好像他打算前去出席一场依蓝戴的上流舞会，而不是在这样一座蛮苦之地的死城里追击一名凶徒。除此之外，他还特地戴上了一顶圆顶礼帽来遮阳。

他听见一处响动，有人在街对面踩到了一块木板，发出咯吱声。很轻，他差点没听见。瓦克斯立即做出反应，胃里的钢骤燃而起。在枪声冲破空气的一瞬间，他推出身旁墙壁上的一排钉子。

这一下来得突然，整个墙壁都晃动起来，锈迹斑斑的铁钉被推得弯曲变形。瓦克斯随着钢推倒向一侧，在地上打了个滚。眨眼间出现了一条蓝线——那发子弹击中了他前一秒所在的位置。在他起身时，又一发子弹接踵而至。眼看就要击中，却在靠近时偏转了些许。

子弹被他的防护罩弹开,从耳畔呼啸而过。倘若偏右一寸,他必定会被射穿眉心——有没有防护罩都一样。瓦克斯平静地呼吸着,举起史特里昂,辨识出子弹就是从街对面那间老旅社的阳台上射过来的。阳台的正面被旅社的招牌给挡住了,恰好能让枪手藏身。

瓦克斯开枪,接着钢推子弹,用额外的推力使它飞得更快,穿透力也更强。他用的不是常规的铅制或铜壳包铅的子弹,他需要更强力的弹药。

大口径的钢壳子弹击中了对街的阳台,附加力使子弹击穿了招牌,打中了藏在后面的枪手。随着那人应声倒地,与他的枪相连的蓝线也不停颤动。瓦克斯慢慢站起身,抖掉衣服上的尘土。在那一瞬间,又有一发子弹凌空而过。

他咒骂一声,反身朝墙上的铁钉再次钢推,尽管直觉告诉他为时已晚。听见枪声再借助钢推助力根本就来不及。

这次他被反作用力击倒在地,钢推的力量必须释放出去,要是铁钉不动,那动的就只能是他。他举起转轮手枪,发出一声低哼,汗涔涔的掌心里粘满尘土。他发疯般地寻找,看是谁在开火。对方没能得手,说不定是防护罩——

一具尸体从铁匠铺的房顶上滚落到地面,扬起红色的尘埃。瓦克斯眨眨眼,接着把枪举至与胸齐平,再次躲到栅栏后面,蹲下寻求掩护。他留意着那些蓝色的镕金术线条。要是有人靠近,那些线条会对他发出警告,但前提是那人身上必须携带或穿戴金属才行。

摔落在建筑物旁边的尸体并没有出现与之相连的蓝线。然而,却有另一组颤动的线条指向某个沿着锻炉背面移动的东西。瓦克斯看见有个人影正在从建筑物的侧面朝他跑来,于是连忙举枪瞄准。

那个女人身穿一件白色的曳地大衣,下摆已被染红,一头乌黑的秀发向后束成马尾,下身穿着长裤,腰间系一根宽大的腰带,脚踩厚皮靴。她的脸型方正,五官凌厉,右嘴角微微上翘,一副似笑非笑的模样。

瓦克斯如释重负地吐出口气，放下枪。"蕾西。"

"你又把自己撞倒了？"蕾西走到他用作掩护的栅栏边上，"你把自己搞得灰头土脸的次数简直比迈尔斯皱眉的次数还多。也许是时候退休了，老家伙。"

"蕾西，我才比你大三个月。"

"那可是漫长的三个月。"她探头往栅栏外面看，"看见别的人了吗？"

"我丁掉了一个阳台上的人。"瓦克斯说，"看不出是不是血手谭。"

"不会是他，"蕾西说道，"他不会从那么远的距离之外对你开枪。"

瓦克斯点点头。蕾西说得没错，谭喜欢贴身近战。要是让那疯子用枪，他会觉得可惜，谭很少用枪杀人，因为那样一来就无法看清楚对方眼中的恐惧。

蕾西环视着这座安静的城镇，做好了再行动的准备。她视线移向瓦克斯，突然垂了眼，目光闪烁，看向他的衬衫口袋。

瓦克斯顺着她的目光，发现口袋里的信封露出了一角，那封信是他今天早些时候收到的。寄信人来自那座宏伟的依蓝戴城，收信人是瓦克斯利姆·拉德利安大人。这名字瓦克斯多年没有再用，现在感觉已经十分陌生。

他将信封往口袋里塞了塞。这个动作在蕾西看来显得更加意味深长。他如今理应对那座城市全无眷顾，拉德利安家族即便没有他，也能自昌自盛。他真应该把那封信给烧掉。

瓦克斯朝倒在墙边的那个男人扬了扬下巴，想把她的注意力从信封上移开。"是你干的？"

"他身上有弓，"她说，"石质箭头。差点从高处用冷箭杀死你。"

"多谢。"

她耸耸肩，眼里闪烁着满意的光芒。拜蛮苦之地灼热阳光所赐，她双眼的眼角处如今也长出了皱纹。她和瓦克斯曾经想记录彼此谁救对方的次数更多，但早在多年以前就记不清了。

"掩护我。"瓦克斯小声说。

"用什么掩护?"蕾西问,"油漆还是香吻?反正你全身上下都是灰了。"

瓦克斯挑起一边眉毛。

"抱歉,"她愁眉苦脸地说,"我最近和韦恩打牌打多了。"

瓦克斯轻哼一声,弯腰跑向倒地的尸体,将他翻过来。那家伙长了副凶神恶煞的容貌,两颊上的胡须老长,胸口右侧的弹孔里鲜血直流。*我想我认得他*,瓦克斯一边在那人的口袋里翻找,一边暗想,他摸出一颗玻璃珠,色红如血。

他快步跑回栅栏边。

"怎么样?"蕾西问。

"是多纳尔的人。"瓦克斯说着将玻璃珠举给她看。

"混蛋。"蕾西咒骂,"他们就是要给咱们捣乱,对吧?"

"可你确实开枪打了他儿子,蕾西。"

"你打了他兄弟。"

"我那是自卫。"

"我也一样。"她说,"那孩子太惹人厌,再说他又没死。"

"少了根脚趾头。"

"要十根脚趾头有什么用?"蕾西说,"我有个表妹只有四根脚趾,不也活得很好。"她举起手枪,扫视着空旷的城镇:"当然,她看起来有点滑稽。掩护我。"

"用什么掩护?"

她露齿一笑,从掩护物后面闪身跑出,步履匆匆地向铁匠铺跑去。

和谐之主啊,瓦克斯嘴角带笑地想着,*我真爱这个女人。*

他观察着四周的动静,这时蕾西已经安全跑到建筑物旁,并没有枪声响起。瓦克斯朝她点点头,然后飞奔过街道,朝旅社跑去。他一个闪身,进去查看角落里是否藏着敌人。酒吧间里空无一人,于是他选择躲在门廊边寻求掩护,同时朝蕾西招手。她沿着街道另一侧跑向下一幢建筑物,进行检查。

是多纳尔的人。没错,瓦克斯开枪打了他兄弟——那人当时正在抢劫一辆轨道车。但据他所知,多纳尔并不在乎他兄弟的死活。不,多纳尔唯一在乎的是钱,那可能正是他出现在这里的原因。他给血手谭的脑袋开了高价,惩罚他偷取弯管合金货物的行为。多纳尔也许并没有料到瓦克斯会在同一天前来追猎谭,但他的手下一定接到了对瓦克斯或蕾西格杀勿论的命令。

瓦克斯有点想离开这座死城,让多纳尔和谭拼得两败俱伤。但这个念头让他眼角一阵抽搐。他承诺过要把谭抓住,不容有失。

蕾西从她所在的建筑物里朝瓦克斯挥手,然后指了指后方。她打算朝那个方向前进,到后面一排建筑物里一探究竟。瓦克斯点点头,打出个利落的手势。他要设法和韦恩还有巴尔取得联系,那两人到城镇的另一头巡查去了。

蕾西的身影消失了,瓦克斯在老旧的旅社里择路前行,走向一道侧门。他经过老鼠和人类混杂搭建的破败巢穴。这座城镇集聚恶棍的速度比狗身上生虱子还要快。他甚至经过一处地方,看上去曾有某个旅人在那儿用一圈石头在一片金属板上生了个小火堆。谢天谢地那蠢货没有把整座建筑烧成平地。

瓦克斯轻轻推开侧门,走进一条夹在旅社和旁边商店之间的小巷。先前响起的枪声很可能被人听见了,也许会有人出来看个究竟。最好还是别被发现的好。

瓦克斯踩着红色的黏土地,悄悄地绕到商店后方。这里的山坡草丛遍布,只有一处冰冷古老的地窖门口寸草不生。瓦克斯在周围绕了几步,然后停下,端详起这座木质结构的地洞来。

也许……

他跪在开口旁边,探头往下张望。这里曾经有架梯子,但早已腐朽得只剩下一堆破烂的木头碎块。空气里有股潮湿发霉的气味……还有残留的烟味。有人在这里点过火把。

瓦克斯向洞里掷出一枚子弹,接着纵身跳下去,掏出枪。在落地的同时,他填充了金属意识库,减轻体重。他是一位双生师——既是藏金术师,也是镕金术师。他所掌握的镕金术是钢推,而藏金术名叫飞掠者,可以用来增加或是减轻体重。这两种天赋堪称强大的组合。

他钢推下方的地面,使下落速度变慢,从而稳稳落地。随后,他将体重恢复到常态——或者说是对他而言的常态。他经常以四分之三的体重行动,这让他步履轻盈,反应迅速。

他在黑暗中摸索前行。寻找血手谭藏身之处的道路可谓漫长而艰难。最后,其他悍匪、流浪者和不幸者纷纷从费特瑞逃离这件事成为了主要线索。瓦克斯轻轻迈着步子,往地窖深处走去。这里的烟味更加浓烈,尽管光线愈发微弱,他还是在土墙边上发现了一处火堆。除了火堆之外,还有一架梯子,可供搬到入口处。

于是他停了下来。眼前的情景表明,不管是谁曾经在这个地窖里藏身——有可能是谭,也有可能是其他不相干的人——这个人现在还在里头。除非地窖有另一个出口。瓦克斯继续往前走了几步,在黑暗中眯起眼睛。

前方有光。

瓦克斯轻轻拉掉手枪的保险栓,从迷雾外套里拿出一个小瓶,用牙齿拔掉软木塞。他将瓶中混有钢的威士忌一饮而尽,补充体内的金属储量,随后骤燃钢。对……在他前方的隧道深处有金属。这地窖有多长?他原以为里面的空间会很狭小,但重重用来加固的木料则表明它比他料想的要深邃得多。更像是一处矿井的坑道口。

他往前爬,将注意力集中在那些金属线上。要是被人发现,肯定会给他来上一枪,不过金属本身会颤动,这让他有机会把武器从他们手里钢推出去。前方什么动静也没有。他往前溜,闻见潮湿发霉的泥土、菌类和即将发芽的马铃薯的气味。他靠近一抹闪烁的微光，四周静寂无声。金属线也没有抖动。

最后，他终于靠得足够近，分辨出紧挨墙壁的一根木梁上挂着一盏灯。在隧道中央还挂着个什么东西……是具尸体？绞死的？瓦克斯低声咒骂着，继续往前爬，谨防遭到陷阱的偷袭。那确实是一具尸体，但却让他感到大惑不解。乍看上去，像是被吊在那里好多年了。脑袋上的眼睛不见了，皮肤紧贴着骸骨。那尸体没有散发臭味，也没有肿胀。

他认出了这个人。他叫吉尔敏，是负责将信件从当地偏远村庄送往抗风镇的邮递员。至少那人身上穿的是他的制服，而且头发也是他的。他是血手谭的第一批受害者之一，正是这些人的消失，才让瓦克斯对他展开追击。那只是两个月前的事。

他被做成了木乃伊，瓦克斯心想。像皮革似的被处理风干。他感到一阵恶心——他以前偶尔会和吉尔敏坐下来小酌两杯，那人会在打牌时作弊，但还算是个好人。

吊挂的手法也不寻常。对方用线绳绷紧吉尔敏的双臂，好让它们朝两侧伸展，他的头部上翘，嘴巴张开。瓦克斯将视线从这可怕的一幕移开，眼睛抽动了几下。

小心点，他对自己说，别让他激怒你。集中精神。他有可能会回来把吉尔敏放下。这时候他绝不能出声。至少他知道自己找对了路。这无疑就是血手谭的老巢。

远处还有一抹光。这条隧道到底有多长？他走近那处光源，找到了另一具尸体，被吊挂在侧面的墙上。是安娜瑞尔，紧跟着吉尔敏失踪的客座地理学家。可怜的女人啊！她也以同样的方式被风干，身体以一种极为诡异的姿势被钉在墙上，仿佛她正跪着检视一堆石块。

另一团光吸引着他继续往里走。显然这并不是个地窖——可能是某种走私隧道，当年费特瑞繁荣时代的纪念品。那些古老的梁木一看就不是血手谭的作品。

瓦克斯又经过另外六具尸体，每具尸体周围都有提灯照明，无一例外地被摆成特殊的姿势。其中一具坐在椅子上，另一具被吊起，像在飞翔，还有几具则被钉在墙上。越往里走，尸体就越新鲜，最后那个人是在不久前才遭的毒手。他一只手摆出敬礼的姿势，身材瘦削，瓦克斯不认识他。

铁锈灭绝啊——瓦克斯心想。**这不是血手谭的老巢……明明是他的艺术展览馆。**

瓦克斯忍着恶心走到下一处光源。这里的光线与先前不同，显得更加明亮。待靠近之后，他才意识到那是从天花板的方形豁口照射下来的阳光。隧道的尽头就在那里，也许从前是个暗门，因年久而腐坏。地面缓缓向上倾斜，通往洞口。

瓦克斯爬上斜坡，小心地探出头去。他走进了一处建筑物，屋顶不见了，砖墙基本完好。在瓦克斯的左前方有四座祭坛。这里是幸存者的老教堂。看起来空无一人。

瓦克斯爬出洞口，将史特里昂举到头边，外套上沾满了下方的污泥。这里的空气干燥而清新，闻起来不错。

"每个人生都是一场演出。"一个声音在废弃的教堂中回响。

瓦克斯立即闪到一侧，滚向一处祭坛边。

"可我们不是表演者。"那声音继续道，"我们只是牵线木偶。"

"谭。"瓦克斯说，"你出来。"

"我见过神，执法者。"谭小声说。他在哪儿？"我见过死神，他眼里钉着钉子。我见过幸存者，他是生命。"

瓦克斯环视着这座小教堂。四周胡乱地堆满了破损的长椅与倒塌的雕像。他绕到祭坛侧面，判断出声音是从房间后方传来的。

"其他人会感到怀疑，"谭的声音说，"可我知道。我知道我是具木偶。我们都是。你喜欢我的展示吗？我花了很多心思才将他们布置好。"

瓦克斯继续贴着建筑物右侧的墙壁移动，靴子在积满尘土的地面上留下一串脚印。他呼吸急促，汗珠顺着右侧的太阳穴淌下。他的眼睛在抽动。他的心中还残留着墙上一具具尸体的影像。

"许多人从来都没机会创造出真正的艺术，"谭说，"而最好的演出从来都是无法被复制的。光是准备，就要长达数月乃至数年之久。一切都必须被摆放得尽善尽美。但到最后，腐烂总会降临。我无法把他们制成真正的木乃伊，我既没时间也没资源。我只能尽量把他们保存得久一点，为这一场展示做好准备。明天，它们就会被毁掉了。你是这场演出唯一的观众。再无别人。我想……我们全都只是牵线木偶而已……你瞧……"

声音从房间后方传来，源头靠近某处乱石堆，瓦克斯的视线刚好被挡住。

"有人在拉扯我们。"谭说。

瓦克斯闪到乱石堆的侧面，举起史特里昂。

谭站在那，用蕾西挡在身前，她的嘴被堵住，双目圆瞪。瓦克斯凝固在原地，举起枪。蕾西的腿和手臂都在流血。她中弹了，脸色越来越苍白，她在失血。正是这样，谭才得以制住她。

瓦克斯渐渐冷静，他没有感觉到紧张。这时候容不得紧张，否则会颤抖，那样就无法瞄准目标。他看见了在蕾西身后的谭的脸，男人把绞刑套索绕在了她的脖子上。

谭身材颀长，手指纤细。他原本是个殡仪师，一头稀疏的黑发油亮地贴在脑后。一件体面的西装上血迹斑斑。

"有人在拉扯我们的木偶线，执法者。"谭轻柔地说。

蕾西与瓦克斯四目相对。他们都知道在这种情况下该做什么。上一次，被抓的是瓦克斯。人们总试图利用他们中的一个来制约另一个。在蕾西看来，那并不是弱点。她解释说，如果谭不知道他俩是一对的话，第一时间就会要了她的命，而不是劫持她，从而让他们有机会脱身。

瓦克斯端起史特里昂，顺着枪管瞄准。他扣住扳机，扣到子弹即将破膛而出的位置，此时蕾西眨了眨眼。一、二、三。

瓦克斯开火。

在同一瞬间，谭把蕾西往右侧一拽。

枪声击穿空气，在黏土砖墙间回荡。蕾西的头猛地后仰，瓦克斯的子弹恰好击中她右眼上方。鲜血溅射上了她身旁的黏土墙壁。她瘫倒在地。

瓦克斯愣住了，惊恐无助。不……不该是这样的……不可能……

"最好的演出，"谭微笑着说，垂眼看着脚下的蕾西，"都只能被表演一次。"

瓦克斯一枪击中他的头。

the Ocean

Claiming it will revolutionize security and transportation, Reshelle Tekiel announced her House's new vault-style train car, intended for the transportation and protection of valuable goods via railway. The car is on display for the public at the Evergall Trainyards until the 19th.

Designed specifically as a response to the terrible and ever-increasing rise in bandit attacks by such groups as the infamous "Vanishers," the new Breaknaught train car is fabricated from the finest steel, designed upon the latest modern lines and sealed by a massive door and lock identical to those found upon the vaults of Tekiel's own banking houses.

The timing mechanism of this scientifically advanced lock guarantees that once sealed, the railcar cannot be reopened until well after it has reached its destination. Thus the Breaknaught allows even the most concerned gentlemen to rest secure in the certainty that their precious cargo may travel unmolested along the lines of the Elendel Basin and the lands beyond.

Indeed, this is a greater concern than ever in light of the recent attacks upon those traveling the railways near our fair Elendel itself. None are safe from the ravenous ways of the Vanishers, stripping ladies and lords of their precious valuables at gunpoint. While blood has yet to be spilled in their attacks, the...

THE PHANTOM RAILCAR!
Described by Witnesses!

In this harrowing report, three witnesses tell of the night their train was robbed by the Vanishers. One of them is the train engineer herself, and she explains in great detail the ghostly apparition. Discover the facts for yourself, and see why this was too quiet, too unworldly to be other than a... Experts compare... determine the apparition's origin... lists give... the phantom... exclusive... and here!

Two years ago, the crew of an exploration vessel the *Insights* was taken by a terrible storm and blown into the ocean deeps. Out of sight of land, there was no way to navigate properly, and the brave sailors found themselves praying for their lives as they sailed back eastward in the hopes of striking...

Harmony favored them, and they eventually found land—a strange island filled with unusual animals. There they also found a refugee, sole survivor with a harrowing story of his ship being taken by a strange seafaring people.

Now, long after their loved ones had given them up for dead, the sailors have returned to civilization, bringing with them this refugee. His story is one of fear, worry, and wonder. Read on, as we uncover the tale of the people of the ocean and their mystical Unknown Metals. Full story, reverse side.

greeted with near-derision from the Trade Union viewed by this brave Line Riveter at the site of the Ironspine Building who gave his name as Brill told this reporter that Mr. Durnsed should "bloody well keep his head clear of these parts if he knows what's what." Before he could expand upon this statement, his local union representative intervened and gave assurances that the man was speaking metaphorically. However, the mood of the assembled Line Riveters and Shovelmen was decidedly against Mr. Durnsed.

The decision by the Union Leader means that the contract as written holds now through the remainder of the financial quarter. Subsequent to this revelation, industry stocks were trading generally higher, and even recently depressed Tekiel shares began to show positive activity.

...Parlor... fines, one... stress, anxiety, and concern—leaving with a light heart and a soaring mind. Our reporter visits the parlor to give a detailed report of what goes on. A luxurious massage, sweet scents, and a Soother on duty to give a unique "Emotional Massage" leave you feeling as good on the inside as you do on the outside. Read the report on the back, column seven.

Feltri Proven to Be Rioter!

Alloran Feltri, long favored to win the Canalworkers 2nd Seat in this fall's elections, is rumored to have been using Allomantic abilities to create supporters. In a scandal sure to rock the city to its foundations, a former mistress has come forward to expose all. Complete story on reverse side, third column.

Allomancers for Hire.

All varieties. Coinshots,

Pits of ...ania!

...itor, and by way of... dearest readers: I tru... my missive finds you well and in the possession of a willing ear, for the incredible events that transpired in my recent experience may strike you with incredulity and shock. I vow to you in earnest assertion that each and every word I write to you is true and factual. I live these tales so that you may learn of the Roughs and the fascinating people who live out here beyond the mountains, beyond the law, and beyond cultured reason.

When I wrote my previous missive, I was certain that my end had come. Indeed, I was captured and held by the brute koloss of the Pits of Eltania, and had been told that on the morrow, I would be executed and my flesh feasted upon. I feared a gruesome end, and I will admit that I found myself in earnest prayer to the Survivor that very night! If anyone needed the protection of He

these incapable of beautiful craftsmanship.

But, I dally in the ir... nificant. Please forgive... my mind continues to re... the events of this week. I indeed, I believe that I have not only been spared d... but named king of this t...

It began on the dawn of... aforementioned execu... After being dragged a... in a not-too-kind fash... I found myself beneath blaring sun, trudging ac... the red, dusty ground.

★ 壹 ★

第一章

五个月后，瓦克斯在一场盛大而热烈的派对里穿过一间间装饰华美的房间，男宾们身穿深色燕尾服，女宾们则穿着五颜六色的窄身连衣裙或是曳地的百褶长裙。他们在说话时，会称呼他为"瓦克斯利姆大人"或"拉德利安大人"。

他朝每个人点头致意，但却避免加入他们的谈话。他谨慎地走到位于派对后方的一个房间，耀眼的电灯——近来成了城中的热门话题——正放射出稳定而过于均匀的光芒，驱散夜晚的黑暗。窗外，他能看见迷雾正在挑拨着玻璃窗。

瓦克斯无视礼节地推开房间里两扇巨大的玻璃门，走到这座华厦宏伟的阳台上。在这里，他终于感觉到又能呼吸了。

他闭上眼睛，让空气在身体里自由进出，感觉迷雾淡淡的湿气沾在脸上。这座城市中的建筑物真是让人窒息啊……他暗想。我是忘记了，还是那时候年纪尚小，所以没有留意到？

他睁开眼睛，双手搭在阳台的栏杆上，眺望依蓝戴。这里是全世界最雄伟的城市，是和谐之主亲自设计的大都会。瓦克斯曾在这里度过了自己的青少年时期，但他有二十年没把这地方当成是家了。

距离蕾西的死已经过去了五个月，他至今仍能听得见那声枪响，看得见溅在砖墙上的鲜血。他离开了那片苦寒之地，搬回城市居住，接过了他的家族在叔叔过世后对他抛出的继承家业的橄榄枝。

遥想五个月前，恍如隔世，而枪声仍回响在他耳畔。那声音清脆、利落，仿若天崩地裂。

在他身后，从温暖的房间里不断传出音乐般的笑声。塞特宅邸宏大庄严，里面摆满了昂贵的木制家具，有柔软的地毯和光华璀璨的枝形吊灯。但此刻阳台上只有他一个人。

从这个位置，他能将德穆大道上的街灯尽收眼底。两排明亮的电灯，散发着稳定而耀眼的白光，像气泡似的挂在宽广林荫大道的两旁。大道两侧是更加宽广的运河，水面平静无波，反射着岸上的灯火。一列夜行的火车笛声轰鸣地从远处的市中心穿过，喷出浓烟，犹如给迷雾镀上了深色的边缘。

沿着德穆大道继续往前看，矗立在运河两侧的铁脊大楼和太齐尔塔映入瓦克斯的眼帘。两座建筑都尚未建造完成，但各自的钢制骨架都已高耸入云。高得让人目眩。

建筑师们持续发布最新报告，阐述着各自将建筑物建高的蓝图，彼此较着劲。根据他在这场派对上听见的难以置信的传闻，双方的建筑师最终都会把他们的杰作建到五十层以上。没人知道哪一方会搭建得更高，但还是有不少人象征性地下了赌注。

瓦克斯吸入迷雾。在蛮苦之地里，塞特宅邸——那座三层高的建筑物，几乎可以算得上是极致。但在这里，却变成了小矮子。世界在他离城的这些年里发生了变化，不断往上伸展，还发明出了不需火焰即可发光的电灯，建筑物甚至威胁着要长得比迷雾还高。俯视第五八分区边缘的宽广街道，瓦克斯突然感到自己已经老了。

"瓦克斯利姆大人？"一个声音从后方响起。

他转过身，看见一位年长的女子，原来是亚凡·塞特夫人，正从门后探出头来。她灰白色的头发盘成圆髻，颈间戴着红宝石项坠。"和谐之主在上,我尊贵的大人。您在外面会着凉的!快进来,有些人您一定会乐意见见。"

"我很快就来,夫人。"瓦克斯回答,"我只是出来透透气。"

塞特夫人皱起眉,但还是退了出去。她不知道该怎么评价他才好,其他人也不知道。有些人将他视作拉德利安家族中的异类,与山脉另一侧陌生国度的奇怪传说有关;剩下的认为他是个缺乏教养的乡野匹夫。他觉得自己或许两者都是。

他整个晚上都在作秀。按照事先的安排,他要在这场派对上物色一位妻子,所有人都知道这件事。拉德利安家族因他叔叔管理不善而债台高筑,清偿债务最便捷的办法就是通过联姻。不幸的是,他的叔叔还偏巧冒犯了城中四分之三的上流人士。

瓦克斯倚靠在阳台上,双臂下的史特里昂手枪插在腰际。这种枪的枪管很长,本不该被放在腋下的枪套里携带。这让他整晚都感到不自在。

他应该回到派对上去和人寒暄,设法挽回拉德利安家族的名声。但他一想起那拥挤不堪的房间,那么闷热而充满压迫感,简直让人无法呼吸……

他不给自己时间考虑,纵身从阳台侧面跳下,朝地面落了足有三层楼的距离。他燃烧钢,朝身后不远处扔出一枚用过的弹壳,再钢推它。他的体重使弹壳下落的速度比他自身要快。一如既往地,拜藏金术所赐,他的体重轻了不少。他几乎快忘记用全部体重落地是什么感觉。

当弹壳落地的同时,他再次钢推,让自己水平地落在花园的围墙上。他单手攀住墙头,翻身一跃,接着将体重大幅减轻,在墙的另一侧轻轻落地。

啊,很好,他暗想,蹲下身子透过迷雾往外看。这是马车夫的庭院。宾客们搭乘的马车一辆辆整齐地停放在这里,车夫们则在几间舒适的房间里闲话家常,橘红色的灯光照进迷雾。这里没有电灯,只有散发着光和热的壁炉。

他在马车间穿行，直到找到自己那辆，将绑在车后的箱子打开。

他脱下精致的绅士晚宴礼服，换上迷雾外套，这是件能将他从上到下包裹起来的长袍，有着厚重的衣领和紧束的衣袖。他将一把霰弹枪塞进内侧口袋，然后扣上枪套皮带，把史特里昂放进紧贴臀部的枪套中。

啊，这下感觉好多了。 他真不应该再携带史特里昂，该换些便于隐藏的武器。可惜，没有人能比得上拉奈特的制枪技术。她还没有搬进城来吗？也许他能去找她谈一谈，看看能否请她帮忙再制作一把。前提是她不会一见面就给他一粒枪子儿。

少顷过后，他在城中奔跑起来，迷雾外套轻盈地披在身上，前襟敞开，露出黑色衬衫和绅士长裤。长及脚踝的外套自腰际线上方开始被裁剪成一块块长条，垂在他身后飘扬，沙沙作响。

他扔出一枚弹壳，将自己推射到空中，落在豪宅区对面的那座建筑物顶上。他朝宅邸扫视了一眼，窗户在漆黑的夜晚熠熠生辉。他就这么从阳台上猝然消失，会引起什么样的风波呢？

好吧，他们早知道他是双生师——那已经是公开的秘密。他的消失不会有助于恢复家族的名望。但眼下，他也根本不在乎这些。自从回城之后，他几乎每晚都出现在这样或那样的社交场合，而有迷雾的夜晚已经好几个星期没有出现过了。

他需要迷雾，这才是真正的他。

瓦克斯在屋顶上疾奔，纵身跳下，朝着德穆大道前进。就在落地的前一刻，他掷出一枚用过的弹壳，钢推它，减缓了自身的下落速度。他落在一片装饰用的灌木丛上，外套的布穗被灌木钩住，窸窣作响。

真是该死。 在蛮苦之地里绝对不会有人种植这种华而不实的灌木。他连忙挣脱，弄出的噪声连自己都汗颜。才回城几个星期而已，技艺就这么生疏了？

他摇摇头，再次用钢推飞上空中，越过宽广的林荫道和与之毗邻的运河。他调整着飞行的方向，落在其中一盏新电灯上。像这样的现代化城市总算有一样好处——遍地都是金属。

他微笑，然后骤燃钢，利用钢推从街灯上飞离，让自己在空中划出宽大的弧线。迷雾从他身旁掠过，随着疾风的吹拂拍打在脸上。这感觉真让人兴奋。只有当一个人摆脱掉重力的桎梏，一飞冲天时，才能感觉到真正的自由。

当他来到弧线顶端时，再次对另一盏街灯使用钢推，让自己往前飞得更远。这一长排金属灯柱宛如他私人专属的轨道线。他就这么弹跳前进，这古怪的动作引得途经车辆上的乘客频频侧目。

他微笑。像他这样的射币相对罕见，但依蓝戴是座人口众多的大城市。这些人绝不是头一次见到这样利用金属的力量弹跳着穿越城市的家伙。射币在依蓝戴通常会从事快递员的职业。

城市的大小仍让他感到吃惊。这里住着数百万民众，说不定足足有五百万之多。没人能精确统计所有分区的人口数量，它们被称作八分区，顾名思义，分区的数量总共有八个。

好几百万人，尽管他在这里长大，却还是无法想象这幅画面。在他离开抗风镇之前，就已经想过这里是否已变得太大，但当时镇里的住民还不到一万人。

瓦克斯径直落在位于铁脊大楼正前方的一盏街灯顶上。他伸长脖子，透过迷雾仰视着这座巍峨的建筑。尚未竣工的楼顶在黑暗中影影绰绰。自己能爬那么高吗？他对金属不能拉，只能推——他不是古老传说中记述的那种神话般的迷雾之子，比如说幸存者或升华战士。一个人只能拥有一种镕金术和藏金术力量。事实上，只拥有其中一项力量就已是罕有的优势——像瓦克斯这样的双生师更是难能可贵。

韦恩自称记住了双生师所有不同组合的名称。当然，韦恩还自称偷过一匹能打嗝打出完美旋律的马驹，所以在听他说话时要沥干其中的水分。坦白说，瓦克斯并没留意过双生师的那些定义和名称，他被称为迅击者，是他作为射币和飞掠者两种身份的融合。他很少会这么看待自己。

他开始填充金属意识库——用戴在上臂的那对铁护臂——提取更多的体重,让自己更加轻盈。那些体重可以先存留起来,以备将来使用。接着,他无视脑海中或许应该谨慎些的念头,骤燃钢,使用钢推。

他向上飞射,风声转为咆哮,街灯是个理想的支撑点——通体金属,稳稳地扎在地上——能把他推到相当高的位置。他略微调整角度,建筑物的楼层在他眼前变成一片模糊。他在差不多二十层高的位置落下,钢推街灯获得的助力恰好快到极限。

建筑的这一部分早已建造完成,外观由某种经过塑形的材料制成,仿佛一块抛光精美的石头。他听说那叫制陶术。所有高耸的建筑物都会采用这种常见的技术,较低的楼层会用真正的石料,高层则采用更轻便的建材。

瓦克斯抓住一块凸起物,他的体重还没轻到被风一刮就走的地步——至少他前臂上还戴着金属意识库,身上还有武器。轻盈的身体确实让他更容易掌握平衡。

迷雾在他身下盘旋,甚至显得有些顽皮。他抬眼往上看,思考下一步该怎么做。他的钢把附近的金属源用蓝线连了起来,许多都是这座建筑物的框架。随便对任何一处使用钢推,都会让他飞出去。

在那,他注意到上方五英尺距离之外有个尺寸合宜的平台。他爬上建筑物的侧面,手套包裹的十指牢牢抠住雕饰复杂的墙体表面。一位射币很快就能克服恐高症。他把自己托上平台,然后掷出一枚弹壳,用靴子让它停下。

瓦克斯抬起头,检视着自己的轨迹。他从腰带里拿出一个小瓶子,拔掉木塞,将瓶中的液体和混杂其中的钢屑饮下。威士忌灼烧着他的喉咙,牙齿间发出嘶嘶声。好东西啊,还是史塔金酿造的呢。**该死,等我的存货喝光之后,一定会怀念它的**。瓦克斯一边想着,一边把瓶子放好。

大多数镕金术师不会往装金属的小瓶里放威士忌。大多数镕金术师都会错过享受这完美口福的机会。他微笑着，体内的钢储量被填满，他骤燃它，将自己射出。

他飞上夜空。不幸的是，铁脊大楼的建筑结构呈逐层缩小的塔形，越往高处飞升，楼层就变得越发逼仄。即便他是将自己垂直向上钢推的，也很快就飞进了空阔的黑暗里，四周迷雾环绕，他距离建筑物的侧墙足有十英尺远。

瓦克斯把手伸进外套，将那把枪管短小的手枪从袖口长短的口袋里掏出。接着反转手枪，枪口朝外，枪托抵在身侧，开火。

他身体轻盈，冲势让他朝建筑物飞去。枪击声在下方回荡，霰弹的弹片既小且轻，从这么高的距离落地时已经不会有杀伤力。

他撞上比原先所在位置高出五层的墙面，抓住一块尖刺状的凸起。这上面的装饰真是令人叹为观止。他们做这些是给谁看的呢？他摇摇头。建筑师真是一群怪人。

这些人一点都不像出色的枪械师那样实在。瓦克斯爬上另一个平台，再次向上飞跃。

下一次跳跃足够让他抵达上层尚未完工的开阔钢筋框架。他越过一条横梁，顺着一根纵梁往上爬——轻盈的体重让他没费多大力气就爬到建筑物顶端直指云霄的最高一根纵梁上。

这高度让他头晕目眩。即便迷雾模糊了下方的风光，还是能看得见照亮街道的那两排路灯。城镇四处亮起的其他灯光更加柔和，就像航海家海洋葬礼上漂浮的蜡烛。只有通过寻找哪里无光才能分辨出城中各处公园和城西角落里的海湾。

曾经，这座城市让他有家的感觉。后来，他选择离家，在尘土飞扬的地方生活了二十年。在那里，律法有时是遥远的记忆，人们将乘车出行视作轻浮的表现。要是蕾西看见这些不用马来驱动的车辆会作何感想？凭借几个单薄的车轮行驶在城市铺砌精美的街面上？这些靠燃油驱动的车辆，让喂马的草料和马蹄铁全都没了用武之地。

他再转过身来。在迷雾重重的黑暗中很难判断出位置，但他毕竟年少时曾居住在这片城区。虽说这里变化不小，但也没到离谱的地步。他辨明方向，检查着体内的钢储量，然后将自己往黑暗中推射而出。

他在城市上方划出一道大大的弧线，借助钢推那些巨梁的力量飞了足有半分钟。摩天大楼变成他身后一圈模糊的轮廓，继而消失不见。他让自己静静地坠落。当灯火变近时——他能看见下方没有人——他用霰弹枪对准地面扣动了扳机。

这一记猛震让他往上飞了一瞬，减缓了下落的速度。他钢推地上的弹壳，让速度变得更慢，屈膝稳稳落地。瓦克斯注意到刚才的射击毁坏了几块精美的街砖，这让他有些自责。

*和谐之主啊！*他想。*真得好好适应下这地方才行。我就像一匹闯进拥挤市集的野马。*他一边想一边把霰弹枪插回外套底下。*我得学会更加巧妙的行动。*在蛮苦之地里，人们把他看作是优雅的绅士。可在这里，要是他不多加注意的话，很快就会被人当成缺乏教养的莽夫，虽然大多数贵族已经对他有这种印象了。这——

枪声。

瓦克斯立即反应，钢推侧面的铁门，一骨碌滚地闪避。他站起身，右手掏出史特利昂，左手牢牢扣住藏在外套袖子底下的霰弹枪。

他往黑夜里瞧。莫非是他鲁莽地开火，引来了当地警察的注意？枪声再次响起，他皱起眉头。*不对。声音太远了。一定是出了什么事。*

这居然让他感到兴奋。他跃入空中，沿着街道飞奔，钢推那道铁门来让自己蹿得更高。他落在一座建筑物顶上，这片街区到处都是三四层楼高的独栋房，两两之间有狭窄的巷弄相隔。人们怎么会愿意住在这么拥挤的地方？换作是他，早就疯了。

他经过几幢建筑物——平坦的房顶让他感到便利——然后停下来聆听。心脏激动地跳动着，他意识到自己竟然盼望发生这种事。他之所以中途退出派对，到摩天大楼上一探究竟，在迷雾中奔跑，为的就是这一刻。在抗风镇,随着城镇规模日益扩大,他经常在夜间巡逻,留意那些惹麻烦的人。

枪声再起,这次更近,他将手指按在史特里昂上,估算距离后,掷出一枚弹壳,将自己朝空中推射。他将体重恢复到原本的四分之三并保持着。你得需要些体重才能打赢对手。

迷雾在他身边盘旋打转,戏弄着他。没人能说清楚什么样的夜晚会出现迷雾,迷雾的出现从不遵循天气规律。有时夜晚潮湿冷冽,却不会出现一丁点的迷雾;相反有些夜晚干燥得如同一触即碎的枯叶,迷雾却铺天盖地。

今夜只有薄薄的一层迷雾,能见度还算良好。又有一声枪响打破寂静。**在那边**,瓦克斯想。在体内燃烧的钢带来舒适的温暖感,他跳过另一条街道,迷雾外套的布穗在旋转的迷雾和呼啸的疾风中飘扬。

他轻轻落地,然后在身前举起枪,半蹲着跑过屋顶。他抵达边缘,向下张望。就在他下方,有人躲在小巷入口处的一堆箱子后面寻求掩护。在雾色迷茫的黑夜之中,瓦克斯看不清更多细节,可还是能认出那人把一挺来福枪架在箱子上。枪管直指着街面上的一群人,他们头戴特征分明的半圆形盖帽,一看就是警察。

瓦克斯朝四面八方轻轻使用钢推,设好钢圈。脚下地道的门闩被镕金术碰到,发出声响。他低头看向那个对准警察开火的男人。能做些对城市有实际意义的事总是好的,总比无所事事地站在那跟打扮花枝招展、高高在上的贵族们聊天要好得多。

他掷出一枚弹壳,镕金术将它定在下方的屋顶上。他暗暗加力,让自己向上飞出,进入环绕的迷雾里。接着他大幅减轻体重,在降落时钢推窗锁,调整位置,落在小巷的正中间。

钢线指向前方四个不同的身影。在瓦克斯落地的一瞬间,那些人开始低声咒骂,转过来面对他——他则举起史特里昂,瞄准大头的那个街区暴徒。那人胡须蓬乱,双目漆黑得如同夜晚。

瓦克斯听见一个女子的呜咽声。

他僵住了,手很稳,却无力动弹。被小心翼翼地深埋在脑海深处的记忆有如潮水般涌现。蕾西的脖子上套着绞索。一声枪响。鲜血将红砖墙染得更红。

暴徒朝瓦克斯端起来福枪,开火射击。钢罩勉强使弹道偏斜,但它还是透过瓦克斯外套的纤维钻了进来,险些击中肋骨。

他试图开枪回击,但那声呜咽……

噢,和谐之主啊,他哀叹,被自己弄得无计可施。他将枪口指向地面,射击,接着对子弹使用钢推,让身体从小巷里倒飞出去。

子弹射穿他身旁的迷雾。不论有没有钢保护罩,他都很可能会被其中一发击中。最后他落在另一幢建筑的房顶上,翻滚着俯身停下,依靠一道矮墙阻挡子弹,却仍毫发未伤,这可以说纯粹是幸运之神的仁慈。

瓦克斯大口喘气,手握在转轮手枪上。真是个白痴,他骂自己。蠢货!他以前从来没有在战斗中不知所措过,哪怕是在少时。**从来没有**。然而,这是在教堂废墟的那场灾难发生后,他第一次试图用枪朝别人射击。

他羞愧地想要躲起来,但仍咬了牙,朝房顶边缘匍匐前进。那些人还在下面。现在,他看得更清楚了,他们正准备集合突围。他们应该不想跟镕金术师发生什么纠葛。

他瞄准看起来像是领袖的那个人。可还没等瓦克斯开火,那人就已经被警察击倒。很快,小巷里便挤满了身穿制服的人。瓦克斯将史特里昂举在脑袋边上,深深呼吸。

我当时本可以开枪的,他对自己说。只不过在那一瞬间僵住了而已。这种事情绝不会再次发生。他看着警察将那些歹徒一个接一个地拖出小巷,同时不断地重复这句话。

没有女人。他听见的呜咽声其实是一名在瓦克斯到来前就中弹负伤的歹徒发出来的。那人在被拖走时还在痛苦地呻吟。

警察们没看见瓦克斯。他转过身，消失在夜色中。

不久后，瓦克斯回到了拉德利安宅邸。这是他在城中的住所，是他祖辈的宅院。他在这里找不到归属感，但还是住了下来。

豪宅虽然面积不大，但却有着优雅的四层楼，每层都有阳台，还有个漂亮的后花园。瓦克斯扔出一枚硬币，弹跳越过前庭的栅栏，落在警卫室的房顶上。我的马车回来了。这并不奇怪。他们习惯了他的行事风格，他对此不知是该感到愉悦还是羞耻。

他钢推大门——沉重的门板嘎吱作响——落在四楼的阳台上。同样是镕金术师，驾驭钢推的射币与驾驭铁拉的扯手不同，精准对射币来说至关重要。对于扯手而言，只要选中目标，将自己朝目标拉过去就行，但他们通常要与建筑物的侧面发生摩擦，制造出噪声。而射币的动作必须小心、精妙而准确。

窗户没上锁，还是他离开时的样子。他此刻没心思与别人应酬，刚刚遭遇罪犯而没能出手将其正法，这让他恼火不堪。他溜进黑漆漆的房间，踮着脚走到门边，侧耳聆听。走廊里寂静无声。他静静打开门，走了出去。

那里一片漆黑，而他也不能像锡眼那样强化感知力。瓦克斯一步步摸索着往前走，小心不要被地毯边缘绊倒，或是撞上什么东西的底座。

他的房间在走廊尽头。他用戴着手套的手指握住黄铜旋钮，小心翼翼地把门推开，踏进自己的卧室里。现在只要——

另一侧房间的门开了，明亮的黄光从里面倾泻而出。瓦克斯愣在原地，手却飞快地伸进外套，握住其中一把史特里昂手枪。

一名年长的男子出现在门口，手里拿着一架大大的烛台。他身穿整洁的黑色制服，戴着白手套。他对瓦克斯挑起一边的眉毛："上主拉德利安，您可算回来了。"

"呃……"瓦克斯应承着，羞怯地把手从外套里拿出来。

"洗澡水已为您放好了，大人。"

"我没说要洗澡。"

"是的,但考虑到您今夜的……娱乐活动,我想还是应该为您准备沐浴。"管家嗅了嗅,"火药味?"

"呃,对。"

"我相信大人一定没朝什么太过重要的人物开枪。"

没有,瓦克斯想。**因为我办不到**。

提洛米僵硬地站在那,一脸的不以为然。他在想什么一目了然,可终究没说出口——瓦克斯从派对上突然消失的行为引发了小小的丑闻,现在想找到一位合适的新娘就更困难了。他没说自己很失望,没有把这些话说出来,因为他毕竟是一位贵族合格的仆从。

再说,他只要眼神一瞥,这些话就都不言而喻了。

"您需要我给塞特夫人写一封致歉信吗,大人?考虑到您给斯坦顿大人寄了一封,我相信她也在等着这封信呢。"

"嗯,那样很好。"瓦克斯说。他把手指放在腰带上,感觉到那里的金属瓶,紧贴双臀的转轮手枪,以及固定在外套内侧的霰弹枪的重量。**我在做什么?简直像个蠢货。**

他突然感到自己极其幼稚。离开派对,到城里去巡查,想看看哪里有麻烦?他这是怎么了?

他觉得自己这样做似乎是在试图找回什么。找回蕾西死前的那个自己。他心知肚明,他现在也许存在射击障碍,但又想证明这不是真的。

结果却没能通过考验。

"大人,"提洛米靠近说,"可否容我斗胆……说几句?"

"说吧。"

"这座城里的警察多的是,"提洛米说,"而且他们都忠于职守。可是我们的家族里却只有一位上主。好几千人仰仗着您,大人。"提洛米满怀尊敬地对他领首,然后开始点亮卧室里的一部分蜡烛。

管家说得没错。拉德利安家族是城中势力最大的家族之一,至少在历史上如此。在政府内，瓦克斯代表的是他家族所雇佣的全体成员的利益。诚然，他们同时还有个根据工会投票结果选出的代表，但最依靠的仍然是瓦克斯。

他的家族几乎濒临破产——虽然潜力无穷，股份庞大，劳工众多，但由于他叔叔的愚蠢，如今现金与人脉捉襟见肘。要是瓦克斯不采取措施来改变现状，其他家族很快就会对其股份下手，并趁他们无力偿还债务之机将那些财产占为己有，失业、贫穷与倒闭便会接踵而来。

瓦克斯用拇指摩挲着史特里昂。他承认，警察们将那些街区暴徒制服得很好。他们不需要我。这座城市不像抗风镇，这里不需要我。

他只是想要抓住从前的自己。但他却再也不是那个人了。回不去了。但在其他事情上，还有人需要他。

"提洛米。"瓦克斯唤道。

管家从蜡烛上收回视线。豪宅里还没有电灯，虽然劳工们很快就会把它们装上。他叔叔在离世前已经付过款，那笔钱现在追不回来了。

"有何吩咐，大人？"提洛米问。

瓦克斯略作迟疑，然后慢慢将霰弹枪从外套里拽出来，放进床边的箱子，跟先前放在那里的另一把并排摆好。他脱下迷雾外套，将手臂退出衣袖。他虔诚地将外套托在手里，片刻之后，放进箱子。接着将两把史特里昂转轮手枪也放了进去。它们并不是他唯一的枪支，但却代表着他在蛮苦之地的人生。

他把这个装满过往的箱子盖好："拿去吧，提洛米。把它放到别处去。"

"遵命，大人。"提洛米回答，"若您今后有需要，我会随时为您备好。"

"用不着了。"瓦克斯说。他给了自己最后一个夜晚与迷雾共处。惊心动魄的摩天楼攀爬之旅，整晚在黑暗中度过。他选择记住这些——而不是未能制服恶棍的挫败——来作为今夜的成就。

最后一支舞。

"拿走吧,提洛米。"瓦克斯转过身背对箱子,"把它放到安全的地方,再也不用拿出来。永远。"

"遵命,大人。"管家轻声说。声音听起来很满意。

就这样吧,瓦克斯想。然后走进浴室。执法者瓦克斯已死。

是时候成为瓦克斯利姆·拉德利安大人了,拉德利安家族第十六任上主,住在依蓝戴市的第四八分区。

第二章

六个月后

"我打得怎么样?"瓦克斯利姆问道,端详着镜子里的自己,侧过身来,又拽了拽银色的领结。

"像往常一样无可挑剔,大人。"提洛米说。管家双手背后站在一旁,餐盘架上放着一杯热气腾腾的茶。瓦克斯利姆没有要他准备茶,但提洛米还是端了上来。提洛米对茶有着特别的偏好。

"你确定吗?"瓦克斯利姆问,再次拉扯领结。

"千真万确,大人。"他略作迟疑,"大人,我必须承认,关于这件事,我好奇好几个月了。在我所服侍过的所有上主中,您是头一个会打出像样领结的人。这本来是我分内的事情。"

"在蛮苦之地生活过的人,要学会凡事都自己动手。"

"恕我直言,大人。"提洛米说,他那素来单调的声音里透着一丝好奇,"我没想过住在蛮苦之地里的人还需要学习那些技能。我不知道那些地方的住民们还会关注时尚与礼仪这类事情。"

"的确如此。"瓦克斯利姆微笑着回答,最后一次调整了下领结,"那也是我关注这些的原因之一。穿上城里绅士的行头,会对那里的人产生奇怪的效果。有些人立即就会对我肃然起敬,其他人则会立即低估我的力量。这两种态度都能让我受益。而且,我还要补充一点,当那些罪犯发现自己被看起来像是纨绔子弟的人给抓走时,他们脸上的表情会带给你说不出的满足感。"

"我能想象,大人。"

"我这么做也是为了自己。"瓦克斯利姆看着镜中的倒影,声音更加轻柔。银色领结、绿色绸缎马甲、祖母绿袖口、黑色外套与长裤,笔直的衣袖与裤腿。在马甲的木制纽扣中间有一颗是钢制的,这是他历来的习惯。"衣服会提醒我,提洛米。周围的土地也许荒蛮,但我却不必那样。"

瓦克斯利姆从梳妆台上拿起一块银色口袋巾,熟练地叠成应有的样式,塞进胸前的口袋里。豪宅中突然有钟声响起。

"铁锈灭绝的,"瓦克斯利姆咒骂,查看怀表,"他们来早了。"

"哈姆斯大人以准时著称,大人。"

"很好。那就速战速决。"瓦克斯利姆大步进入走廊,步履匆匆地走在绿色天鹅绒地毯上。这座宅邸在他离家二十年的岁月里,几乎没什么改变。即便是在这里居住了六个月,仍然无法有什么归属感。他叔叔留下的淡淡烟草味仍未散尽,并且这里的装饰风格明显带着深色木料与沉重石雕的烙印。而当下正值流行的肖像画或油画却几乎一幅都没有。据瓦克斯利姆所知,这些画作都很名贵,在他叔叔死前就已被变卖一空。

提洛米与他并肩而行,双手仍然扣在背后。"听大人的口气,像是把今日的会面看作是累人的琐事。"

"有那么明显吗?"瓦克斯利姆一脸苦相。他是怎么回事?宁愿跟一群荷枪实弹的暴徒面对面,也不愿意去见哈姆斯大人和他的女儿?

一位丰满圆润、仪态端庄的女士等候在走廊尽头,身穿一席黑色长裙,腰间系着白围裙。"噢,拉德利安大人。"她宠溺地说,"要是您的母亲看见今天,肯定会高兴坏了!"

"八字还没一撇呢,格兰姆斯小姐。"瓦克斯利姆在那女人走上前来时对她说,继续沿着二楼长廊的栏杆往前走。

"她多么希望您将来能娶到一位大家闺秀。"格兰姆斯小姐说,"您应该听说过她这些年有多忧心。"

瓦克斯利姆试图无视那些话语对他心情产生的影响。他没听说过母亲有多忧心。他甚至没花时间给父母或妹妹写过信,只在通往抗风镇的铁路铺好之后回过家一次。

但他现在圆满地履行了自己的义务。六个月的忙碌,他总算站住脚跟,力挽狂澜地挽救了拉德利安家族——以及家族中众多的锻造工和裁缝师——使其不至于坠入财务崩溃的深渊。最后一步就在今天。

瓦克斯利姆来到楼梯顶端,犹豫着停下脚步。"不,"他说,"我不能匆忙进去。需要给他们些适应的时间。"

"那——"提洛米开口,但瓦克斯利姆一转身,沿着栏杆折了回去,打断了他的话。

"格兰姆斯小姐,"瓦克斯利姆说,"今天还有其他需要我处理的事吗?"

"您希望我现在汇报?"她皱着眉头问,加快脚步跟上。

"随便什么事,别让我闲着就行,亲爱的女士。"瓦克斯利姆说。铁锈灭绝的……他太紧张了,甚至把手伸进外套里去摸那把艾莫林44-S型手枪。

那是一把出色的武器,虽然比不上拉奈特的手艺,但对一位绅士来说,还算小巧称手,便于携带。他已经决定要做一位领主,而不是执法者,但那并不意味着他不能携带任何枪支。那……只有彻底的疯子才会那么做。

"有一件事。"格兰姆斯小姐愁眉苦脸地说。她是拉德利安家族的女管家,为这个家族服务二十年了,"我们昨夜又失去了一批钢。"

瓦克斯利姆愣在原地:"什么?又来了!"

"很不幸,大人。"

"真是该死。我现在认为那些盗贼是冲着我们来的。"

"这只是我们的第二批,"她说,"太齐尔家族到目前为止丢了五批。"

"有什么细节?"他问,"是在哪里丢的?"

"这——"

"不,别告诉我。"他举起一只手,"我现在不能分心。"

格兰姆斯小姐冷冷地看了他一眼,可能正是出于这个原因,她才不想在他与哈姆斯大人会面前汇报此事。瓦克斯利姆用一只手扶住栏杆,感到左眼在抽动。外面有人正在有组织且高效地将整车整车的货物偷盗一空。这些人被称作隐匪。也许他可以去调查一下,然后……

不,他坚决地告诉自己。**这不是我的责任。再也不是**。他应该去求助于警察局,还可以雇些卫兵或私家侦探来帮忙。他不能亲自去抓这些匪徒。

"我相信警察一定能找出那些罪犯,把他们绳之以法。"瓦克斯利姆勉强地说,"你觉得我让哈姆斯大人等得够久了吗?我想还好。其实没过去多少时间,是吧?"瓦克斯利姆转过身,从来的方向往回走。提洛米在他经过时翻了翻眼珠。

瓦克斯利姆走到楼梯处。与一位身穿绿色拉德利安马甲和白衬衫的年轻人撞个正着。"拉德利安大人!"奇普叫道,"邮差刚刚来过。"

"有包裹吗?"

"没有,大人。"男孩说着,将一封用火漆封口的信件递给瓦克斯利姆,"只有这个。看上去很重要。"

"这是出席尤门·欧斯特林联姻婚宴的邀请函。"格兰姆斯小姐猜测,"把那里作为您和哈姆斯小姐首次公开亮相的场合再合适不过了。"

"八字还没有一撇!"瓦克斯利姆驳斥道,他们在楼梯底层停下脚步。"我都还没开始跟哈姆斯大人讨论这个话题,你却说得像是我已经结婚了。他们很可能会反口,像恩特隆贵女那次一样。"

"会顺利的,小主人。"格兰姆斯小姐说。她伸出手,将他口袋里的丝质方巾摆正,"我在这些事情上有安抚者的直觉。"

"你知道我已经四十二岁了吧?'小主人'这个称呼不适合我了。"

她拍了拍他的脸颊。在格兰姆斯小姐眼里,任何没有结婚的男人都还是孩子——这可真不公平,因为她自己就没结过婚。他不愿意跟她聊关于蕾西的事,他住在城里的大多数家人都不认识她。

"那好吧。"瓦克斯利姆说着转过身,朝客厅大步走去,"就到罗网里走一趟。"

一楼的仆人管事莉米正等在门前。她在瓦克斯利姆靠近时举起手,似乎想开口说话,但他将婚宴邀请函塞进她的两根手指间。

"如果你愿意,就起草一份正式回函,莉米。"他说,"就写我会与哈姆斯小姐和她的父亲一同赴宴,但等我进去跟他们聊完,再把信寄出去。我会告诉你该不该寄的。"

"遵命,大人,可是——"

"别多说了。"他说着推开门,"我不能让……"

哈姆斯大人和女儿并不在客厅里。里面只有一个身材高瘦、圆脸尖下巴的男人。年纪在三十岁上下,下巴和两颊上的胡楂有几天没剃了,头戴一顶之地风格的宽檐帽,帽檐微微上翘,身穿一件曳地的长皮衣。瓦克斯利姆进来时,他正在摆弄壁炉架上那个巴掌大小的座钟。

"你好啊,瓦克斯。"那男人热情地招呼。他把座钟举起来:"我能拿东西跟你换这个吗?"

瓦克斯利姆飞快地把身后的门关上。"韦恩?你在这里干什么?"

"看看你的东西啊,老兄。"韦恩说着,品鉴似的举起座钟,"这钟值多少钱?三四根金条?我有一瓶上好的威士忌,差不多也值这个价。"

"你赶紧走!"瓦克斯利姆说,"你应该待在抗风镇。谁在那里看着?"

"巴尔。"

"巴尔?!那人是个罪犯。"

"我也是。"

"没错,但你是我选出来的罪犯。你至少应该去找迈尔斯。"

"迈尔斯?"韦恩问,"老兄,迈尔斯连一点人性都没有。他宁可先把人打死,也懒得去查清楚别人究竟有没有犯罪。"

"迈尔斯把他的城镇打理得很干净。"瓦克斯利姆说,"而且他救过我好几次。先不说这些。我叮嘱过你要看好抗风镇。"

韦恩对着瓦克斯利姆点点头:"你说得没错,瓦克斯,可你不再是执法者了。而我,我还有更重要的事要处理。"他看看座钟,然后将它塞进口袋,把一小瓶威士忌放在壁炉架上。"现在,阁下,我需要问你几个问题。"他从外套口袋里掏出纸笔,"昨晚午夜时分你在哪里?"

"这有什么——"

瓦克斯利姆的话被从门口传来的钟声打断。"铁锈灭绝啊!这些都是上流人士,韦恩。我花了好几个月才让他们相信我不是流氓。你赶紧走。"瓦克斯利姆走上前,想带他的朋友从远处的出口离开。

"你瞧,你这行为多可疑啊,是不是?"韦恩说着往本上写了几笔,"回避问题,坐立不安。你到底在隐藏什么,阁下?"

"韦恩,"瓦克斯利姆抓住他的手臂,"我有点佩服你特地大老远跑来激怒我,我也很高兴见到你。但现在这时候别给我捣乱。"

韦恩露齿而笑:"你以为我来这里是为了你。你不觉得这有点太自大了吗?"

"你来这还有什么别的事?"

"为了粮食。"韦恩说,"一辆货车在四天前离开依蓝戴,抵达抗风镇时只剩下空车厢。我听说你最近也有两批货被这群所谓的'隐匪'偷走了,所以特地来了解情况。正如我刚才所说,你的表现相当可疑。"

"可疑……韦恩,我丢了两批货物。我才是受害者!怎么就成嫌疑犯了呢?"

"我怎么会知道你那七拐八绕的罪犯天才脑袋是怎么想的,老兄?"

门外响起脚步声。瓦克斯利姆朝门口扫了一眼,然后对韦恩说:"此时此刻，我的罪犯天才脑袋正在琢磨，能不能把你的尸体塞进某个不太显眼的地方。"

韦恩笑着退后。

门开了。

瓦克斯利姆转过身，看见莉米怯懦地抵着门。一个身穿考究西装的胖男人站在那，挂着一根深色的木制手杖。他的胡须一直垂到短粗的脖颈后面，马甲领口处系着深红色的领结。

"……就说不管他在和谁会面！"哈姆斯大人说，"他都得见我！我们有约在先，而且……"哈姆斯大人意识到门开了，于是收了声。"啊！"他大步走进房间。

他身后跟着位神态严肃的女子，一头金发在脑后盘成紧致的圆髻——那是他的女儿史特芮丝——另外还有一个更加年轻的女孩，瓦克斯利姆不认得她。

"拉德利安大人，"哈姆斯说，"您让我这么干等着，我觉得很是失礼。您这是跟谁会面呢，连我都没空见了？"

瓦克斯利姆叹了口气。"是我的老——"

"舅舅！"韦恩抢步上前，刻意压低了声线，去掉所有乡下口音，"我是他的舅舅马克希尔。今天早晨冒昧打扰了，尊敬的阁下。"

瓦克斯利姆在韦恩上前时挑起眉毛。韦恩已经脱下了帽子和外套，把栩栩如生的假胡子贴在上嘴唇上方，胡须里还夹杂着点灰色。他微微皱起脸，让眼角多出几道皱纹。装得还挺像，看上去比瓦克斯利姆大好几岁，一点都瞧不出其实际年纪比瓦克斯小十岁不止。

瓦克斯利姆看向他身后。长衣叠放在沙发椅旁边的地上，帽子压在衣服上面，一双决斗杖搁在一旁。瓦克斯利姆甚至都没注意到他换装——当然，韦恩自然是在速度场里完成的。韦恩是个滑行者，一名弯管合金镕金术师，能在他身边制造出压缩时间的速度场。他通常会使用这项力量来换装。

与瓦克斯利姆一样，韦恩也是双生师，不过他的藏金术能力——快速治愈伤口——在战斗时间之外并不是太有用。尽管如此，这两项能力仍是非常强大的组合。

"您是他舅舅？"哈姆斯大人问道，上前与韦恩握手。

"是他母亲那边的亲戚！"韦恩说，"当然不是拉德利安家的，要不然现在掌势的就是我了对吧？"他的声音听起来像是变了个人，但那恰恰是韦恩的专长。他曾经说过，四分之三的伪装靠的都是口音和声线。"我一直想来看看这小子现在怎么样。他过去过得乱糟糟的。他需要一只坚定的手来引领，以防再次又误入歧途。"

"我也经常有同样的想法！"哈姆斯大人说，"我想我们还是坐下聊吧，拉德利安大人？"

"那是当然。"瓦克斯利姆偷偷瞪了韦恩一眼。用眼神问他，**我们真要这么做？**

韦恩只是耸耸肩。然后转身跟史特芮丝握手，礼貌地低头致意。"这位可爱的小姐是？"

"我的女儿，史特芮丝。"哈姆斯坐下说，"拉德利安大人？您没跟舅舅说过我们要来吗？"

"他的出现让我大吃一惊，"瓦克斯利姆说，"还没机会跟他说。"他也和史特芮丝握手，朝她颔首致意。

她用挑剔的目光上下打量着瓦克斯利姆，目光忽然落在角落里的长衣和帽子上。她嘴唇一撇，显然是把那些当成是瓦克斯利姆的东西了。

"这是我的表妹玛拉茜。"史特芮丝说着，朝身后的女孩点点头。玛拉茜有一头深色秀发，大大的眼睛，鲜亮的嘴唇。瓦克斯利姆只朝她看了一眼，她便立即羞怯地垂下眼帘。"她大部分时间都在外城区度过，相当胆小，请不要吓到她。"

"绝对不会。"瓦克斯利姆说。他等着女孩们在哈姆斯大人身边落座，这才坐在面对他们的另一张小沙发上，脸朝门口。房间还有另一个出口，但那里有块踩上去会嘎吱作响的地板，正合他意。这样一来，谁也别想悄无声息地靠近他。执法者也好，领主也罢，他都不愿意背后中枪。

韦恩拘谨地端坐在瓦克斯利姆右侧的一张椅子上。他们彼此凝视了对方好一会儿。韦恩打了个哈欠。

"好吧，"瓦克斯利姆说，"也许我应该先从询问你的健康状况开始。"

"也许应该如此。"史特芮丝回答。

"呃。好。贵女别来无恙？"

"还行。"

"瓦克斯利姆也是。"韦恩补充道。

众人齐刷刷地看向他。

"你知道，"他说，"他总是穿着那些西装。是挺合适的。呃哼。那是红木吗？"

"这个？"哈姆斯大人说着举起手杖，"没错。这是传家宝。"

"瓦克斯利姆大人，"史特芮丝声音严厉地打断他们的对话，她似乎不喜欢在闲谈上浪费时间，"你我不妨省下这些无聊的客套话吧。我们都清楚这次会面的性质。"

"我们清楚吗？"韦恩问。

"是的。"史特芮丝的声音很冷，"瓦克斯利姆大人，您眼下声名不佳。您的叔叔——愿他与英雄一同安息，他离世隐遁的社交方式、偶尔莽撞的参政行为和大张旗鼓的冒险主义精神，玷污了拉德利安家族的名望。您从蛮苦之地回来，也没给这个声名狼藉的家族增光，尤其是考虑到您刚回城几个礼拜就已经冒犯过各大家族。基于上述几点，您的家族几近潦倒。

"可是，我们自身的处境也很艰难。我们的财务状况堪忧，但名声在最上流的社会阶层里却鲜有人知。我的父亲没有男嗣延续香火，因此我们两个家族联姻，是于双方都极为有利的选择。"

"你可真是逻辑分明啊，亲爱的。"韦恩说，嘴里吐出上流社会的口音，仿佛他生来就是个贵族。

"的确。"她说，眼睛仍看着瓦克斯利姆。她把手伸进背包里，"您的信件，还有和我父亲的对话，足以使我们相信您的诚意，在过去几个月里，您在城中公开场合下的言谈举止，更像是退去了从前的粗野。因此我擅作主张，起草了一份协议，我想能够满足我们双方的需要。"

"一份……协议？"瓦克斯利姆问。

"噢，我真是迫不及待想看看。"韦恩也说。他心不在焉地从口袋里拿出一样东西，瓦克斯利姆看不清是什么。

那份"协议"篇幅惊人，至少有二十页。史特芮丝将其中一份递给瓦克斯利姆，一份递到父亲手里，另一份留给自己。

哈姆斯大人将手握在嘴边咳嗽两声："我建议她把想法写下来，那个……我女儿是个思虑周详的人。"

"看得出来。"瓦克斯利姆说道。

"你今后千万别让她把牛奶递给你，"韦恩用只有瓦克斯利姆能听见的声音补充道，"她看起来像是会把整头奶牛都扔给你的那种人，只为了确保这件事能万无一失。"

"整份协议由几部分组成，"史特芮丝说，"第一部分是我们恋爱阶段的纲要，这个阶段我们的关系既要朝着订婚的方向发展，但又不能操之过急。要让社交圈自然而然地把我们看作一对情侣。订婚不能太快，否则会被怀疑存在丑闻，但也不能太慢。据我估算，八个月的时间应该能满足我们的需要。"

"明白。"瓦克斯利姆用手指翻阅着文件。提洛米端着一盘茶水和蛋糕走进房间，放在韦恩身旁的餐桌上。

瓦克斯利姆摇摇头，合上协议。"你不觉得这有点……太刻板了吗？"

"刻板？"

"我是说，难道不该留出点浪漫的余地？"

"有，"史特芮丝说，"详见第十三页。婚后，每周夫妻生活不得多于三次，不得少于一次，直到我怀上合适的继承人。在那之后，保持同样的次数，时间跨度改为两周。"

"啊，当然，"瓦克斯利姆说，"第十三页。"他朝韦恩看了一眼。那人从口袋里拿出来的是一枚子弹吗？韦恩正把它夹在两根手指间转着玩。

"如果那不足以满足您的需求，"史特芮丝补充说，"下一页还列出了有关情妇的相关细节。"

"等等，"瓦克斯利姆把眼神从韦恩身上收回来，"你的协议里允许情妇的存在？"

"当然，"史特芮丝回答，"她们是存在于生活中不争的事实，所以与其忽略，不如考虑在内。在协议里，您能找到物色情妇的相关要求，以及保持低调的方式。"

"好吧。"瓦克斯利姆说。

"当然，"史特芮丝继续说道，"我也会遵守同样的条款。"

"你也打算找情人吗，贵女？"韦恩兴奋地问。

"我也会被允许给自己找乐子。"她说，"通常会把车夫作为对象。当然，我会等到产下继承人后再这么做。家族血统不容混杂。"

"那是自然。"瓦克斯利姆说。

"也写在合约里。第十五页。"

"我毫不怀疑。"

哈姆斯大人又握拳咳嗽了两声。史特芮丝的表妹玛拉茜在他们整个对话中始终面无表情，除了偶尔低头看着自己的双脚。为什么要把她带来呢？

"女儿，"哈姆斯大人说，"也许我们应该把对话暂时转移到不那么私人的话题上。"

"很好，"史特芮丝说，"有几件事情我想先了解清楚。您信教吗，拉德利安大人？"

"我跟随道。"瓦克斯利姆回答。

"嗯……"她用手指轻敲文件,"那是个安全的选择,就是有点无趣。就我个人而言,我从来都想不明白,为什么人们愿意信奉一种神灵禁止崇拜他自身的宗教。"

"这很复杂。"

"道徒们都爱这么说。你们试图解释这宗教其实很简单时,用的也是这个口吻。"

"那个问题也很复杂,"瓦克斯利姆说,"不过是种简单的复杂。看来你是幸存者教徒?"

"是的。"

真令人愉快啊,瓦克斯利姆暗想。好吧,幸存者教徒算不上太坏。至少其中一部分人不坏。他站起身。韦恩还在玩那个圆形的东西。"有人想喝茶吗?"

"不用了。"史特芮丝挥挥手,继续翻阅文件。

"请给我来一杯。"玛拉茜柔声说。

瓦克斯利姆穿过房间,走到茶桌前。

"那些书架可真棒。"韦恩赞叹着,"要是我有这样的书架就好了。简直是……好了,我们进来了。"

瓦克斯利姆转过身来。原来就在三位宾客看向书架的同时,韦恩开始燃烧弯管合金,制造出了一个速度场。

速度场直径大约五英尺,只把韦恩和瓦克斯利姆包裹在内,一旦韦恩搭好之后,就不能再移动它。靠多年的默契,韦恩能分辨出速度场的边界,能通过空气的微弱波动判断出来。对于那些置身于圈里的人,时间流逝的速度要比外面快得多。

"怎么样?"瓦克斯利姆问道。

"噢,我觉得安静的那个女孩还挺可爱的。"韦恩又恢复了原本的口音,"但那个高个子简直是疯子啊!纵使手臂上长满铁锈我也要说,她真是个疯子。"

瓦克斯利姆给自己倒了杯茶。哈姆斯和另外两位小姐坐在沙发上,凝固得像是雕像一般。韦恩骤燃他的金属,尽最大力量制造出片刻独处的时间。

这些速度场非常有用,但不是大多数人所期望的那种用途。你不能朝外面开枪——好吧,你可以开枪,但子弹在穿过边界时会受到干扰。如果你在速度场里开枪射击,子弹一进入正常时间,就会减速,随即偏离射击轨道。那让人几乎不可能在圈里瞄准目标。

"她和我很配。"瓦克斯利姆说,"对我俩来说,这会是理想的结合。"

"听着,老兄。就因为蕾西——"

"这不关蕾西的事!"

"喂,"韦恩举起一只手,"用不着发火。"

"我不是在——"瓦克斯利姆深呼吸,放柔声音道,"我不是在发火。这不关蕾西的事,只关乎我的责任。"

你真该死,韦恩。我几乎让自己不再想她。要是蕾西看见我做的这些事,会怎么说? 可能会大笑,笑这一切有多滑稽,笑我的尴尬无措。她不是善妒的那种女人,也许是因为找不到理由。有像她那样的女人,瓦克斯利姆还有什么必要去找别人?

从来没有人能跟她相比,可惜这都不重要了。从这方面来说,史特芮丝的协议其实挺不错的。能帮他分割自己。也许对缓解痛苦有点帮助。

"现在这是我的责任。"瓦克斯利姆重复道。

"你从前的责任是救人,"韦恩说,"不是娶人。"

瓦克斯利姆在椅子旁边蹲下:"韦恩。回不去了。就算你走进来,干涉我的人生,也改变不了这一点。我如今已是今非昔比。"

"如果你想成为一个不同的人,难道就不能选个不那么丑的对象吗?"

"韦恩,这不是在开玩笑。"

韦恩举起手,将弹壳捏在指尖转动,然后递给瓦克斯看:"这个也不是。"

"那是什么?"

"子弹。你可以用它们来打人。但愿打的都是坏人——或者至少是那些欠你一两根金条的人。"

"韦恩——"

"他们正在把头转回来。"韦恩把子弹放在茶盘上。

"可是——"

"该咳嗽了。三,二,一。"

瓦克斯利姆小声咒骂,把子弹塞进口袋,重新站起身。他在速度场即将消失的一瞬间大声咳嗽,回到了正常时间里。对于三位访客来说,只过去了数秒而已,瓦克斯利姆和韦恩的语速被加快到难以分辨。咳嗽声会盖过一切。

三位访客似乎谁也没注意到异常。瓦克斯利姆倒好茶——今天的是深樱桃红,看起来是种香甜的水果茶——并将其中一杯递给玛拉茜。她接过去,瓦克斯坐下,一只手托着自己的茶杯,另一只手则拿出子弹攥在手里。外壳和中等口径的弹头看上去像是钢制的,但整体很轻。他掂量着,眉头紧锁。

她脸上的血。砖墙上的血。

他颤抖着竭力摆脱那些回忆。*你真该死,韦恩*,他再次暗骂。

"这茶很棒。"玛拉茜轻柔地说,"谢谢您。"

"不必客气,"瓦克斯利姆说,迫使心神回到谈话中来,"史特芮丝贵女,我会考虑这份协议。有劳你费心了。但我确实很希望通过这次会面对你有个更深入的了解。"

"我正在写一本自传。"她说,"也许我会给您邮寄一两章。"

"那可真是……慧心独具啊。"瓦克斯利姆说,"我很荣幸。但还是请你说说自己吧。你有什么兴趣爱好?"

"一般来说,我喜欢戏剧。"她苦着脸,"就是去库勒里姆看戏。"

"我是不是漏掉什么了?"瓦克斯利姆问。

"库勒里姆剧院。"韦恩靠过来说,"两夜前,那里在演出中途遭到了抢劫。"

"您没听说吗?"哈姆斯大人问,"报纸上有大幅报道。"

"有人受伤吗?"

"当时没有,"哈姆斯大人说,"不过歹徒在逃走时抓了一名人质。"

"太可怕了,"史特芮丝说,"至今还没人收到阿玛尔的消息。"她看起来难过极了。

"你认识她?"韦恩问,他越发感兴趣,口音微微有些跑调。

"是表亲。"史特芮丝道。

"就跟……"瓦克斯利姆用下巴指了指玛拉茜。

三人表情困惑地看了他片刻,然后哈姆斯大人插话道:"啊,不是。是另外一边的亲戚。"

"有趣。"瓦克斯利姆靠着椅背,茶杯端在手上,"而且真有野心。竟敢抢劫整间剧院?歹徒总共有多少人?"

"几十人。"玛拉茜说,"据报告说,可能有三十个人。"

"相当可观。那意味着还要有八个人来给他们当司机,另外还要准备逃跑的车辆。大手笔。"

"是隐匪。"玛拉茜说,"偷货物的也是那些人。"

"那件事还没得到证实。"韦恩纠正她。

"没错,可是根据一起轨道抢劫案的目击证人描述,那伙人里有几个人出现在剧院的抢劫案中。"

"等等,"瓦克斯利姆说,"其中一起轨道抢劫案有目击证人?我还以为那是机密,不是说有一辆幽灵轨道车横空出现吗?"

"没错,"韦恩说,"轨道工程师们停下来调查,可能有些慌了。但还没等他们查清楚,那辆鬼车就消失了。他们继续往前开,等列车抵达终点时,却发现其中一节车厢里的货全没了。锁头完好无损,也没有强行打开的迹象。但货物都不见了。"

"所以没人看见罪犯。"瓦克斯利姆下结论。

"最近几起案件不一样。"玛拉茜的神情活泼起来,"他们也开始抢劫客运车厢。当列车因鬼影车出现而迫停时,会有人跳进车厢里,从乘客手里抢劫珠宝和钱包之类的。他们抓了一名女性人质——威胁说要是任何人敢追过去,就杀死她——然后逃之夭夭。货车厢也被抢了。"

"真让人好奇。"瓦克斯利姆说。

"是的。"玛拉茜说,"我认为——"

"亲爱的,"哈姆斯大人打断她,"你在打扰拉德利安大人。"

玛拉茜红着脸,垂下眼帘。

"这不是打扰,"瓦克斯利姆说,手指轻叩茶杯,"是——"

"您手里拿的是子弹吗?"史特芮丝指着问。

瓦克斯利姆低头看,意识到自己正在用食指和拇指转动子弹。他在回忆重现前,把它用拳头攥紧。"不用在意。"说完他瞪了韦恩一眼。

韦恩用唇语对他说:用钢推。

"您相当确定,您那有违常规的过去被您抛在身后了对吧,拉德利安大人?"史特芮丝问。

"噢,他确定。"韦恩愁眉苦脸地说,"你用不着担心他有违常规。他这家伙简直无聊透顶!无聊到滑稽荒谬,令人难以置信的地步!就连在那些排队等着领老鼠肉汤的乞丐,都比他有趣得多。简直——"

"谢谢你的夸奖,舅舅。"瓦克斯利姆冷冷地说,"没错,史特芮丝,我过去是有违常规。但都过去了。我如今一心只想履行作为拉德利安家族族长的责任。"

"好极了。"她说,"我们需要以情侣的身份正式进入上流社交圈。首先得选择一个合适的公开场合。"

"尤门·欧斯特林的婚宴如何?"瓦克斯利姆心不在焉地说,想着钢推子弹的事。"我今天早晨刚刚收到邀请函。"

"这主意真不错。"哈姆斯大人说,"我们也收到邀请了。"

钢推它。瓦克斯利姆把手伸进左袖管,偷偷从里面的暗袋里摸出一小撮钢屑。他把钢屑撒进茶杯里,喝了一口。这点细屑无法为他提供多少钢储量,但足够了。

他燃烧钢,周围遍布熟悉的蓝线,纷纷指向附近所有的金属源。

除了他手里握住的那个。

是铝,他意识到。**难怪那么轻**。

铝和另外几种铝合金对镕金术不会产生反应,既不能推也不能拉。同时价格非常昂贵,甚至比黄金和铂金还值钱。

这种子弹是被设计来杀死射币和扯手的,比如说像瓦克斯利姆这样的人。他打了个冷战,将手中的子弹握得更紧。他从前也会往上好的枪支里装填几发铝制子弹,不过他没听说过哪种合金制成的子弹具有精准的弹道射程。

哪来的? 他用唇语问韦恩。**你从哪找到的?**

韦恩只是对宾客们点头,三人齐齐看着瓦克斯利姆。

"您没事吧,拉德利安大人?"史特芮丝问,"要是您需要情绪方面的帮助,我认识一位不错的心理咨询师。"

"呃……不用了,谢谢。我没事,我想今天的会面收获颇丰。你同意吗?"

"那要视情况而定。"她说着站起身,显然是把瓦克斯利姆的话当成结束会面的提示,"那场婚宴就在明天,我想在那之前您能看完这份协议吧?"

"没问题。"瓦克斯利姆说着也站起身。

"我认为这场会面真是太好了,"韦恩说着站起来,"你正是我外甥需要的伴侣,史特芮丝贵女!你就是那只强有力的手。跟他乱糟糟的生活方式恰好相反。"

"我同意!"哈姆斯说,"拉德利安大人,也许您的舅舅也能出席晚宴——"

"不，"瓦克斯利姆不等韦恩回答就一口回绝，"可惜他来不了，他得马上回家，刚才我们谈过了。有一匹非常重要的马驹需要他照料。"

"噢，那好吧。"哈姆斯大人说着扶玛拉茜站起来，"等我们接受尤门家族的邀请后，会写信告知您。"

"我也一样。"瓦克斯利姆说着送他们走到门口，"那就到时候见吧。"提洛米朝家人们鞠躬，把他们送出去。瓦克斯利姆觉得他们离开得有些匆忙，但却如释重负。考虑到韦恩的不请自来，这场会面算是进行得相当顺利了。总算没人朝他开枪。

"这些人真不错。"韦恩说，"我现在看明白你在做什么了。有那样的妻子和岳父，你找到家的感觉了——就像抗风镇的监狱和里面的囚犯那样！"

"多谢赞誉。"瓦克斯利姆小声说，在哈姆斯一家走出宅邸门外时，朝他们挥了最后一次手，"那枚子弹是打哪来的？"

"它掉在剧院抢劫案的现场。我今天早上从警察手里换来的。"

瓦克斯利姆闭上眼。韦恩对"换"这个词的解释很是宽泛。

"噢，别把我想那么坏，"韦恩说，"我给他们留了一块很不错的鹅卵石。顺便说一句，我想史特芮丝和他爸爸肯定把你当成疯子了。"他露齿一笑。

"那算什么新鲜事。这些年跟你混在一起，人们很早以前就认为我疯了。"

"哈！看来你还没丢掉幽默感啊。"说着，韦恩走回房间，在经过一张书桌时，把他的铅笔从口袋里拿出来，换了瓦克斯利姆的一支钢笔。

"我没弄丢幽默感，韦恩。"瓦克斯利姆说，"只是学会了克制。我跟你说的都是真的，这发子弹改变不了任何事。"

"也许是改变不了，"韦恩说着拿起他的帽子、长衣和决斗杖，"但我仍然想看看能有什么发现。"

"这不是你的工作。"

"在蛮苦之地追击罪犯也不是你的工作。有些事情是必须的，老伙计。"韦恩走向瓦克斯利姆，接着把帽子递给他。等瓦克斯利姆接过之后，他穿上外套。

"韦恩……"

"有人被抓走了，瓦克斯。"韦恩重新拿回帽子，戴在头上，"目前有四名人质遭到劫持，一个都没回来。抢劫珠宝好说，从蛮苦之地掠夺食物也好说，可是劫持人质……好吧，这里有事发生。不管你帮不帮忙，我都会查出真相。"

"我帮不了。"

"那行。"他犹豫着，"但我需要你告诉我从哪里查起。负责思考的总是你。"

"没错，这就是有脑子的好处。"

韦恩朝他眯起眼睛，恳求似的挑起眉毛。

"好吧。"瓦克斯利姆叹了口气，端起茶杯，"现在有几起抢劫案了？"

"八起。其中七起是抢劫轨道货车，最近一起是抢劫剧院。"

"四名人质？"

"对。是分别在最近三起案件中被歹徒带走的。两名被人从货车上劫走，一名是从剧院。四名人质都是女性。"

"女性更容易制服。"瓦克斯利姆悠悠地说，轻敲茶杯，"而且更会让男人们有所顾忌，生怕歹徒下毒手。"

"你需要知道偷了什么吗？"韦恩问，把手伸进长衣口袋里，"我跟警察换来一份清单……"

"无关紧要。"瓦克斯利姆喝了口茶，"或者说，至少大部分不重要。重点不在于抢劫本身。"

"是吗？"

"是的。那么大一个作案团伙，资金充裕——甚至到了过剩的地步。"他把子弹拿出来，仔细检查，"要是他们真那么需要钱，索性去抢运金车或银行不是更快？抢劫恐怕只是掩人耳目。要是你想要一个人的马，有时最好的策略是放跑他的猪。等他去追猪时，骑马离开就是了。

"我敢打赌，这群隐匪另有目的。也许是在他们抢走的赃物里，某样容易被忽略的东西。也有可能真是为了敲诈——他们计划向城里的住民们收取保护费。看看有没有人被勒索吧。先声明，可没有人联系过我。

"要是还没有头绪，就查查人质的背景。其中一个也许随身带着什么东西，是劫匪真正的目标。要是这件事情转变为暗中讹诈，我也不会觉得意外。"

"但他们是先抢了几次列车，才劫人的。"

"是的，"瓦克斯利姆说，"而且顺利逃脱。如果他们能在不被发现和阻止的情况下带着货物全身而退，那更没有理由露面劫持乘客。他们另有目的，韦恩。相信我。"

"好吧。"瘦削的男人揉了揉脸，终于把假胡子拽了下来，塞进口袋，"但请跟我说实话，你甚至压根不想知道吗？没有勾起你的好奇心？"

"不。"那不完全是实话。

韦恩哼了一声："要是你在说出这个字时眼睛没抽动，我肯定会相信你，老兄。"他朝子弹扬了扬下巴，"我注意到你还没把那个还给我。"

"是没还。"瓦克斯利姆把它塞进口袋。

"而且你仍然戴着金属意识库。"韦恩说着，又用下巴指了指几乎整个被瓦克斯利姆的袖管遮住的护臂，"更不用说，你的衣袖里还藏着钢。桌上还有本枪支图录。"

"一个人必须有点爱好。"

"你爱这么说也行。"韦恩说，接着上前一步，拍了拍瓦克斯利姆的胸口，"但你知道我是怎么想的吗？我觉得你在找借口，不舍得告别过去。这东西，才是真正的你。什么豪宅，什么婚姻，什么头衔，都改变不了这个事实。"韦恩轻扬帽子，"你天生就好管闲事，老兄。那才是你。"

说完，韦恩扬长而去，出门时，长衣下摆从门框边一扫而过。

第三章

八小时后，瓦克斯利姆站在豪宅楼上的窗户跟前，眺望着夕阳最后几抹余晖渐渐散去。窗外暮色渐浓，愈发昏暗。他等待着，盼望着。可惜迷雾并未降临。

有什么要紧？他问自己。**反正你又不会到外面去。**但他还是希望迷雾升起，有雾的夜晚让他安心，哪怕即使是看看也好。那样的世界会变得不一样，他觉得更容易理解。

男人叹口气，穿过书房，来到墙边。他拨动开关，电灯亮起光芒。这样的装置至今让他惊叹不已。即便是知道在《创始箴言录》里有过关于电能的暗示，人类所取得的成就仍然让人难以置信。

他来到叔叔的书桌前——现在是他的。回想在抗风镇时，瓦克斯利姆的书桌粗糙而单薄。如今，他拥有一张深色橡木的书桌，结实稳固，打磨精良。他坐下，开始翻阅家族账簿。然而没过多久，他的双眼就对着安乐椅里那一叠巨幅报纸抽动起来。那是他让莉米帮他收集来的。

他这些日子通常不看报纸。那些关于犯罪的新闻总会在脑海里徘徊不去，让他难以集中精神干正事。当然，既然现在那些隐匿干的勾当已在他脑袋里扎下根，一时半会儿也没心思去顾别的，至少他得先弄清楚他们都干了些什么。

也许只看几行就够了，他对自己说。跟上时事动态总是好的，多了解点新闻也没什么坏处。事实上，搞不好反而有助于让他跟别人交流时多点谈资。

瓦克斯利姆拿上那叠报纸，走回桌前。他很快就在当天的报纸上找到了关于抢劫案的报导。另外几份则将细节详述得更加清晰。他跟莉米提过隐匪的事，于是她特地找来这几份报纸，能让看报的人将近来关于这些歹徒的消息一网打尽。这些报纸是几个星期甚至几个月前印刷的，上面带有刊登消息的原始日期。他看得出来，那些长篇新闻很受欢迎，因为在三家报社不同的三份报纸上都进行了登载。看来人人都不愿意错过时事要闻啊。

从新闻刊登的日期来看，第一起抢劫案发生的时间比他预想的要早。是在七个月前，在他回到依蓝戴市之前。在首批货物消失后，整整过去了四个月，才发生第二起。直到第二起抢劫案发生，人们才开始用"隐匪"这个名词来指代那些歹徒。

除了剧院那次，所有抢劫案都很类似。列车因为轨道上出现意外而迫停——起初是一棵大树倒下来挡住路，后来从迷雾里凭空出现一辆幽灵轨道车，径直朝列车驶来。工程师们慌忙停车，但前方的鬼影却消失不见。

工程师们再次启动列车。当抵达目的地后，其中一节车厢里的货物全都无影无踪。人们把劫匪说得神乎其神，赋予了他们各种各样神秘的力量，那些人似乎能毫不费力地穿过墙体和上锁的车厢门。但被偷走的都是些什么货物呢？瓦克斯利姆皱着眉头思考。第一起抢劫案的新闻里没有具体说明，只提到货主是奥古斯丁·太齐尔。

太齐尔是城中最富有的家族之一，位于第二八分区，不过他家正在第四八分区的金融区里建造一座新的摩天大楼。瓦克斯利姆再次阅读那些报导，然后在纸堆里翻找起来，想看看在第二起抢劫案发生之前，有没有关于第一起抢劫案更加详细的信息。

这是什么？ 他拿起一份报纸，上面刊登着一封奥古斯丁·太齐尔在几个月前亲笔书写并公开的信函。信里谴责依蓝戴市的警察找不回太齐尔家货物的无能行径。报社欢天喜地地印了出来，甚至还配上了醒目的标题："太齐尔家严词抨击警方无能。"

三个月。太齐尔家居然三个月才出声。瓦克斯利姆将这些汇总的报纸放到一旁，接着在近期的报纸里寻找线索。哪一份都少不了那些消息，这一桩桩案件既神秘又充满戏剧性，这两点正是让报纸销量大增的关键所在。

第二起和第三起抢的都是钢。有点让人费解。钢这东西搬运起来可不轻松，而且从收益上说，也不如直接抢劫客车厢更加高效。第四起案件引起了韦恩的注意：劫匪从开往蛮苦之地北部的列车上抢走了包装食品。从第五起案件开始，劫匪转而对乘客下手。第六和第七起也是一样，在第七起案件中，隐匪唯一一次同时带走了两名人质。

后三起抢劫案都是对货车厢和乘客下手，连偷带抢。两起损失了金属，另一起损失了食物——至少所有报纸都是这么写的。事态越往后发展，细节就越发有趣，因为车厢的安全级别越来越高。车厢会装上更复杂的锁，还有卫兵往来巡查。考虑到货物重量，抢劫案发生的速度简直快得惊人。

难道他们像韦恩那样，使用了速度场吗？ 瓦克斯利姆揣测。不可能。那一旦设置完成，你就不能随意进出，再说，绝不可能制造出那么大个的速度场来为这类抢劫案提供便利。起码据他所知这办不到。

瓦克斯利姆继续往下看。文章有不少，包括抢劫理论、引述和目击证人的证词。很多人提出了速度场的假说，但社论将那些假说一一推翻。这些案件需要众多人手，速度场根本容纳不下。他们认为更大的可能性是，由一位能够增强自身力量的藏金术师，把沉重的金属从车厢里搬离，然后运走。

但是搬去哪呢？为什么要这么做？他们怎么绕开门锁和卫兵？ 瓦克

斯利姆把那些看似有趣的文章剪下来。可惜几乎连一点确凿的信息都没有。

当轻柔的敲门声响起时,他正把那些文章一张张地铺在书桌上。他抬头看见提洛米端着茶盘站在门口,手臂上还挂着个小篮子。"要喝茶吗,大人?"

"拜托了。"

提洛米大步上前,在书桌旁搭起一个小餐台,摆好茶杯和雪白的餐巾。"您有什么想喝的吗?"提洛米可以将最简单的材料进行调配,制作出几十种在他看来颇为理想的茶饮。

"随便。"

"大人。茶是很重要的,绝对不能只是用'随便'两个字来应付。请您告诉我,您打算早些就寝吗?"

瓦克斯利姆看了看那堆剪下来的新闻:"完全不想。"

"很好。您想喝点什么,来帮助理清思路吗?"

"听起来不错。"

"甜还是不甜?"

"不甜。"

"清凉还是辛辣?"

"清凉。"

"浓还是淡?"

"呃……浓吧。"

"太好了。"提洛米说着,从篮子里拿出几个小罐子,还有几把银勺。他开始在一个茶杯里混合粉末和碎药草,"大人看起来非常专注。"

瓦克斯利姆敲打着桌子,"大人很是恼火。这些报纸简直是一团乱麻,让人无从查起。我需要知道第一批货物是什么。"

"您说什么第一批货啊,大人?"

"劫匪抢走的第一车货物。"

"格兰姆斯小姐会注意到，您似乎又想走回从前的老路了，大人。"

"幸好格兰姆斯小姐不在这儿。另外，哈姆斯大人和他的女儿为我对那些抢劫案一无所知而吃惊。我必须对城里的大事有所了解才行。"

"这是个非常好的借口，大人。"

"谢谢。"瓦克斯利姆说着端起茶杯，"我几乎快要说服自己了。"他喝了一口："留存之主的翅膀啊，伙计！这真好喝。"

"谢谢，大人。"提洛米拿起餐巾，握住一抖，接着从中间折好，铺在瓦克斯利姆座椅的扶手上，"我相信第一批被盗的是羊毛。我在这礼拜早些时候光顾肉店时听说的。"

"羊毛？讲不通啊。"

"这些案件没有一起能讲得通，大人。"

"没错，"瓦克斯利姆说，"不过，正是这样才有趣。"他又喝了口茶。浓烈的薄荷香气从鼻孔沁入，让他精神一振。"我需要纸。"

"什么——"

"一大张纸，"瓦克斯利姆继续说道，"越大越好。"

"我去看看有什么能用的，大人。"提洛米回答。瓦克斯利姆听见一声微弱的叹息，但他仍然依令而行，走出了房间。

自己研究了多长时间？他看了时钟一眼，惊讶居然已经到了午夜时分。

好吧，反正已经置身其中，不理出头绪绝对睡不着。他站起身，开始踱步，手里端着茶杯和托盘。他没有靠近窗户。背对着灯光很容易成为外面狙击手的靶子。并不是说他真觉得外面有狙击手，但是……反正这样会让他更舒服。

羊毛，他想着，走过去翻开一本账簿，查找起某些金额来。他愈发聚精会神，完全没注意过时间的流逝，直到提洛米回来。

"这个行吗，大人？"提洛米问，他带来一个专业画架，上面夹着一大叠纸，"是老拉德利安大人留给您妹妹的。她很喜欢画画。"

瓦克斯利姆看着画架，感到心头一紧。他有好多年没想起过苔尔辛了。他们从小到大都很疏远。倒不是像他疏远叔叔那样刻意为之，瓦克斯利姆和上一任拉德利安大人经常意见不合。他与苔尔辛的疏远纯粹是因为懒。分开二十年，偶尔才见妹妹一面，他早习惯了这种不冷不热的关系。

然后，她死了，跟他叔叔在同一起意外中丧生。他希望那噩耗能让自己更加难过。噩耗理应让那时的他感到更加难过。但苔尔辛在那时，对他而言已经是个陌生人。

"大人？"管家问道。

"这再好不过了。"瓦克斯利姆说着站起身，取来一支铅笔，"谢谢你。我还担心我们得把纸挂到墙上呢。"

"挂起来？"

"是的，我以前会用点儿焦油。"

那个念头似乎让提洛米很不舒服。瓦克斯利姆并未理会，走过去开始在画纸上书写起来："这张纸真好。"

"我很欣慰，大人。"提洛米不太确定。

瓦克斯利姆在左上角画了一列小火车，在前方画了一条铁轨，又在底下写上日期。"第一起抢劫案。纹弩亚期十四号。目标：羊毛。传言。"以同样的方式，他又在纸上增加了更多的火车、铁轨、日期和细节。

当他这样涂鸦，勾勒出犯罪细节以帮助思考时，韦恩总是会嘲笑他。但这个方法很奏效，只不过他得经常忍受韦恩在原本干净整洁的画纸和注记中间，顽皮地画上几个呆头呆脑的强盗小人或是雾魅。

"第二起抢劫案发生的时间要晚得多。"瓦克斯利姆继续说，"金属。在第一起案件中，太齐尔大人过了好几个月才提出抗议。"他叩击着画纸，然后将"羊毛"两个字划去。"他丢失的货物不是羊毛。当时正值初夏，羊毛的价格连货运费都赶不上。我记得，在纹弩亚期，由于第十八条铁路线暂停服务，运费通常高得吓人。除非一个人脑袋进水，否则绝对不会出那么高的价钱去运输没人要的反季货。"

"所以……"提洛米开口。

"等一下。"瓦克斯利姆说。他走过去，从书桌旁边的架子上取下几本账簿。他的叔叔留下了一些运货单……

果不其然。老拉德利安大人把竞争对手家族的货运情况记录得一清二楚。瓦克斯利姆挨着查看那些单据。这花了他一点时间，但最终总算得出了结论。

"是铝。"瓦克斯利姆说，"太齐尔很可能在运输铝，但为了避税，谎称是其他货物。看这些运单，他在过去两年申报的运铝量，要比之前那些年少得多。但他的冶炼厂还在生产经营中。我敢拿我最好的枪打赌，奥古斯丁·太齐尔——在某些铁路工人的帮助下，一直在从事利益可观的走私。正因为这样，才没在货物被盗时大肆张扬，他不想引人注意。"

瓦克斯利姆走过去，在纸上写下一些符号。他将茶杯端到嘴边，自顾自地点点头："这同时也解释了为什么头两起抢劫案相隔了那么久。劫匪也在对那批铝加以利用。他们可能把其中一些拿到黑市上贩卖来补充行动资金，然后用剩下的制造铝弹。可他们为什么需要铝弹呢？"

"用来杀镕金术师？"提洛米问道。瓦克斯利姆查阅账簿时，他在整理房间。

"没错。"瓦克斯利姆在三起劫持人质抢劫案的上方画了几张脸。

"大人？"提洛米走过到他身边，"您认为被抓走的人质都是镕金术师？"

"报纸公开刊登过那些人的名字。"瓦克斯利姆说，"四名人质都是来自于名门望族的女性，但没人公开承认过有镕金术的力量。"

提洛米保持沉默。这说明不了一切。上流社会中的许多镕金术师都不会随便公开身份。那些力量在许多情况下都很有用。比如说，如果你是煽动者或安抚者——能影响别人的情绪——你不会愿意引起人们的怀疑。

在其他情况下,镕金术会被拿来炫耀。一位竞选议会果农代表的候选人,在发表竞选讲话时,唯一强调的便是他红铜云的身份,不会受锌或黄铜的影响。那位候选人后来以绝对优势胜出。人们不愿意要一个会在暗地里受人摆布的傀儡领袖。

瓦克斯利姆开始把推测在画纸的空白处记录下来。动机,如此快速清空车厢的可能方法,几起案件之间的相似之处与不同点。写着写着,他迟疑下,突然按照韦恩涂鸦的风格,在顶端画上几个呆头呆脑的盗匪小人。虽说有些疯狂,但纸上多出这几个小人,让他安心了许多。

"我敢打赌,所有人质其实私底下都是镕金术师。"瓦克斯利姆说,"劫匪手里有铝弹,是来对付射币、扯手和打手的。如果我们能抓住任何一名歹徒的话,我敢下重注,那些人的帽子里肯定有铝制衬垫来防止让情绪受到推或拉的影响。"这样的做法在城中的精英阶层里并不罕见,尽管普通百姓负担不起那样的奢侈。

这些抢劫案与钱财无关,重点在于人质本身。正因为这样,劫匪才没开口索要赎金,而且也没有人发现撕票的痕迹。抢劫是为了满足幕后绑架者的真实目的。被掳走的那些女人,也并不像看上去那样只是随机被选上。隐匪正在集结镕金术师。而镕金术金属——目前被盗的有纯钢、白镴、铁、锌、铜、锡,甚至还有一些弯管合金。

"这很危险,"瓦克斯利姆小声嘀咕,"非常危险。"

"大人……"提洛米说,"您不打算看看家族账簿吗?"

"对。"瓦克斯利姆心烦意乱地应付着。

"还有铁脊大楼新办公室的租约?"

"今晚还有时间。"

"什么时候看呢,大人?"

瓦克斯利姆停下来,看了看怀表。他再次为时间的流逝而惊讶。

"大人,"提洛米说,"我跟您讲过关于您叔叔赛马的时日吗?"

"埃德温叔叔是个赌徒?"

"一点没错。他当上上主后没过多久，就给家族带来了大麻烦。他几乎把所有时间都耗在马场里。"

"难怪我们现在那么没落。"

"几乎""大多数"都是虚指、矛盾。

"事实上，他赌博相当在行，大人。他经常能胜出一筹，赢的不是一点半点。"

"噢。"

"但他还是停手了。"提洛米说着，收走茶盘和瓦克斯利姆的空茶杯，"可惜啊，大人，正当他在马场上春风得意时，家族却因在业务和金融交易方面经管不善，损失了一笔巨款。"他朝门口走去，末了转过身来，一贯阴郁的脸色变得柔和："我没有资格对您说教，大人。当一个人有了担当之后，他就有能力而且必须独立作出决定。但我还是会尽到提醒的责任——凡事过犹不及，甚至祸及自身。您的家族需要您，还有成千上万的家族仰仗您。他们需要您的领导与指引。这并不是您主动招揽来的，我明白。但伟人之所以伟大，是因为分得清轻重缓急，知道如何取舍。"

管家离开，将门在身后关上。

瓦克斯利姆独自站在电灯神秘而稳定的光芒下，看着面前的图表。他扔掉铅笔，突然觉得筋疲力尽，怀表还在他手上。此刻已是两点十五分。他应该去睡会儿觉。正常人这时候早就入眠了。

他把灯光调暗，以免从背后投来的光线太过明亮，然后朝窗口走去。他还在为没有起雾而闷闷不乐，虽然他原本也不作指望。他意识到，自己今天还没做过日祷。今天真是一团乱麻。

好吧，迟做总比不做好。他从口袋里掏出耳环。耳环的设计相当简单，代表"道"的十个圆环彼此相扣，坠在耳针上。他将耳环塞进为此而刺的耳洞里，然后靠在窗边，凝视着漆黑的城市。

道徒祈祷时没有特定的姿势。只要做十五分钟的冥想和沉思即可。有人喜欢盘腿而坐，闭上双目，但瓦克斯利姆却总觉得用这个姿势很难静心。这会让他脊柱酸痛，如芒刺在背。况且如果有人溜过来，从背后给他来上一枪怎么办？

　　于是，他只喜欢站着沉思。**迷雾里的情况如何？** 他想。他从不确定该怎么跟和谐之主交谈。聊聊生命的美好？当神的感觉怎么样之类的？

　　作为回应，他感到……一阵欢乐。他说不出这些感觉是不是自己臆想出来的。

　　好吧，既然我不是神，也许您可以用那无所不知的神性帮我总结出一些答案来。感觉我现在陷入困境了。

　　这请求听起来有些刺耳。这跟他之前所处的任何困境都不一样。他没有被五花大绑，性命垂危。也没有迷失在蛮苦之地，缺水少食，必须想尽办法回到文明社会中来。他站在一幢华贵的豪宅里，而他的家族正在面临财政问题，这并不是什么无力经受的局面。他有着奢侈的人生，在城市参议员中也有一席之地。

　　那究竟为什么，过去的六个月却是他所经历过最艰难的一段时日？无穷无尽的报告、账簿、晚宴派对和业务合作。

　　管家说得对，很多人都仰仗着他。拉德利安家族开始只是跟随起源的几千人，在三百年里，家族规模越扩越大，将任何在族中或铸造厂里工作的工人都纳入保护伞之下。瓦克斯利姆商谈的业务，决定着那些人的酬劳、特权与生活方式。他的家族一旦垮台，他们会到别处寻找活计，但在一两代时间内，都会被其他家族视作下等成员。

　　我以前解决过不少麻烦，他想。**这次也没问题。前提是这件事是正确的。是正确的吗？**

　　史特芮丝把道说成是简单的宗教。也许吧。只有一条基本教义——多行善，少作恶。除此之外，还有些附加教义——一切真理都属必要，付出须多于索求等等。在《创始箴言录》里，总共举出过三百多个宗教信仰的范例。也许吧。但那些是在别的时代，在另一个世界里。

道就是为了研究它们，学习那些宗教的准则。这本身的核心准则不过以下几条：不要在无法承诺时纵欲。所有的缺陷都暗藏力量。每日祈祷并冥想十五分钟。不要浪费时间崇拜和谐之主。行善即是最大的敬意。

瓦克斯利姆是在离开侬蓝戴不久后皈依于道的。他至今仍然笃信，在火车上遇见的那个女人一定是和谐之主的手——无面永生者之一。是她给了他那只耳环，每位道徒在祈祷时都会把耳环戴上。

问题是，瓦克斯利姆现在做的事情很难让他有成就感。不是餐会，就是账簿，不是合约就是谈判。理性说来，这一切都很重要。可那些事情，包括他在参议院的席位都是虚无缥缈的。跟送凶手入狱，还有解救被绑架的孩童比起来，根本不值一提。年轻的时候，他住在城里——这个世界的文化、科学与进步中心，住了足足有二十年，但直到他离城而去，游荡在山脉另一侧那尘埃遍布，贫瘠恶劣的土地上时，他才找到真正的自己。

善用你的天赋——身体里有个声音小声对他说。**你会想明白的。**

这让他露出了无奈的微笑。他真想不通，要是和谐之主真在聆听的话，为什么不肯给他更加具体的答案。通常，瓦克斯利姆从祈祷中获得的只是某种受到激励感。再接再厉。事情并没有你感觉的那么困难。切莫放弃。

他叹了口气，闭上眼睛，陷入思索。其他宗教都有各自的仪式与集会。唯独道徒们没有。在某种程度上，这种极简的特质却让道更难以被追随。如何解读，都由各人的良心主宰。

在冥想一阵后，他不禁感觉到和谐之主想让他研究隐匪，并成为合格的一族之长。这两项任务是互相排斥的吗？提洛米觉得是。

瓦克斯利姆回头朝那叠报纸、画架和上面的画板看了一眼，把手伸进口袋，拿出韦恩留下的那颗子弹。

这时，他不由自主地在脑海里看见了蕾西的身影，她头向后仰，鲜血四下飞溅。那一头棕色的秀发里满是血污。地上，墙上，站在她背后的罪犯身上，到处都是鲜血。但那罪犯却不是开枪打死她的凶手。

噢，和谐之主啊，他心想，单手扶住头，慢慢倚靠着墙壁坐下。**这真是与她有关，不是吗？我不能再来一次。再也不能。**

他扔下子弹，摘下耳环，站起来往前走，把报纸收好，将画纸合上。目前还没人因为隐匿受伤。他们是在抢劫，但却没有伤人。甚至没有证据表明，人质身处险境。等劫匪拿到赎金，可能就会把他们送回来了。

瓦克斯利姆坐下，转而研究家族账簿。今夜剩下的时间，他把注意力都集中在这上面。

Claiming it will revolutionize security and transportation, Reshelle Tekiel announced her House's new vault-style train car, intended for the transportation and protection of valuable goods via railway. The car is on display for the public at the Evergall Trainyards until the 19th.

Designed specifically as a response to the terrible and ever-increasing rise in bandit attacks by such groups as the infamous "Vanishers," the new Breaknaught train car is fabricated from the finest steel, designed upon the latest modern lines and sealed by a massive door and lock identical to those found upon the vaults of Tekiel's own banking houses.

The timing mechanism of this scientifically advanced lock guarantees that once sealed, the railcar cannot [be] reopened until well after [it] has reached its destina[tion]. Thus the Breaknaught a[llows] even the most concern[ed] gentlemen to rest sec[ure in] the certainty that their [valuable] cargo may travel unmo[lested] along the lines of the E[lendel] Basin and the lands be[yond].

Indeed, this is a greater concern than ever in light of the recent attacks upon those traveling the railways near our fair Elendel itself. None are safe from the ravenous ways of the Vanishers, stripping ladies and lords of their precious valuables at gunpoint. While blood has yet to be spilled in their attacks, the [...] begu[n...]
th[...]

THE PHANTOM RAILCAR!
Described by Witnesses!

In this harrowing report, three witnesses tell of the night their train was robbed by the Vanishers. One of them is the train engineer herself, and she explains in [gre]at detail the ghostly ap[pariti]on. Discover the facts [your]self, and see why this [was] too quiet, too [...o] unworldly [...] other than a [...]d. Experts [...] compare [... d]etermine [...]ion's ori[gin...] lists give [...] he phan[tom...] xclusive [...]nd here!

---

greeted with near-[total] derision from [...] the Trade Union [...] viewed by this br[...] Line Riveter at the [site] of the [...] Ironspine Building who gave his name as Brill told this reporter that Mr. Durnsed should "bloody well keep his head clear of these parts if he knows what's what." Before he could expand upon this statement, his local union representative intervened and gave assurances that the man was speaking metaphorically. However, the mood of the assembled Line Riveters and Shovelmen was decidedly against Mr. Durnsed.

The decision by the Union Leader means that the contract as written holds now through the remainder of the financial quarter. Subsequent to this revelation, industry stocks were trading generally higher, and even recently depressed Tekiel shares began to show positive activity.

[...] Parlor [...] fines, one [...] stress, anxiety, and concern—leaving with a light heart and a soaring mind. Our reporter visits the parlor to give a detailed report of what goes on. A luxurious massage, sweet scents, and a Soother on duty to give a unique "Emotional Massage" leave you feeling as good on the inside as you do on the outside. Read the report on the back, column seven.

Feltri Proven to Be Rioter!

Alloran Feltri, long favored to win the Canalworkers 2nd Seat in this fall's elections, is rumored to have been using Allomantic abilities to create supporters. In a scandal sure to rock the city to its foundations, a former mistress has come forward to expose all. Complete story on reverse side, third column.

Allomancers for Hire.

All varieties. Coinshots,
[...]

Pits of [Elt]ania!

M[y ed]itor, and by way of [greeting my d]earest readers: I tr[ust this] missive finds you we[ll,] and in the possession of a willing ear, for the incredible events that transpired in my recent experience may strike you with incredulity and shock. I vow to you in earnest assertion that each and every word I write to you is true and factual. I live these tales so that you may learn of the Roughs and the fascinating people who live out here beyond the mountains, beyond the law, and beyond cultured reason.

When I wrote my previous missive, I was certain that my end had come. Indeed, I was captured and held by the brute koloss of the Pits of Eltania, and had been told that on the morrow, I would be executed and my flesh feasted upon. I feared a gruesome end, and I will admit that I found myself in earnest prayer to the Survivor that very night! If anyone needed the protection of He Who Lived, it was I!

Two years ago, [an] exploration vessel the [In]sights was taken by a t[errible] storm and blown in[to the] ocean deeps. Out of [sight] of land, there was no [way to] navigate properly, an[d our] brave sailors found [them]selves praying for their [lives] as they sailed back eas[tward] in the hopes of striking [land].

Harmony favored [them] and they eventually [found] land—a strange island [filled] with unusual animals. [There] they also found a refu[gee, the] sole survivor with a t[errible] story of his ship being [taken] by a strange seafaring p[eople].

Now, long after their [loved] ones had given the [m up] for dead, the sailors [have] returned to civilization, [bring]ing with them this re[fugee]. His story is one of [...] worry, and wonder. [Read] on, as we uncover the [story] of the people of the [...] and their mystical Un[known] Metals. Full story, r[...] side.

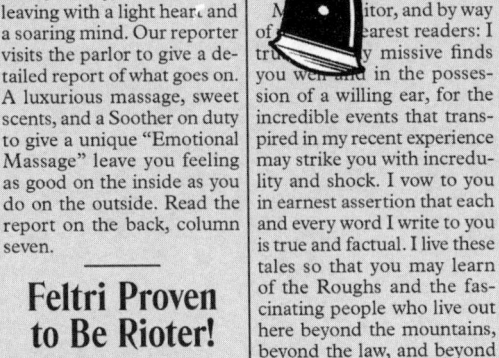

---

these incapable of be[tter] craftsmanship.

But, I dally in the [insig]nificant. Please forgi[ve me,] my mind continues to [revisit] the events of this wee[k and,] indeed, I believe that [I was] not only been spared [death] but named king of thi[s...]

It began on the daw[n of the] aforementioned exec[ution.] After being dragged [out] in a not-too-kind fa[shion,] I found myself bene[ath the] blaring sun, trudging [over] the red, dusty groun[d. The] brutes stood in silen[ce...]

第四章

"和谐之主的前臂啊,"瓦克斯利姆嘟囔着,走进宏伟的宴会厅,"现如今婚宴都办得这么张扬吗?出席的宾客简直比蛮苦之地整个城镇里的人都要多。"

瓦克斯利姆年轻时曾经造访过尤门宅邸一次,那次宏伟的宴会厅是空的,此刻却挤满了人。一排排长桌整齐地排布在这间巨大厅堂的硬木地板上,看样子总数要超过一百。贵女、贵族、政府首脑和身家不菲的精英名流彼此间窃窃私语,所有人都是盛装出席。放眼望去,到处都是璀璨的珠宝和笔挺的黑西装,搭配各色领结。女人们都穿着最新潮的深色长裙,裙摆曳地,厚实的外层上点缀着百褶千丝。大多数女人上身都穿着像背心似的紧身外套,领口大开,他可不记得童年时她们的领口有开得这么低。也许那时只是没注意过这些吧。

"你刚才说什么,瓦克斯利姆?"史特芮丝问,侧过身子让他帮忙把外套拿掉。她穿着一件精致的红色长裙,设计巧妙,时尚绝伦,却又不会让人觉得太过大胆。

"我只是在惊讶这场宴会的规模,亲爱的。"瓦克斯利姆折好她的外套,连同他自己的圆顶礼帽一起交给等在旁边的侍者,"自从我回城以来,也算到过不少类似的场合,但哪次的排场也没这么大。差不多一半市民都受到邀请了。"

"这个嘛，今天的宴会很特别。"她说，"这场联姻，关系到两个唇齿相依的家族。他们不愿意漏请任何人。当然，那些故意漏掉的除外。"

史特芮丝伸出手臂让他挽住。他在来时的马车里听取了一番详细的讲解，史特芮丝精确地讲述了挽手臂的姿势。男方在上，女方在下，轻轻握住她的手，将她的手指包在他的掌心里。这看起来极不自然，可她坚持说只有这样才能表达清楚他们想要传达的意图。确实，他们一亮相，就吸引了不少感兴趣的目光。

"你是说，"瓦克斯利姆说，"这场婚宴其中一个目的，不是为了凸显哪些人受邀，而是哪些人没被邀请。"

"对极了。"她说，"而且，为了达到这个目的，除了那些人之外的所有人都得被请来才行。尤门家是名门望族，别看他们信的是碎裂教。那宗教真是可怕得很。想想看，居然会崇拜铁眼。不管怎样，没有人会无视这场庆祝典礼的邀请。至于那些被排除在外的人，不仅没有派对可去，就连自行安排娱乐活动的权力也被剥夺，因为他们想邀请的人都到这里来了。这样一来，他们只能跟其他同样没被邀请的人交际，离上流社交圈越来越远。要么就孤零零地坐在家里，想着自己受到了怎样的冒犯。"

"根据我的经验，"瓦克斯利姆说，"那样不愉快的沉思，很可能会导致某些暴力冲突。"

她微笑，满面春风地朝身边路过的人挥手。"这里不是蛮苦之地，瓦克斯利姆。这里是城市。我们不会干那样的事。"

"那是自然。枪支对城市人来说，显得太仁慈了。"

"你还没见过最可怕的。"她朝另一个人挥手，"看见转过身背对着我们的那个人了吗？那个矮胖的男人，头发有点长的那个？"

"嗯。"

"修尔曼大人，是个臭名昭著的宴会宾客。他在没喝醉酒时无趣透顶，喝醉之后又会变成个彻底的小丑——补充一下，他大多数时候都是醉醺醺的。他算得上是整个上层社交圈里最不受欢迎的人了。这里的大部分人宁可花一小时割掉自己的一根脚趾，也不愿意跟他聊上几分钟。"

"那为什么他会在这里？"

"为了加重羞辱的分量，瓦克斯利姆。那些被冷落的人，在得知连修尔曼都被邀请的消息之后，会更加怒不可遏。邀请几个像他那样的坏合金——就是那些完全不受欢迎又没有自知之明的男女——尤门家族其实要表达的是，'我们甚至愿意花时间跟这些人相处，也不愿意搭理你。'这招非常有效，特别让人抓狂。"

瓦克斯利姆哼了一声。"如果你敢在抗风镇里这么失礼，肯定会大头朝下被吊在房梁上。那还算你走运。"

"嗯，你说得对。"一位仆人走上前来，招呼他们来到一张餐桌前。"你要知道，"史特芮丝用更加轻柔的声音继续说道，"我不会再理会你'无知村夫'的伪装，瓦克斯利姆。"

"伪装？"

"对，"她有些心烦地说，"你是个男人。婚姻的前景会让男人感到不舒服，他们渴望自由。因此，你已经开始却步，抛出野蛮的言论试图激怒我。这是你身为男人追求自由的天性使然。你下意识地在用夸张的方式来破坏这桩婚事。"

"你认为这是一种夸张，史特芮丝。"瓦克斯利姆在他们走近桌前时回答道，"但也许我就是这样的人。"

"成为什么样的人都是你选的，瓦克斯利姆。"她说，"对到场的这些人，还有尤门家族而言，轮不到我来制定规则。不过我也不赞成这些做法，很多都是繁文缛节。可我们就生活在这个社会里。所以，我会让自己适应，在这样的环境中生存下来。"

瓦克斯利姆皱眉，她松开他的手臂，与邻桌的几位女子亲昵地亲吻脸颊——似乎是远房亲戚。他发现自己双手扣在背后，面带微笑地朝那些过来问候他和史特芮丝的宾客点头致意。

他最近几个月在上流社会中频频体面亮相，人们渐渐对他友善起来，态度有了明显的好转。迎面走来的那些人当中，有些真是让他心生好感。然而，他与史特芮丝正在做的这件事还是让他难受，以至于很难尽情地和他们聊天。

此外，这么多人挤在同一个地方，让他感到脊背发痒。场面太乱，想要监视出口太难了。他更喜欢小型派对，至少是宾客们分散在好多个不同房间的那种集会。

新郎新娘入场，人们起身鼓掌。瓦克斯利姆并不认识约辛大人和米歇尔贵女，但他很好奇他们为什么在跟一个全身上下穿着破烂黑衣，状似乞丐的男人说话。幸好，史特芮丝并没打算把他拽过去，而是跟那些打算在第一时间向这对新人道贺的人们一起等待。

很快，头几张餐桌开始上菜。银质餐具叮当作响。史特芮丝派仆人去准备他们的餐桌，瓦克斯利姆则借由检视周围来打发时间。这间宴会厅有两个露台，分别位于长方形结构的两个长边上。露台上似乎也有供人吃饭的地方，不过没有搭上餐桌。今天那里是给乐手准备的，他们请来了一群竖琴师。

富丽堂皇的枝形吊灯挂在天花板上——房间正中央有六盏巨型吊灯，上面嵌有几千颗晶莹璀璨的水晶。两旁还有十二盏较小的吊灯。他注意到那些都是电灯。在改用电灯之前，要想把它们一盏盏点亮，肯定是件苦不堪言的差事。

这样一场派对的开销让他感觉头皮发麻。这一晚上的费用，足以让抗风镇的镇民们过上一整年。他的叔叔在几年前把拉德利安家族的宴会厅卖给了别人——那是另一幢独立的建筑，跟宅邸分别位于不同的街区。这让瓦克斯利姆很高兴，在他的记忆中，那间宴会厅跟这间一般大。要是仍归他家所有，人们会期待他也能举办这么奢靡的派对。

"嗯？"仆人回来了，准备带他们前往餐桌，史特芮丝再次伸出手臂等他挽住。他看见哈姆斯大人和史特芮丝的表妹玛拉茜已经在那张餐桌前就座了。

"我想起来当年为什么会离开城市了。"瓦克斯利姆坦言,"这里的生活太他妈难了。"

"许多人对蛮苦之地也是同样看法。"

"在两个地方都生活过的人寥寥无几。"瓦克斯利姆说,"在这里生活,是另一种不同的难,但还是很难。玛拉茜这次也来了?"

"没错。"

"史特芮丝,她是什么情况?"

"她来自外城区,迫切想在城里读大学。我父亲可怜她,因为她的父母无力供她读书。父亲允许她在求学期间住在我们家。"

这个解释符合常理,但这些辞令从史特芮丝嘴里说出来的速度也太快了。这是事先演练好的借口,还是瓦克斯利姆想多了?没等他深究,哈姆斯大人起身招呼他女儿,中断了他们的对话。

瓦克斯利姆与哈姆斯大人握手,也把玛拉茜的手拉过来,颔首致意,然后入座。史特芮丝开始跟她父亲说起她注意到哪些人受邀或者相反,瓦克斯利姆把手肘撑在桌边,有一搭无一搭地听着。

这房间也不容易守住,他心不在焉地想。*要是在露台上安排狙击手的话应该能奏效,但必须确保两边露台上都有足够的人手,以防有人从下方偷袭。任何人只要手里有把厉害的枪——或是合适的镕金术力量——就能从底下干掉狙击手。不过应该能把露台下方的柱子当作掩护。*

掩体越是多,对寡不敌众的一方来说就越是有利。并非是刻意想要这样,而是他在从前的战斗中很少有能在人数上与对方匹敌的经历。于是他才会找掩体。在开阔的场地上,决定一场枪战胜负的就是哪一方先用武器把对方的人扫光。但当你能躲藏时,技巧与经验就开始起作用了。也许这个房间的场地条件也并非特别不适合战斗。他——

他犹豫了。他这是在干什么?他已经做出了决定。难道非得每隔几天就重新决定一次吗?

"玛拉茜,"他强迫自己介入到对话中来,"你表姐跟我说,你已经念大学了?"

"念到最后一年了。"她回答。

他等着她多说几句,但并没有。

"学业怎么样?"

"很顺利。"她说着垂下眼帘,握住餐巾。

这对话还真是有建设性啊,他叹了口气。幸好有个仆人正朝他们走来。那人身形消瘦,开始为他们倒酒。"汤很快就会上桌。"他解释道,听上去略带泰瑞司口音,将元音说得很重,还微微带了点鼻音。

这声音让瓦克斯利姆彻底僵住了。

"今天的汤,"那位仆人继续道,"是味道鲜美的明虾浓汤,配上少许胡椒粉。我想一定会对几位贵客的胃口。"他朝瓦克斯利姆看了一眼,饶有兴味地眨眨眼睛。虽然他戴着鼻套和假发,可那双眼睛仍旧是韦恩的。

瓦克斯利姆轻轻呻吟了一声。

"大人不喜欢明虾吗?"韦恩面带惊恐地问。

"浓汤相当好。"哈姆斯大人说,"我以前在尤门家的派对上品尝过。"

"不是汤不好,"瓦克斯利姆说,"我只是忽然想起来点事。"**关于该掐死的某个人。**

"我很快就把汤端上来,诸位大人与贵女。"韦恩承诺道。他甚至在耳朵上戴了一排假的泰瑞司耳环。当然,韦恩跟瓦克斯利姆一样,也有泰瑞司血统——这一点从他们的藏金术能力上可见一斑。拥有藏金术的人很少见,创始者里有将近五分之一都来自泰瑞司,他们不大会与其他种族通婚。

"你们不觉得那个仆人有点眼熟吗?"玛拉茜转过身目送他离开。

"肯定我们上次来时也是他服务的。"哈姆斯大人回答。

"可我上次没跟您——"

"哈姆斯大人，"瓦克斯利姆插话道，"有关于您亲戚的消息吗？就是被隐匪掳走的那位？"

"没，"他喝了口酒，"那些劫匪真是该死。这种事绝对不能姑息。他们在蛮苦之地里作乱就够了！"

"没错。"史特芮丝说，"出现这样的事，简直有辱警方的威望。况且抢劫案是在城里发生的！太可怕了。"

"那里是什么样的？"玛拉茜突然问起来，"住在没有律法约束的地方，是什么感觉，拉德利安大人？"

她似乎真是很好奇，但这话还是引来哈姆斯大人一记白眼，怪她又提起瓦克斯利姆的过去。

"有时候是很难。"瓦克斯利姆坦承，"在那里，有些人就是相信自己能为所欲为。当有人站出来反抗时，他们竟然会惊讶。仿佛我不该搅局，只有我不理解他们所有人全都深谙的游戏规则。"

"游戏？"哈姆斯大人皱眉问道。

"不过是个修辞罢了，哈姆斯大人。"瓦克斯利姆说，"你瞧，他们仿佛全都以为只要你技艺超群或装备精良，怎么来都有理。我两者皆有，可不但没作恶，反而出手制止他们。这让他们莫名其妙。"

"您真是很勇敢。"玛拉茜说。

他耸耸肩："坦白说，那不是勇敢。只是碰巧。"

"连阻止神火帮也是？"

"他们是例外。我——"他愣住了，"你怎么知道？"

"偶尔会听见报导，"玛拉茜脸红着说，"关于蛮苦之地的报导。大多数都会有人详细记录下来。在大学或是特定的书店里能找到。"

"噢。"他略感不安，端起杯喝了点酒。

一口下去，有点东西滑进了他的嘴里。他险些惊得把整口酒都喷出来。幸好勉强克制住了。

韦恩啊，看来我真得掐死你了。 他假装咳嗽，把那东西吐进手心。

"嗯,"史特芮丝说,"希望警察很快就能制服这些恶棍,让我们重新过上和平的日子。"

"事实上,"玛拉茜说,"我觉得那未必可能。"

"孩子,"哈姆斯大人厉声道,"够了。"

"我愿意听听她想说什么,大人。"瓦克斯利姆说,"就当随便聊聊。"

"这……好吧。"

"这只是我的推测。"玛拉茜红着脸,"拉德利安大人,当您作为抗风镇执法者时,镇上有多少人口?"

他摸着手里的东西。一发用过的子弹壳,上面裹着少许蜡。"这个嘛,近几年开始猛增。但大多数时间,我觉得应该在一千五百人左右。"

"附近区域呢?"她问,"您巡查过的所有没有执法者的地方?"

"也许总共有三千人吧。"瓦克斯利姆说,"要看情况。蛮苦之地里很多人都居无定所。有很多人一直在寻找矿场或是想要开设农庄。不断有工人搬来搬去。"

"那就算三千吧,"玛拉茜说,"像您这样的有多少人呢?就是执法维稳的。"

"五六个,看情况。"他回答,"大多数时间就是我和韦恩,还有巴尔。偶尔还会有几个人会临时过来。"

还有蕾西,他想。

"那就算作每三千住民配备六名执法者。"她说,"这样算起来更容易。平均下来,一名执法者负责五百人。"

"你到底想说什么?"哈姆斯大人不满地问。

"我们所居住的八分区,大约有六十万住民。"她解释道,"根据拉德利安大人所描述的比例,应该有一千两百名警察。可我们没有。据我上次查看,实际数量接近六百名。所以,拉德利安大人,您那所谓'野蛮'的荒郊野地上配备的执法者数量,是我们城里的两倍。"

"哈。"他应承着。身份尊贵的年轻女子怎么会关注这样的信息。

"我并非想贬低您的成就。"她赶忙说,"您那里违法者应该也比较多,因为蛮苦之地名声在外,容易引来歹徒。但我想这是认知的问题。如您所说,在城市之外,人们会觉得犯罪后可以不受惩处。他们在这里就会慎重得多——许多犯罪从案情来看都不太严重。虽然抢劫银行那样的大案不多,但与之相对,这里可能会发生十几起路人在半夜回家途中遭到抢劫的案件。城市的环境会让你更容易躲藏,只要犯下的罪行别太显眼就行。但我不觉得住在城市里有多安全,不管人们怎么想。"

她继续说道:"我敢打赌,按照人口比例来算,这里被谋杀的人其实比蛮苦之地还要多。但城里的事情让人应接不暇,容易被忽略。相对来说,当一个人在小镇里遭到谋杀,那会变成爆炸性新闻——即便那只是多年来的唯一一起凶杀案。上述这些,还没把另一个因素考虑在内,即世界上许多财富都聚集在城市里的少数几个地方。财富会吸引投机分子。城市比蛮苦之地危险的原因,说起来能有一箩筐。我们只是在自欺欺人罢了。"

瓦克斯利姆双臂交叠着放在桌上。**有意思**。当她开口说话,她就显得一点都不羞涩了。

"看见没,大人,"哈姆斯说,"这就是我刚才制止她发言的原因。"

"幸好您没制止,不然太可惜了。"瓦克斯利姆说,"因为我相信刚才是自我回到依蓝戴之后,听过最有趣的一番话。"

玛拉茜面带微笑,史特芮丝却转了转眼珠。韦恩端着汤回来了。可惜他们周围的区域太过拥挤——韦恩没办法制造出速度场,单独把瓦克斯利姆和他包裹进去。万一把别人也纳入圈里,他们的时间也会加速。韦恩决定不了圈的形状,也无法选择牵涉到哪些人。

正当其他人的注意力被汤吸引时,瓦克斯利姆去除弹壳上的封蜡,发现里面有个小纸卷。他瞥了韦恩一眼,将纸卷展开。

上面写着:**你说对了**。

"我通常都是对的。"他小声对韦恩道,后者正把一个碗摆在他跟前,"你很能窜啊,韦恩。"

"可不,我身高170公分呢,谢谢。"韦恩哼哼着,"而且一直练举重,吃牛排。"

瓦克斯利姆冷冷瞪了他一眼,但后者没理会他,继续略带泰瑞司口音地解释着自己很快就会给诸位端来面包和更多甜酒。

"拉德利安大人,"史特芮丝在大家开始进餐时说,"我建议开始整理一份话题列表,以便有外人在场时能按需调用。话题不应涉及政治或宗教,但务必要让人印象深刻,让我们有机会显示魅力。你知道什么特别诙谐的俗语或故事来起个头吗?"

"我曾经失手射断了一条狗的尾巴。"瓦克斯利姆懒懒地说,"这故事挺滑稽。"

"朝狗开枪这种事恐怕不适合在宴会上讨论。"史特芮丝说。

"我知道。尤其是当时我瞄准的是它的蛋。"

玛拉茜差点把汤喷在桌上。

"拉德利安大人!"史特芮丝惊呼,虽然她父亲一副兴致盎然的样子。

"我记得你说过,我不会再让你震惊了。"他对史特芮丝说,"我只是在验证这个假设,亲爱的。"

"说实话,你最终会摆脱缺乏礼数的乡野痞气,对吧?"

他搅拌着汤,确保韦恩没在里面藏下什么。*我希望他至少能先把那弹壳洗干净*。"应该会吧,总有一天会的。"他说着把汤勺举到嘴边。这道汤美味可口,但太冷了。"有意思的是,我在蛮苦之地还被视作优雅呢——优雅得被他们说成傲慢。"

"按照蛮苦之地的标准来评价一个人'优雅',"哈姆斯大人举起一根手指说,"就像按照建筑材料的标准评价一块砖头'质地松软'——然后把它砸在别人的脸上。"

"父亲!"史特芮丝喊道。她瞪着瓦克斯利姆,仿佛这番交谈都是他的错。

"这是个贴切的比喻。"哈姆斯大人说。

"我们都别再谈什么拿砖头砸人或是开枪打人的,无论目标是什么!"

"好的,表姐。"玛拉茜说,"拉德利安大人,我听说您曾经把一个人的匕首朝他飞过去,正中他眼球。是真的吗?"

"那其实是韦恩的匕首,"瓦克斯利姆有些犹豫,"而且击中眼睛是个意外。我原本瞄准的也是他的蛋。"

"拉德利安大人!"史特芮丝脸色铁青。

"我知道,那一击偏得离谱。我扔飞刀的准头太差了。"

史特芮丝看着他们,发现父亲居然在偷笑,还想用餐巾挡住嘴,不禁气得更加面红耳赤。玛拉茜带着无辜的平静神色回应着她的凝视。"不谈砖头,不谈打枪,我正按你的要求聊天呢。"

史特芮丝站起身:"你们三个静静吧,我去趟洗手间。"

她大步离开,瓦克斯利姆感到一丝歉疚。史特芮丝是很刻板,但她显得十分真挚坦率。不该这样嘲弄她。可要想不激怒她还挺难的。

哈姆斯大人清了清嗓子。"你刚才的举止不太得宜,"他对玛拉茜说,"千万别让我后悔答应把你带到这些场合上来。"

"不要责备她,大人。"瓦克斯利姆说,"出言不恭的是我。等史特芮丝回来,我会向她好好道歉,在今晚余下的时间里一定会管好舌头。我不应该胡扯这么多。"

哈姆斯点了点头,叹着气说:"我承认,我偶尔也会被这样的事情吸引。她跟她母亲很像。"说着朝瓦克斯利姆投来一个遗憾的眼神。

"原来如此。"

"这就是我们的命运啊,小子。"哈姆斯大人站起身来,"要想成为一族之长就必须作出牺牲。现在,请容我失陪,亚勒纳斯大人在吧台那,我得在主菜上桌前跟他喝几杯烈的。要是我不在史特芮丝回来之前离开,她肯定会威胁不让我走。我应该不需要太久。"他朝两人点点头,接着摇摇晃晃地朝开放式吧台旁边的几张高桌走去。

瓦克斯利姆看着他离开，心不在焉地思考着，指尖拨弄着韦恩留下的字条。之前，他以为是哈姆斯把史特芮丝培养成这样的，但现在看来，反而是父亲受着女儿的管制。*又一件让人好奇的事啊*，他想。

"谢谢您帮我开脱，拉德利安大人。"玛拉茜说，"看来您用言辞向一位女士伸出援手的速度和开枪一样快。"

"我只是在陈述事实，贵女。"

"说说看，您把那条狗的尾巴给射断时，瞄准的真是它的……呃……"

"是有这回事，"瓦克斯利姆苦着脸说，"我是自卫，那该死的家伙想要攻击我。我当时在追击它的主人。也难怪那条可怜的狗会那么有攻击性，好几天没人喂它了。我原本只是想，把它吓跑。不过射穿眼球那件事是杜撰的，我当时并没有特地瞄准——只是希望能击中。"

她微笑。"我可以问您点事吗？"

"请问。"

"我刚才提到执法者的比率数据时，您看起来有些垂头丧气。我无意冒犯或贬低您的英勇行为。"

"没关系。"他回答。

"但是？"

他摇摇头："我不确定能否解释清楚。当我去到蛮苦之地，当我开始捕获罪犯时，我开始……以为找到了一个需要自己的地方。我以为自己做到了别人做不到的事。"

"可您确实做到了。"

"但是，"他搅着汤，继续道，"一直以来，我离开的地方也许更需要我。我却从没注意到。"

"您的工作很重要，拉德利安大人。至关重要。另外，我知道在您到那之前，当地没人挺身维护律法。"

"有阿比坦，"他想起这位长者，面露微笑，"当然，还有远多瑞斯特的那些执法者。"

"远水难救近火,"她说,"那么多人,却只有一位有能力的执法者。死指乔恩有他自己的问题。在您建立起制度时,抗风镇的治安比城市里还好——但并非一开始就是那样的。"

他点点头,但再次纳闷她怎么会知道这么多。住在城市里的人们真的会说起关于他和韦恩的故事吗?他之前怎么没听到过呢?

她说的那些数据确实让他烦心。他没想到城里这么危险。他一直以为只有蛮苦之地才是野性难驯,需要拯救的。城市是和谐之主创造的勇于庇护人类的富饶之所。在这里,树木繁茂,硕果累累,耕地甚至无需灌溉。土地永远肥沃,作物取之不竭。

这片土地应该是不一样的,是受到保护的。他之所以把枪收起来,一方面也是因为认定了这里的警察能做好本职工作,用不着他出手帮忙。可隐匪横行,不正是证明了事实并非如他所想?

这时韦恩端着一盘面包和一瓶酒走了回来,停下看着那两把空椅子。"噢天哪,"他说,"你们难道等得不耐烦了,把另外两名同伴给吃了吗?"

玛拉茜微笑着瞥了他一眼。

瓦克斯利姆意识到,她知道了,她认出了韦恩。

"恕我直言,贵女。"瓦克斯利姆把她的注意力拉回来,"你今天可不像我们第一次见面时那么低调。"

她愁眉苦脸道:"我不是很擅长害羞,是吧?"

"我没想过那还需要练习。"

"我一直都在尝试。"韦恩说着在桌边坐下,从篮子里取出长棍面包。他大大地咬了一口。"可惜从来没人欣赏。我跟你们说,那是因为他们都误解我了。"他的泰瑞司口音消失了。

玛拉茜显得有些困惑:"我应该假装被他的所作所为吓呆了吗?"她小声问瓦克斯利姆。

"他知道你认出他来了。"瓦克斯利姆说,"现在他要恼羞成怒了。"

"恼羞成怒?"韦恩开始喝史特芮丝的汤,"这话说得可真不厚道,瓦克斯。呃。这玩意儿可没我说的那么好喝。真对不起。"

"这会在小费里体现出来。"瓦克斯利姆冷冷地回答,"玛拉茜贵女,我刚才的话是认真的。坦白说,你之前把怯懦表现得太夸张了。"

"总在说话时低下头,"韦恩表示赞同,"提问时声调提得太高。"

"不像是主动要求到大学念书的那种人。"瓦克斯利姆补充,"为什么要装成那样?"

"我还是不说为好。"

"是你不想说,"瓦克斯利姆问,"还是哈姆斯大人和他女儿不让你说?"

她脸红了:"后者。这个话题到此为止吧,我不想再说下去了。"

"万人迷瓦克斯啊,"韦恩说着又咬了口面包,"瞧见没?你都快把贵女逼哭了。"

"我没有——"玛拉茜开口。

"别理他。"瓦克斯利姆说,"相信我,这人就像皮疹。越挠越痒,越理他越烦。"

"哎哟!"韦恩笑着抱怨了一声。

"你不担心吗?"玛拉茜低声问韦恩,"你穿着侍者的制服。要是他们看见你坐在桌边吃东西……"

"噢,提醒得对。"韦恩说着把椅子朝后一仰,他身后的人离开了,哈姆斯大人又不在座位上,韦恩刚好有足够的空间来——

成了。他将椅子恢复原位,换上一件长衣,里面穿着宽松的扣角领衬衫,下身是厚实的蛮苦之地长裤,帽子在手指上转动。

耳环也不见了。

玛拉茜跳起来。"速度场,"她小声惊呼,"我还以为能从外面看出来呢!"

"如果贴近观察,确实能看得出来。"瓦克斯利姆说,"有些模糊。要是你看看旁边那张桌子,还能看见他那件侍者外套的袖口。他的帽子能折叠,虽然边缘有点硬,但还是能压在两手中间藏好。我还没想出来他那件长衣是打哪变出来的。"

"藏在你们桌子底下了。"韦恩的语气很是得意。

"啊,当然。"瓦克斯利姆说,"他必须得事先打听到我们坐哪张桌子,才能被指派为我们的侍者。"*我真应该在坐下前检查下桌子底下的*,瓦克斯利姆心想。*但那会不会显得太疑神疑鬼了?*他并不觉得自己算是多虑,起码夜晚不会紧张得睡不着觉,担心自己被枪杀,或是想着别人用什么阴谋诡计来毁掉自己。他只是喜欢谨慎行事。

玛拉茜还在看着韦恩,一脸茫然。

"我们是不是跟报告里说的不一样,让你出乎意料了?"瓦克斯利姆问她。

"嗯,"她坦承,"报告总是会忽略个性。"

"有写我们的事迹?"韦恩问。

"有。很多。"

"可恶。"他听起来很兴奋,"我们找报社要版税了吗?如果要了,瓦克斯那份得归我,我费力做的事都被归到他头上。再说他又那么有钱。"

"都是些新闻报导,"玛拉茜说,"报社可不会给他们的话题人物付版税。"

"一群卑鄙的骗子。"韦恩顿了顿,"不知这场宴会上有没有哪位高贵的小姐听说过我那些英勇事迹和充满男子气概的壮举……"

"玛拉茜贵女是大学生,"瓦克斯利姆说,"我想她是在大学里看到那些报导的。大多数公众并不熟悉那些。"

"确实如此。"她说。

"噢。"韦恩有些失望,"好吧,也许玛拉茜贵女本人有兴趣多听听我的英勇——"

"韦恩?"

"在。"

"够了。"

"好吧。"

"我替他道歉。"瓦克斯利姆转身面朝玛拉茜。她看上去还是一脸茫然。

"他经常这样,"韦恩说,"对不起。我想那是他的毛病之一。我想帮他变得完美点,可到目前为止,改造还远远不够。"

"不要紧,"她回答,"我在想是否应该给教授们写点什么,来描述……遇见你们是多么特别的经历。"

"具体说来,你在大学里主修什么?"瓦克斯利姆问。

她犹豫着,接着满脸通红。

"啊,看到没!"韦恩大叫,"这才叫害羞。你进步多了!为你喝彩!"

"这只是……"她抬起一只手遮住眼睛,尴尬地低下头,"只是……噢,说就说吧。我主修司法和犯罪行为学。"

"这让你感到难以启齿?"瓦克斯利姆跟韦恩交换了一个困惑的眼神。

"那个,他们说这不太适合女人学习。"她说,"但除此之外……那个,我正跟你们两位坐在一起……那个,知道吗,你们俩是全世界最有名的执法者……"

"相信我,"瓦克斯利姆说,"我们不如你想的那样,懂得那么多。"

"这么说吧,如果你主修的是插科打诨和白痴行为学,"韦恩补充道,"这方面我们是专家。"

"那是两方面。"瓦克斯利姆说。

"无所谓。"韦恩继续吃面包,"那两位到底去哪了?我想不会真被你们吃了。瓦克斯只在周末才会吃人。"

"他俩很快就会回来了,韦恩。"瓦克斯利姆说,"所以要是你来这里有什么目的,就赶紧说正事。除非你只是跟平常一样,来折磨折磨我。"

"我告诉过你有什么事了，"韦恩说，"你不会误把我的纸条给吃下去了吧？"

"没有。可上面没写什么。"

"写得够多了，"韦恩靠近说，"瓦克斯，你让我去查人质。你是对的。"

"她们都是镕金术师。"瓦克斯利姆猜测。

"不只如此。她们都是亲戚。"韦恩说。

"自从创始者出现也不过才三百年，韦恩。我们都是亲戚。"

"你的意思是会为我负责吗？"

"不。"

韦恩咯咯笑着从外套口袋里掏出一张叠好的纸片："不只那么简单，瓦克斯。看这个。每个被掳走的女人都来自同一条族源血脉。我做了些研究，查出了不少干货。"他略作停顿，"如果我只查了这么一次，也算研究吗？"

"因为我打赌你还得查第二次。"瓦克斯利姆说着拿过那张纸，详细查看。字迹潦草，但还能分辨得出来。上面列出了每位女性人质的基本族谱。

几处细节特别突出。她们每个人都能追溯到迷雾之子大人身上。由于这一点，大多数人的祖辈都有强大的镕金术传承。她们都是近亲，第三或第四层表亲之类的，有的还是第一层的表亲。

瓦克斯利姆抬起头，注意到玛拉茜正看着他和韦恩明媚地笑着。

"干什么？"瓦克斯利姆问。

"我就知道！"她大声惊呼，"我料到你们来城里是为了调查隐匪。第一起抢劫案发生了一个月之后，您就回来当了族长。你们肯定能抓住他们，是不是？"

"为了这个，你才坚持让哈姆斯大人带你来跟我见面吗？"

"也许吧。"

"玛拉茜，"瓦克斯利姆叹着气说，"你的结论为时过早。你认为我家人离世，和让我当上族长这件事，都是在演戏吗？"

"噢不，"她说，"但我很惊讶您居然接受了这个头衔，直到我意识到您也许想利用这个机会查清楚这些抢劫案。您必须承认，这些案子很不寻常。"

"韦恩也很不寻常，"瓦克斯利姆说，"但我也犯不上为了研究他，就赔上自己的人生，颠覆习惯的生活方式。"

"听着，瓦克斯，"韦恩插话道，无视瓦克斯那咄咄逼人的言辞，他很少会这样，"你不会没带枪吧？"

"什么？不，我没带。"瓦克斯利姆叠好那张纸，递回去，"为什么这么问？"

"因为，"韦恩把那张纸抢过来，靠近他说，"你没看出来吗？匪徒们在寻找依蓝戴名流聚集的地方实施抢劫——因为在这些富有的上流人士里才有他们的目标。有合适血统的人。那些富人现在都不坐火车出行了。"

瓦克斯利姆点点头："对，如果那些女人才是劫匪真正的目标，这些明目张胆的劫案会让那些目标群体不愿意长途出游。这个联想合情合理。匪徒们袭击剧院一定就是这个原因。"

"那些有合适血统的有钱人，还会出现在什么别的地方呢？"韦恩问，"一个人人都打扮得珠光宝气的地方，会让人误以为他们的目标是那些财宝。在那种地方把合适的人质劫走，她们才是真正的战利品。"

瓦克斯利姆突然唇干舌燥："一场大型婚宴。"

宴会厅两端的门突然齐齐打开。

第五章

这些劫匪外表看起来并不像瓦克斯利姆熟悉的样子。他们没用方巾蒙面，没穿长衣，也没戴蛮苦之地的那种宽檐帽。大多数人配有马甲和圆顶都市风礼帽，穿着暗色长裤，宽松的纽扣衬衫，袖口卷到手肘。他们的衣着并不出彩，只是不太寻常。

他们装备精良。很多人肩膀上扛着来福枪，其余的人则短枪在手。宴会厅里的宾客立即就注意到了他们，纷纷乒乒乓乓撂下银餐具，咒骂不绝。匪徒至少有二十几人，说不定有三四十。瓦克斯利姆不满地发现仍然不断有人从位于右边的厨房门里冲进来。他们肯定是派人看住了厨师们，不让他们跑出去求助。

"你居然在这见鬼的时候忘记带枪。"韦恩说。他离开座椅，蹲到桌子旁边，从下面抽出一双硬木决斗杖。

"放下。"瓦克斯利姆一边小声制止他，一边点算人数。他总共看见了三十五人。大多数聚集在长方形宴会厅的两端，位于瓦克斯利姆的身前与身后。他几乎处于整个房间的正中央。

"什么？"韦恩尖声道。

"把决斗杖放下，韦恩。"

"你不是吧——"

"看看这个房间！"瓦克斯利姆小声说，"这有多少无辜者？三百，还是四百？要是我们挑起混战，会有什么后果？"

"你可以保护他们，"韦恩回答，"把他们钢推出去。"

"也许可以，"瓦克斯利姆说，"但这太冒险了。到目前为止，抢劫案中都没有出现伤亡。我不能让你把这变成大屠杀。"

"我用不着听你的。"韦恩闷闷地说，"我再也不归你管了，瓦克斯。"

瓦克斯利姆迎上他的目光，听着屋里充满恐惧与担心的叫声。虽然看起来不情愿，韦恩还是坐回到了椅子上。他没有放下决斗杖，只把双手藏在桌布底下，让旁人看不见手中的武器。

玛拉茜转过身，看着劫匪们开始在房间里移动，她双目圆睁，樱唇大张。"噢，天哪！"她转回头，用颤抖的手指拿出包里的小笔记本和铅笔。

"你在干什么？"瓦克斯利姆问。

"描述下来，"她的手指仍在抖动，"你知道吗，根据数据统计，两位目击证人中只有一位能精确描述出攻击他们的罪犯特征？更糟糕的是，如果一组人相貌近似，但其中一个人看起来更具威胁的话，那么十个人里有七个会错将他认成罪犯。案件发生时，你更容易过高地估计歹徒的身高，通常会把他描述成与你不久前听说的某个恶棍相似的样子。当你亲眼见证一场犯罪时，注意涉案人的细节是至关重要的。噢，我真是在喋喋不休是吧！"

她看起来吓坏了，但她还是开始书写起来，对每个劫匪的特征加以记述。

"我们从来不需要做那些事，"韦恩回答，目光一刻不离举着枪命令宾客们安静的劫匪，"要是我们目击了一场犯罪，那些犯事的家伙通常最后都会毙命。"他瞪了瓦克斯利姆一眼。

几名匪徒开始把厨师和侍者从厨房里往外赶，让他们跟宾客待在一处。"所有人！"其中一个扛着霰弹枪的劫匪吼道，"都给我坐下！安静！

不许出声。"话语里带着淡淡的口音,他身板结实——虽然个头并不高,小臂粗壮,肤色灰白,一张脸仿佛是大理石制成。

克罗司血统,瓦克斯利姆暗想。很危险。

人们安静下来,偶尔有几个还会发出紧张过度的呜咽声。新娘的母亲好像昏了过去,婚宴彻底黄了,新郎显得很是愤怒,用手臂保护着他的新娘。

第二名隐匪走上前来。这个人跟其他人大相径庭,他戴着面罩:用一块纱布遮着脸,头戴蛮苦之地礼帽。"这样好多了。"他用坚定而克制的声音说着。那声音让瓦克斯利姆心头一凛。

"要是你们理智点,这件事很快就能解决。"戴着面罩的隐匪平静地说,在餐桌间踱着步子,另外十几名劫匪开始在房间里奔走,打开一个个大麻袋。"我们不过是求财。没人会受伤。用鲜血弄脏这个盛大的派对岂不是太可惜了。你们的珠宝可没有命值钱。"

瓦克斯利姆朝哈姆斯大人瞥了一眼,他仍然坐在吧台边,开始用手帕擦脸。手拿麻袋的匪徒们在房间里飞快地往来穿梭,在每张桌前停下,将项链、戒指、耳环、钱包和手表全都敛走。有些东西是被主人自愿扔进去的,有些则要用点手段。

"瓦克斯……"韦恩的声音紧绷绷的。

玛拉茜继续写着,将记事本搁在膝盖上奋笔疾书。

"我们需要活着离开这里。"瓦克斯利姆轻声说,"任何人都不能受伤。然后再报警。"

"但是——"

"我不会成为造成这些人死伤的帮凶,韦恩。"瓦克斯利姆不容置疑地回答,声音不知不觉大了许多。

墙砖上的鲜血。穿着皮衣的身体,软绵绵地倒在地上。那张带笑的脸庞,额头中弹,正在死去。最后他赢了,但却跟死没什么两样。

不行,悲剧再也不能重演。

瓦克斯利姆死死闭上眼睛。

再也不能。

"放肆！"一个声音突然喊道。瓦克斯利姆看向侧面。隔壁桌的一个男人站了起来，把身边一个矮胖女人的手甩开。他留着浓密的灰胡须，身穿式样老派的西装，身后的燕尾一直延伸到脚踝。"我不会乖乖听话，玛尔辛！我是第八警卫队的警察！"

这句话引来了劫匪头领的注意。头戴面罩的男人朝刚才说话的人走过来，霰弹枪懒懒地搭在肩上。"啊，"他说，"原来是佩特鲁斯大人。"他朝两名劫匪招招手，两人赶忙上前，武器对准佩特鲁斯。"退休的前第八警卫队队长。我们需要您交出武器。"

"竟敢在婚宴上抢劫。"佩特鲁斯说，"无法无天！你们应该为自己的行为感到羞耻。"

"羞耻？"劫匪头领反问，他的小弟则从佩特鲁斯肩膀的枪套中缴出一把手枪——是格兰杰28型，特制加厚握柄。"羞耻？为抢劫这些人感到羞耻？"

*那声音有点不对劲，*瓦克斯利姆暗想，敲着桌子。*听起来怎么那么耳熟。快别说话了，佩特鲁斯。不要激怒他们！*

"以律法之名，我一定会让你们为这些罪行受到缉捕与绞刑！"佩特鲁斯大喊。

头领扇了佩特鲁斯一耳光，将他打倒在地。"你懂什么狗屁律法？"匪首怒吼，"别动不动就威胁要把别人绞死，那会让他们丧失理智，肆无忌惮。铁锈灭绝的，你们这群人真让我恶心。"

他朝手下挥手，让他们继续收敛珠宝。新娘的母亲醒过来了，抽泣地看着家人把现金全都拱手给人，就连新娘脖子上的项链也不例外。

"这群匪徒真是对钱感兴趣。"瓦克斯利姆小声说，"看见没？他们让桌边的每个人张嘴说话，确保没有珠宝藏在嘴巴里。看他们让所有人都站起来，逐个对他们的口袋和座椅周围进行快速搜查。"

"他们当然对钱感兴趣,"玛拉茜低声回答道,"归根到底,抢劫的动机理应如此。"

"但人质也是目的之一。"瓦克斯利姆说,"这一点我很确定。"起初,他认为抢钱只是为了掩盖那些劫匪真正的目的。可倘若真是如此,他们用不着把钱财搜查得这么一丝不剩。"把你的记事本给我。"

她瞥了他一眼。

"快点。"他命令道,一边将钢屑撒进酒杯里,然后把手伸到桌子底下。她犹豫着将记事本递过去,这时一名匪徒刚好朝他们桌子走过来,就是灰皮肤短粗脖子的那位。

"韦恩,"瓦克斯利姆说,"蝙蝠上墙。"

韦恩头一点,把决斗杖滑了过去。瓦克斯利姆喝下酒,将螺旋装订的记事本和决斗杖贴在方桌侧边,一小截金属棒从他袖口里滑出,他把它贴在决斗杖上,燃烧钢。

线条在他身边出现。一条指向金属棒,另一条指向记事本的线圈。他轻轻地钢推它们,然后松开。决斗杖和记事本仍然贴在桌边,被垂下的桌布遮住了。他必须分外小心,不能太用力,以免让餐桌移动。

劫匪来到他们桌前,打开麻袋。玛拉茜被迫摘下那条纤细的珍珠项链,那是她唯一的珠宝。她双手颤抖地在钱包里找钱,结果匪徒把整个钱包都夺了过来,扔进麻袋。

"拜托,"瓦克斯利姆故意颤声道,"求你别伤害我们!"他掏出怀表,然后假装匆忙地掷到桌上。他把挂链从马甲上扯下,把怀表丢进麻袋。然后把钱包拿出来,一并扔进去,刻意用颤抖的手把两只口袋都翻了个底朝天,表示再也没有分文剩下。他开始拍打外套口袋。

"行了,伙计。"克罗司血统的人笑着说。

"不要伤害我!"

"坐好,你这生锈的饭桶。"劫匪说着又看向玛拉茜。他不怀好意地看了她一眼,细细搜了个遍,还让她开口说话,检查嘴里有没有藏东西。她忍住了,脸羞得通红,尤其是当对方把搜身变成实打实的上下其手。

瓦克斯利姆感到眼睛开始抽动。

"没别的了。"劫匪粗声粗气道,"为什么我搜的桌子都这么穷?你呢?"他拿眼瞥着韦恩。在他们身后,另外几名劫匪在桌子底下发现了韦恩之前穿的侍者外套,大感不解地举在手里。

"我看上去像是有值钱东西的人吗,伙计?"韦恩问,身穿长衣和边境风的长裤。他改用蛮苦之地口音,"我只是误打误撞进来的。你们进来时,我正在厨房里讨饭。"

劫匪咕哝着,但还是拍了拍韦恩的衣兜,一无所获。接着让他们全站起来,开始检查桌子底下。他嘴里骂骂咧咧,怪他们一个个都是"穷鬼",还把韦恩头上的帽子拽走了。他把自己的帽子扔掉——底下还有一顶毛线帽,缝隙间可以看见铝的痕迹——把韦恩的帽子套在毛线帽外面,大步走开。

众人重新落座。

"他把我的幸运帽拿走了,瓦克斯。"韦恩低吼。

"稳住。"瓦克斯利姆说着将记事本还给玛拉茜,好让她继续偷偷记录。

"你为什么没把你的皮夹藏起来,"她小声问,"就像你藏记事本那样?"

"有几张纸钞做过标记了。"瓦克斯利姆心不在焉地回答,眼睛注视着戴面罩的头领。他正在看着手里的什么东西。像是几张皱巴巴的纸。"一旦歹徒花掉这些钱,警察就能追溯得到。"

"提前做了标记!"玛拉茜说,"所以你早知道我们会被抢劫!"

"什么?我当然不知道。"

"可是——"

"瓦克斯经常会随身携带几张做过标记的纸钞。"韦恩回答,眯缝着眼睛，注意到了劫匪头领正在做的事，"以防万一。"

"噢。真是……太不寻常了。"

"瓦克斯疑神疑鬼的方式与众不同，小姐。"韦恩说，"那家伙在干吗？和我猜的一样吗？"

"一样。"瓦克斯利姆说。

"什么？"玛拉茜问。

"在跟他手里的画像对照长相，"瓦克斯利姆说，"他在寻找适合的人质。看他在餐桌间踱步的样子，盯着每个女人的脸看。还有几个手下也在做同样的事。"

当头领从他们身边经过时，几人都安静下来。他身边跟着个模样俊美的男子，看上去一脸怒容。"我告诉你，"第二个男人说，"小子们有点神经质。你不能把这些都给他们，却不让开枪。"

脸戴面罩的头领默不作声，盯着瓦克斯桌边的每个人看了一会儿。他略作迟疑，但还是走开了。

"你迟早得让小子们大干一场啊，头儿。"第二个男人说，他的声音变小了，"我想……"两人很快就走远了，瓦克斯利姆再也听不清他们说什么。

不远处，前警察佩特鲁斯也坐回到椅子上。他妻子正用餐巾按着他流血的额头。

这是最好的办法，瓦克斯利姆坚定地对自己说。*我看见了他们的脸。只要他们一把我的钱花出去，我就能追溯到。我会找到他们，亲自动手把他们绳之以法。我会……*

可他不会。他会让警察来履行职责，不是吗？他难道不是一直在说服自己这样做吗？

房间远端突如其来的混乱吸引了他的目光。几名劫匪带着几位满脸憔悴的女子进入宴会厅，其中一人是史特芮丝。看起来他们终于想到要去搜查女盥洗间了。另外几名劫匪正在抓紧时间敛财。他们人手充裕，从这么一大群宾客身上搜东西也没花多长时间。

"好了,"头领大喊,"抓个人质。"

太大声了,瓦克斯利姆心想。

"抓谁呢?"其中一名劫匪回喊道。

他们是在作秀。

"随便。"头领说。

他想让我们认为他是随便选的。

"哪个都可以。"头领继续说,"就……她吧。"他朝史特芮丝一指。

史特芮丝。之前有个被掳走的人质是她的表亲。这还用说吗,她也有同样的血脉。

瓦克斯利姆的眼睛抽搐得更厉害了。

"事实上,"头领说,"我们这次要带走两个。"他派那个有克罗司血统的手下朝座无虚席的餐桌方向走来。"听着,要是不想让她们受伤,谁都不许跟来。记住,区区几件珠宝不值得你们玩命。等我们确定没被跟踪,就会放人质离开。"

谎言,瓦克斯利姆暗想。**你想对她们干什么?你为什么要——**

抢走韦恩帽子的那个克罗司血统男人走到瓦克斯桌边,抓住玛拉茜的肩膀。"就你吧,"他说,"来陪我们走一程,小美人。"

她在被他碰到时跳了起来,笔记本掉在地上。

"瞧瞧,"另一名劫匪说,"这是什么?"他把笔记本捡起来翻看,"里面全是字啊,塔森。"

"蠢货,"那个名叫塔森的克罗司血统男人说,"你不识字,对吧?"他凑过来看。"行啊,那是在描述我呢,是不是?"

"我……"玛拉茜说,"我只是想要记住,作为日记素材……"

"我信你。"塔森把记事本塞进衣兜里。他掏出一把手枪,对准她的头。

玛拉茜脸色苍白。

瓦克斯利姆站起来，胃里骤燃钢。另一名劫匪的枪一秒钟之内就顶住了他的头上。

"您的贵女跟我们在一块会没事的，老小子。"塔森泛灰的嘴唇带着笑，"起来吧。"他把玛拉茜拉起来，把她推到前面，朝北出口走去。

瓦克斯利姆盯着另一名劫匪的枪管。只要用钢推，他就能把枪砸在那人的脸上，说不定能把他鼻梁骨打断。

劫匪看起来想要扣动扳机。他很是迫切，抢劫的快感让他兴奋不已。瓦克斯利姆以前见过这种人。他们很危险。

劫匪犹豫了，然后看了他的朋友们一眼，最后还是没有动手，朝出口小跑而去。另一个人也在推着史特芮丝往门口走。

"瓦克斯！"韦恩小声喊。

一个堂堂正正的男人怎么能眼睁睁地看着这种事情发生？瓦克斯利姆每一丝正义的直觉都在驱使他采取行动，驱使他战斗。

"瓦克斯，"韦恩用柔和的语气说，"孰能无错。蕾西的死，罪不在你。"

"我……"

韦恩抓起决斗杖："好吧，我是看不下去了。"

"不值得牺牲这么多条人命，韦恩。"瓦克斯利姆说，从恍惚中清醒过来，"这不光是我做不做得到的问题，真的，韦恩，我们——"

"放肆！"一个熟悉的声音发出怒吼。又是佩特鲁斯大人，卸任的警察。这位老人把餐巾从头上拿开，跟跄着站起来，"一群懦夫！要是你们非要人质，就抓我好了！"

劫匪们没有理会他，大多数都快步朝房间出口跑去，沿途还举着把枪上下挥舞，在吓得缩成一团的宾客身上找乐子。

"懦夫！"佩特鲁斯大叫，"你们这些人猪狗不如！我会把你们全都绞死！抓我，放了那些女孩，不然就等着被收拾吧！我以幸存者的名义起誓！"他步履不稳地跑去追歹徒头领，从那些领主、贵女和有钱人身边经过,他们大多数都蹲着缩在桌子底下。

这是这间宴会厅里唯一有勇气的人,瓦克斯利姆暗想,他突然感到一种巨大的羞耻感。为自己和韦恩的懦弱。

史特芮丝快要被拽到门口了。玛拉茜和抓她的人则紧跟在头领身后。

我不能让这种事发生。我——

"懦夫!"

脸戴面罩的歹徒头领突然转过身,一扬手,枪声乍响,回荡在宽敞的宴会厅里,瞬间即逝。

年迈的佩特鲁斯跌倒在地。头领的枪口还冒着烟。

"噢……"韦恩轻声说,"你刚才犯了个大错,老兄。大错特错。"

首领转过身背朝尸体,将手枪入鞘。"好吧。"他喊道,脚下却不停,"就找些乐子吧,小子们。释放你们的血性,速战速决,然后到外面来找我。咱们——"

一切都凝固了。人们定在原地。缭绕的轻烟也静止在半空中。鸦雀无声,呜咽也停了下来。在瓦克斯利姆餐桌周围有一圈空气微弱地波动着。

韦恩站起身,把决斗杖扛在肩上,检查房间。瓦克斯利姆知道他正在判断每一名歹徒所在的位置,估算距离,做好准备。

"等我把速度场一解除,"韦恩说,"这地方就会像埋在火山底下的军火库那样,万弹齐发。"

瓦克斯利姆平静地把手伸进夹克里,从胳膊底下拿出一把事先藏好的手枪。他把枪放在桌上,眼角不再抽动。

"你这是?"韦恩问。

"这个比喻真是糟糕透顶。军火库怎么能跑到火山底下去?"

"我哪知道……喂,你到底打还是不打?"

"我试过等待了,"瓦克斯利姆说,"我给了他们机会离开。我本来不想出手的。"

"你装得不错,瓦克斯。"他愁眉苦脸地说,"简直是真情流露。"

瓦克斯利姆一只手放在枪上,举起,"那就来吧。"另一只手把整袋钢屑都倒进酒杯里,一饮而尽。

韦恩咧着嘴笑着说:"顺便说一句,你竟然跟我撒谎,改日得请我喝一杯。"

"撒什么谎?"

"你说你一把枪都没带。"

"我是没带一把枪啊。"瓦克斯利姆说着,往背后一摸,又掏出另一把。"你应该很了解我才对,韦恩。我去什么地方都不会只带一把枪。你有多少弯管合金?"

"我估计不够。这玩意儿在城里太贵了。可能只能争取到额外五分钟的时间。不过我的金属意识库差不多是满的。在你离开之后,我在床上病恹恹地躺了两个星期。"倘若韦恩不幸中枪,这能让他获得些治疗力量。

瓦克斯利姆深呼吸,燃烧钢,房间内的所有金属源一一呈现,他感到体内的寒意消退,燃起了熊熊的火焰。

万一他这次又僵住的话……

我不会的,他对自己说。*我不能*。"我来解救这两个女孩。你负责帮我挡住南边的劫匪。我们的首要任务是避免宾客伤亡。"

"就这么定了。"

"这里有三十七名荷枪实弹的劫匪,韦恩。还有一屋子的无辜者。这是场硬仗,务必要集中精神。我会尽量在开始时腾出些空间。要是你愿意的话,可以跟我来。"

"存留之主般的完美!"韦恩说着转过身背对瓦克斯利姆,"你想知道我来找你的真正原因吗?"

"是什么?"

"我原本以为你过着高枕无忧的生活,下半辈子光是喝茶看报纸就够了,身边有人端茶送水,还会有女佣按摩脚趾之类的。"

"然后呢?"

"我不能把你交给那般命运啊。"韦恩故作颤抖,"像我这么好的朋友,怎么能眼睁睁地看着自己的伙伴在如此恐怖的处境中等死。"

"你是说舒服死吗?"

"不,"韦恩说,"是无聊死。"他又颤抖了一下。

瓦克斯利姆微笑,接着用拇指扳下击锤,准备击发。回想在蛮苦之地的年轻岁月,那时候真是哪里不平哪里就有他。好吧,就再来一次。

"上!"他大喊一声,平举双枪。

第六章

韦恩解除速度场。这是第一步，瓦克斯利姆一边想一边瞄准，引起他们的注意。他开始轻轻向外钢推，制造出力量的钢圈来干扰子弹。这不能百分百保护他，但还算有用。除非他们射出的是铝弹。

最好小心点。最好抢先开枪。

劫匪们正急切地举起武器。他能从他们的眼睛里看见毁灭的欲望。这些歹徒全副武装，但到目前为止，在那些抢劫案里没有开过一枪。

他们大多数人可能并非是想要杀死很多人，只是想开几枪让这地方陷入混乱，但那很容易演变成难以预估的暴力场面。要是不制止他们的话，隐匪留下的可不会只有玻璃碎片和残桌破椅。

瓦克斯利姆飞快地选中了一名手拿霰弹枪的劫匪，用一发子弹击中他的头，将他撂倒。接着是第二个。霰弹枪对瓦克斯利姆算不上什么威胁，可对那些瑟缩的宾客来说却是致命的。

他的枪声在巨大的宴会厅中轰响，宾客纷纷尖叫起来。有些想趁乱往墙边跑。大多数还蹲在桌边。混乱之中，劫匪们一下子没能找到瓦克斯利姆的身影。

他又开了一枪，击中另一人的肩膀。这时候最好的策略应该是蹲在桌边，继续开火。在这么巨大拥挤的房间里，等歹徒弄清楚是什么人在攻击他们时，早已错失了先机。

可惜，他背后有人也跟着开枪，还高兴地欢呼起来。劫匪起初没注意到他在干什么，但宴会厅对面的那些人看见同伴倒地，赶忙散开找掩护。很快，大厅就变成了枪林弹雨的战场。

瓦克斯利姆深吸一口气，骤燃钢，提取他的金属意识库。往金属意识库里填充体重会让他变轻，提取则会让他变重——甚至比正常体重还重得多。他把体重增加了一百倍。并猜想力量也会因此同比增加，因为他从来没有被激增的体重压垮。

他将枪高举过头顶，让双枪位于钢推半径之外，接着以自己为中心向外推出一个环形。他开始得很小心，渐渐增加力量。当你使用钢推时，是在用你自身的体重对抗目标物体的重量——此刻的目标物体是桌椅上的金属螺钉与螺栓，将它们从身边推远。

他站在一个不断向外扩大的力量环的中心点上。桌椅东倒西歪，乒乒乓乓砸在地上，人们吓得失声尖叫。有些人也受到了这股力量的影响，被推了出去。但愿他们摔得不重，不至于受伤，反正即便是身上留下几块瘀青，也比待在这个房间的正中央，面对接下来的大场面要好得多。

往侧面一瞥，他看见韦恩——韦恩一直在小心翼翼地朝房间后方移动——跳到一张底朝天的餐桌上，抓住边缘，咧嘴笑着朝后面的歹徒冲过去。

瓦克斯利姆削弱钢推的力量。他独自站在宴会厅中间一片宽敞空旷的区域，四周到处都是打翻的红酒、食物和碗碟。

接着枪战正式打响，他前方的匪徒射出密集的弹幕。他用新一股钢推的力量迎上那些袭来的子弹。子弹在空中停下，浪潮般地被弹了回去。鉴于子弹飞行的速度，他只有在有预判时，才能用这种方式将它们挡住。

他让子弹朝着那些枪手飞回去，但却没钢推得用力，唯恐伤到无辜的宴会宾客。但这足以让那些劫匪乱作一团,大喊屋里有射币。

现在他陷入真正的危险了。一眨眼的工夫,瓦克斯利姆已经将提取金属意识库的动作变成了填充,让体重大为减轻。他把手枪向下一指,朝身后的地板射出一发子弹,钢推它,自己则飞上半空。他从刚刚弄倒的那堆家具上面掠过,风声在耳边呼啸,有些宾客仍然缩成一团。幸运的是,许多人已经意识到房间边缘要安全得多,正在手忙脚乱地往外沿躲。

瓦克斯利姆不偏不倚地在劫匪当中落下,那些人已经开始往倾倒的桌椅后面藏。当他平展两臂,双枪对准不同的方向开火时,他们开始咒骂。瓦克斯利姆轻转身体,以迅雷不及掩耳之势击倒了四名劫匪。

有些劫匪对他开枪,却没能命中,被他的钢圈给挡偏了。"用铝弹!"其中一名歹徒大喊,"把你们该死的铝弹装上!"

瓦克斯利姆转身,对准那人胸口开了两枪。接着跳向一侧,蜷身滚到一张没有受到钢推影响的桌子旁边。他快速钢推桌面上的金属钉,将它掀起,挡住了劫匪的火力。他看见几发子弹上有蓝线,但速度太快,来不及推开。

其他匪徒正在装填弹药。他真是走运,从劫匪头领的咒骂声来看,那些家伙本该早就装填好铝弹的,至少其中几把枪理应如此。可拿铝弹打人就跟把黄金扔水里没什么两样,很多劫匪宁可先把铝弹藏进口袋,也不愿意事先装进枪管里,以防不小心白白浪费。

一名劫匪闪到他桌子旁边,举起手枪瞄准。瓦克斯利姆本能地作出反应,钢推那把枪,让它砸在对方脸上。他用一发子弹击中劫匪胸口,将他放倒在地。

这把枪空了,他暗暗计算着射出的子弹数量。另一把枪里还剩下两发。他越过掩体的边缘,往远处看了一眼,注意到另外两名装填弹药的劫匪正躲在翻倒的桌子底下。他迅速瞄准,增加体重,开火并使出全力钢推离膛的子弹。

子弹在空中发出爆裂声,射穿桌子,击中了另一侧的劫匪。瓦克斯利姆如法炮制,又干掉另外一名歹徒——那人看见这么厚实的橡木餐桌被一发小小的手枪子弹射穿,早已吓得呆若木鸡。瓦克斯利姆跃到桌面上,在身后那群劫匪绕过伤员朝他射击的同时跳到另外一边。

子弹打中了桌面,但没有碎裂。这一次,没有一发子弹发出蓝线。看来用上了铝弹。他深深呼吸,放下转轮手枪,取出绑在小腿内侧的泰林格尔27型枪支。尽管这个型号的枪不是口径最大的,但长枪管的精确性更高。

他朝韦恩看了一眼,数了数又有四名隐匪倒下。他的朋友正在兴高采烈地跳下桌子,扑向一个手持霰弹枪的歹徒。在韦恩启动速度场的同时,两人变成一团虚影。他瞬间移动到了另一个地方——多发子弹打在他刚才所在的位置——藏到一张翻倒的餐桌背后,拿着霰弹枪的劫匪早已瘫倒在地。

韦恩最喜欢近身战,把人单独拉进速度场里,逐个与他们单打独斗。速度场设好后便不能移动,可他却能在里面行动自如。所以当他跟被选中的敌人战斗完毕,撤掉速度场时,都会出现在意想不到的位置。敌人根本无法定位,更别提瞄准了。

可是在持久战中,敌人终归能慢慢跟上节奏,在韦恩撤掉速度场的一瞬间朝他开火。在撤掉速度场与制造新的速度场之间会有几秒钟的间隔,韦恩在这段时间里最为脆弱。当然,即便是在速度场设好的情况下,韦恩也并不是安全无虞的。一想到他的朋友正在时间加速流逝的空间里孤身战斗,这真让人心烦不安。如果韦恩在速度场里遇到麻烦,瓦克斯根本帮不上忙。在速度场解除前,韦恩可能就已经负伤了。

好吧,瓦克斯现在自顾不暇。在那些铝弹面前,防御钢圈形同虚设。他索性将它抹去。更多子弹打在桌板和他周围的地面上,突突突的枪击声在宏伟的大厅中回响不绝。幸好他还能看见蓝线指向匪徒枪支上的钢制部位,这其中包括了试图从侧面包抄他的那群人。

没时间解决他们了,瓦克斯想。劫匪头领让一名手下带史特芮丝出去,自己却停在门口。遭到反抗这件事似乎在他意料之内。他的站姿很是傲慢,仿佛一切尽在掌控……还有他的眼睛——被面罩遮住的脸上只露出一双眼睛——他发现了瓦克斯,目光紧紧锁在瓦克斯身上……还有他的声音……

是迈尔斯? 这个念头让他浑身一震。

尖叫声。玛拉茜的尖叫声。瓦克斯把目光从劫匪头领身上转开,熟悉的恐惧感又来了。史特芮丝需要他,但玛拉茜也需要她,她的位置更近。她被那个名叫塔森的克罗司人制住了,那人用单手臂勒住她的脖子,一边咒骂一边往门口拽。他的两名同伴紧张地环视左右,像是警察随时都可能蜂拥而入。

玛拉茜脚下跟跟跄跄。塔森大喊着什么,把枪口戳进她的耳朵里,但她双目紧闭,拒绝回应。她知道她不是单纯的人质,他们要的就是她,因此不会朝她开枪。

真是个好姑娘,瓦克斯利姆想。有隐匪在耳边大喊大叫,又有枪管顶着太阳穴,这么沉着真是不容易。几位宾客藏在附近,一个衣着光鲜的女人和她的丈夫用双手捂着耳朵,小声呜咽。枪击声震耳欲聋,现场混乱不堪,但瓦克斯几乎再也注意不到这些。可无论如何他也应该把耳塞戴上。现在说这个太晚了。

瓦克斯利姆闪到一侧,朝木质地板开了两枪,让那些包抄他的人连忙躲在掩体后面。泰林格尔里装的是空包弹,专门用来嵌进木头里,在他需要时作为很好的钢推支撑点。这些子弹也能嵌入血肉中,但穿透身体的概率大为降低,以免误伤旁观者,这正合他的心思。

他猫着腰往前冲,跳到一个巨大的大托盘上,一只脚踩着托盘边缘,钢推身后的子弹。这个动作让他顺着光滑的木头地板往前滑了出去,在一张张餐桌间左冲右突,在即将出门的瞬间将身下的托盘一脚踢开,同时增加体重,落地停稳。

托盘从他身前飞出,劫匪惊魂未定开始举枪射击。子弹打在托盘上,金属与金属相互撞击,瓦克斯利姆又速射两枪,把塔森两边的歹徒撂倒。接着他骤燃钢,推动塔森手里的枪,试图将它从玛拉茜身上推开。

这时瓦克斯利姆才意识到,没有蓝线指向那人手里的枪。塔森咧嘴一笑,露出韦恩帽檐下的那张灰白的脸。接着,他转身躲到玛拉茜身后,一只手仍然掐住少女的脖子,另一只手则稳稳地用枪指着她的头。

没有蓝线。铁锈灭绝啊……整把枪都是铝做的?

瓦克斯利姆和塔森两人一动不动地僵持着。后面的劫匪没注意到瓦克斯利姆踩着托盘滑行的动作,正打算包围他原先藏身的位置。头领还站在门口,看着瓦克斯利姆。这一定不会是他猜想到的那个人。人有相似,声有相近,不一定就是……

玛拉茜发出一声呜咽。瓦克斯发现自己动弹不得,无法举枪开火。为救蕾西而开枪的场面,又在他脑海里重演起来。

我可以射出那一枪,他愤怒地告诉自己。*我有过十几次这样的经验。*

他只失手过一次。

他动不了,也无法思考。他的脑海里不断地想着她一遍又一遍地死去。空中鲜血四溅,那张微笑的脸。

塔森显然发现了瓦克斯利姆不会开枪。于是他把枪从玛拉茜的头边移开,指向瓦克斯利姆。

玛拉茜绷直身体,双腿一并,把头朝着那劫匪的下巴狠狠撞去。塔森的子弹击飞,他踉跄着捂着嘴往后倒。

她看起来脱离了危险,于是瓦克斯利姆摒除杂念,发现自己又能动了。他朝塔森开了一枪,虽然他无法瞄准对方的胸口,因为玛拉茜仍在附近。那一枪打中了塔森的手臂,将他击倒。女孩恐惧地用手捂住嘴巴,看着他倒在地上。

"他在那!"背后有人大喊,是三名跟他在餐桌间缠斗过的劫匪。一发铝弹从他身边掠过。

"抓紧我。"瓦克斯利姆对玛拉茜说,往前一跃搂住她的腰。他举起枪,朝门口射出最后一发子弹,打中戴面具那个隐匪头领的脑袋。

那人跌倒在地。

好吧,先前的猜测果然不成立,瓦克斯利姆心想。迈尔斯不会轻易被一发子弹打倒。他是双生师,而且具有两种非常危险的力量。

塔森正捂着胳膊在地上哎哟打滚。没时间了。子弹耗尽。瓦克斯利姆扔下枪,紧紧抱着玛拉茜,钢推它。镕金术将他们两人抛上空中,几发子弹齐刷刷地击中他们之前的位置。可惜还躺在地上打滚的塔森没被击中。

玛拉茜大叫着,将他抓得死死,两人朝明晃晃的枝形吊灯飞去。瓦克斯利姆钢推其中一盏,它剧烈摇晃起来。那一记钢推将他和玛拉茜推到附近的露台上,一群瑟瑟发抖的乐师正躲在上面。

瓦克斯利姆重重在露台落下。手里抱着玛拉茜,他难以维持平衡,而且没时间对力道进行精准判断了。他们在一团红白相间的布料间打了个滚。当他们停下来时,玛拉茜正抓着她,颤抖着大口大口喘气。

他坐起来,抱住她一会儿。"谢谢你。"她小声说,"谢谢。"

"不用谢,"他说,"是你勇敢地阻止了歹徒。"

"十次劫持人质的事件中,有三次会因目标的适当反抗而失败。"她一股脑说出这句话,然后再次紧闭起眼睛,"对不起。我,我真太害怕了。"

"我——"他停住。

"什么?"她睁开眼睛问。

瓦克斯利姆没有作答。他滚到一侧,注意到蓝线正移向左侧,于是将她松开。有人正在顺着台阶往露台上走来。

瓦克斯利姆走到一架巨大的竖琴边,露台大门砰地打开,现出两名隐匪的身影——其中一人手持来福枪,另一人手持双枪。瓦克斯利姆从金属意识库里提取重量,孤注一掷地骤燃钢,朝竖琴的金属部件、螺钉与琴弦大力钢推。那乐器朝木门飞了过去,把那两人砸到墙上。他们双双跌倒,被摔烂的竖琴压在台阶上。

瓦克斯利姆跑去查看他们的伤势。在确保那些人在短时间内没有威胁后,他抓起他们的手枪,冲回阳台边缘,查看下方的房间。被他推出去的家具在宴会厅的地板上形成了一个完美到诡异的圆圈。越来越多的宾客涌向厨房。他用目光寻找韦恩,但在他原先的位置上只有倒地不起的劫匪。

"史特芮丝呢?"玛拉茜在他身边爬起来问。

"我现在就去追她。"瓦克斯利姆回答,"有人把她拖出去了,但他们一定来不及……"他没再往下说,注意到远处的门口有一团模糊,突然韦恩出现,躺在地板上,血流成河。一名劫匪满脸得意地站在他边上,手里举着把冒烟的手枪。

该死!瓦克斯利姆感到一阵恐惧。如果韦恩头部中枪……

先顾史特芮丝还是韦恩?

史特芮丝会安全的,他想。他们抓她的理由只有一个——他们需要她。

"噢,不!"玛拉茜指着韦恩说,"拉德利安大人,那是不是——"

"我到他身边去,他会没事的。"瓦克斯利姆匆匆把手枪往玛拉茜手里一塞,"会用枪吗?"

"我——"

"有人威胁你,你就开枪。我会过来帮忙。"他跳上露台的栏杆。路线几乎都被枝形吊灯给封死,他没法直接跳到韦恩旁边。他得先往下跳,再往上,然后弹到——

没时间了。韦恩命在旦夕。

赶快!

瓦克斯利姆跃下露台。在双脚离地的一瞬间,他提取金属意识库,最大限度地增加体重。这样做不会把他拽到地上，无论重量大小，物体下落的速度都是相同的。唯一造成影响的因素是空气阻力。

但重量在钢推时却影响甚大——而瓦克斯利姆此刻正在使出全力钢推吊灯。水晶灯沿直线裂开，里面的金属扭曲变形，水晶向外爆裂，如同豪雨。这给他留出空间，足够跳向韦恩。

下一刻，瓦克斯利姆不再提取金属意识库，转而对其进行填充，将自身体重减轻到轻若无物。他钢推身后那架损坏的竖琴，同时反推地上的螺钉以保持高度。

结果，他划出一道优雅的弧线，飞过房间，经过巨大吊灯原本所在的位置。两旁的辅灯仍然闪闪发亮，纷纷扬扬的水晶碎骨折射出迷离光晕。他的西装外套下摆飞扬，在下落的同时压低枪口，瞄准了站在韦恩旁边的劫匪。

瓦克斯利姆对着那名歹徒连开六枪。必须确保万无一失。

落地时，瓦克斯利姆钢推地上的螺钉防止摔断腿，握枪的手已微微出汗。那名劫匪倒在他身后的墙边，死了。

在瓦克斯利姆来到韦恩身边的刹那，一道速度场在他们周围形成。瓦克斯利姆看见韦恩身体动了动，松了口气，他蹲下，把朋友翻过来。韦恩的衬衫被血浸透，腹部有个被子弹打穿的洞。瓦克斯利姆看着伤口慢慢闭合，自行疗愈。

"该死的，"韦恩呻吟着说，"脏腑中弹疼得很。"

韦恩刚才不能在劫匪还活着的时候保持速度场，那等于是在告诉对方自己没死。歹徒和执法者都很熟悉迷雾人，要是速度场仍在，歹徒会立即朝韦恩的脑袋补上一枪。

所以韦恩被迫要去除速度场来装死。幸好那匪徒没把他翻过来查看，没发现伤口正在愈合。韦恩是个制血者，这类藏金术师能储存健康，跟瓦克斯利姆储存体重的方式一样。要是韦恩花上一段时间保持病弱的状态——他身体复原的速度要比正常状态下慢许多——就能把健康和自愈能力储存到金属意识库里。然后，当提取时，就能以极快的速度治愈自己。

"你金属意识库里的储量还剩多少？"瓦克斯利姆问。

"这是我今晚中的第二枪，"韦恩说，"也许还能再治疗一处。"韦恩在瓦克斯利姆的搀扶下站起来，"我在床上整整躺了两个星期才存了那么多。但愿你那女孩值得我这么做。"

"我那女孩？"

"得了，老兄。你在饭桌上看她的眼神，别以为我没看见。你总喜欢聪明的姑娘。"他笑着回答。

"韦恩，"瓦克斯利姆说，"蕾西离开还不到一年。"

"可你终究得踏出这一步。"

"这个话题到此为止。"瓦克斯利姆说着看向附近的桌子。隐匪横七竖八倒了一地，被韦恩用决斗杖打断了骨头。瓦克斯利姆发现还有几个活着的劫匪躲在几张餐桌后面寻求掩护，仿佛还没意识到韦恩没有带枪。

"还剩下五个？"瓦克斯利姆问。

"六个。"韦恩拿起决斗杖旋转起来，"那边的阴影里还有一个。我总共干掉七个，你呢？"

"应该是十六个吧。"瓦克斯利姆心不在焉地回答，"没仔细数。"

"十六个？搞什么啊，瓦克斯，我还以为你的本事生疏了呢，还想着说不定这次能赶上你。"

瓦克斯利姆微笑："这又不是比赛。"他犹豫了下，"即便我赢了又怎么样，那些劫匪还是把史特芮丝给带走了。我打中了抢你帽子的那个人，但他没死，现在很可能跑没影了。"

"你没帮我把帽子抢回来？"韦恩问，听起来很生气。

"我当时正忙着挨枪。"

"忙？哎哟，老兄，挨枪又不用费什么力气。我看你就是成心，你嫉妒我有那顶幸运帽。"

"确实如此。"瓦克斯利姆说着摸了摸口袋,"你还剩下多少时间?"

"不多,"韦恩回答,"弯管合金快用完了。也许二十秒吧。"

瓦克斯利姆深呼吸:"我负责搞定左边那三个,你负责右边。准备跳。"

"明白。"

"上!"

韦恩向前飞奔,先跳到一张餐桌上。然后在下一次起跳的同时设下速度场,瓦克斯利姆则增加体重,然后钢推韦恩的金属意识库,让他沿着弧线朝劫匪飞过去。一等韦恩飞起,瓦克斯利姆立即将提取转为填充,接着钢推几颗螺钉,让自己沿着略微不同的轨道也飞了出去。

韦恩率先落地,可能摔得太重,只好先治疗自己,同时滚到两名躲藏的劫匪中间。他站起身,将决斗杖重重打在一名歹徒的手臂上。随即转身,又用另一柄决斗杖打中了第二个人的脖子。

瓦克斯利姆在下落时将手枪掷出,然后大力钢推,将其砸在一名惊吓过度的劫匪脸上。他稳稳落地,然后把韦恩先前给他的那个空弹壳——里面藏着纸卷的那枚弹壳——朝第二人扔了出去。他钢推弹壳,把它变成子弹的替代品,打进那人的额头,一直贯穿颅骨。

瓦克斯利姆钢推弹壳的力量过大,整个人都飞向侧面。他用肩膀撞上之前那个被枪砸中的匪徒胸口。那人踉跄着后倒,瓦克斯利姆又用前臂猛撞——金属意识护臂恰好敲到他的头,将他击倒。

还剩下一个,他想。**在我右后方**。距离很近。瓦克斯利姆一脚飞踢他扔下的那把枪,打算朝最后一名劫匪钢推过去。

枪声响起。

瓦克斯利姆僵住,准备迎接被子弹击中的疼痛。但什么都没发生。他转身发现最后一名歹徒淌着血跌倒在餐桌上,一把枪从手中滑到地上。

幸存者的疤痕啊,究竟是怎么……?

他抬起头。玛拉茜正跪在刚才的露台上。她端着从被他打倒的劫匪手里抢过的来福枪,显然知道该怎么用。在他的注视下,她再次开火,把韦恩说的那个阴影里的劫匪放倒。

韦恩干掉他那两名对手,站起身,显得一脸困惑,直到瓦克斯利姆指了指玛拉茜。

"哇噢,"韦恩说着朝他走过来,"我越来越喜欢她了。换作我是你,二选一的话,肯定选她。"

二选一……

史特芮丝!

瓦克斯利姆咒骂着往前跃去,钢推自己奔向另一个出口。他疾奔落地,不安地发现那头领的尸体并不在原处。玄关那有血迹。是党羽把他的尸体拖走了吗?

除非……也许他的猜测竟然没错。但该死的啊,他面对的不可能是迈尔斯。迈尔斯是执法者,而且是精英中的魁首。

瓦克斯利姆冲进黑夜,宴会厅的出口正对街面。几匹马被拴在栅栏边,一群马夫嘴被塞住,五花大绑地倒在地上。

史特芮丝和拖她出门的劫匪已经不见踪影。但他看见一大群警察骑马进入庭院。

"来得真是时候啊,诸位。"瓦克斯利姆坐在台阶上,筋疲力尽地说。

"我不在乎你是谁,也不管你有多少钱,"布雷廷警官说,"看看你制造了多大的混乱吧,阁下。"

瓦克斯利姆靠着墙角休息,心不在焉地听对方训话。他早上起来一定会浑身疼痛,有好几个月没把身体逼得这么紧了。幸好没造成哪个关节脱臼或是肌肉拉伤。

"这里不是蛮苦之地,"布雷廷继续说,"你以为你能为所欲为?你以为你随随便便拿起把枪,就能把律法玩弄在手心里?"

他们坐在尤门宅邸的厨房里,警察隔出了这块区域来问话。战斗刚刚结束不久。麻烦接踵而来。

虽然刚刚枪击的噪声仍在耳畔回响,瓦克斯利姆也能听见从宴会厅里传来呻吟与哭喊声,宾客们正在接受照料。除了那些之外,他还能听见豪宅庭院中不断有马蹄声响起,偶尔还有汽车驶出,城里的名流在得到准许后,成群离开现场。警察要与每个人交谈,确保他们一切安好,并对照宾客列表上是否有他们的名字。

"怎么样?"布雷廷质问道。他是警察总长,是这一八分区警队的负责人。在他眼皮底下发生这些抢劫案,可能让他感到受了莫大的威胁。瓦克斯利姆能够想象身处他这个位置的艰难处境,每天稍有不慎就要成为上级迁怒的目标。

"很抱歉,警官。"瓦克斯利姆平静地说,"旧习难改。我应该克制自己的,但换作是你,你不会这么做吗?你会眼睁睁地看着女人被劫持,而无动于衷?"

"我有执法的权力与责任,可你没有。"

"我有道德的权力与责任,警官。"

布雷廷哼了一声,脸色却因为这话略有缓和。他往旁边看了一眼,只见一位身穿棕色制服、头戴跟他们相同圆顶帽的警官走进来敬了个礼。

"怎么样?"布雷廷问,"有什么消息,雷迪?"

"死了二十五人,队长。"那人回答。

布雷廷叹道:"你瞧瞧你都干了什么,拉德利安?要是你跟所有人一样保持沉默,这些可怜人就不会死了。祸根啊!真是一团乱。我会因此被——"

"队长,"雷迪打断了他的话,走上前小声说,"请原谅,长官。刚才报的是劫匪的伤亡人数。死了二十五人,活捉六人,长官。"

"噢,那市民死了几个?"

"只有一人,长官。是佩特鲁斯大人。他在拉德利安大人开始还击前就被射杀了。"

雷迪用混合着敬畏与尊敬的眼神看着瓦克斯利姆。布雷廷也朝瓦克斯利姆看了一眼，然后拉着他助手的胳膊，把人拽到不远处。瓦克斯利姆闭上眼，放缓呼吸，依稀能听见他们的对话。"你是说……两个人……解决了三十一人？""没错，长官。""……别人受伤……""……骨折……不是太严重……瘀青和皮外伤……准备开火……"

一阵沉默之后，瓦克斯利姆睁开眼，发现警察总长正在盯着他看。布雷廷挥手让雷迪退下，然后走了回来。

"怎么样？"瓦克斯利姆问道。

"你似乎很是走运。"

"我跟我的朋友吸引了他们的注意力，"瓦克斯利姆说，"而且几乎所有宾客都在枪战开始前就躲起来了。"

"你还是用镕金术导致了他人骨折，"警察总长说，"不少贵族鼻青脸肿，火冒三丈，他们会来找我投诉。"

瓦克斯利姆什么都没说。

"我知道总有一天得跟你进行这番对话，我就把话挑明了说吧，这是我的城市，我才是这里的权威。"

"是这样吗？"瓦克斯利姆觉得累极了。

"是的。"

"那么今天晚上劫匪开始朝人脑袋开枪时，你在哪里？"

布雷廷的脸变得通红，但瓦克斯利姆仍把目光锁在他身上。

"你威胁不了我。"布雷廷说。

"很好。我也还没说出任何威胁的话呢。"

布雷廷轻轻嘶了一声，接着指着瓦克斯利姆，用手指叩击他的胸口："管好你的舌头。我正在犹豫要不要把你关进监牢过夜。"

"悉听尊便。也许等天亮时你能恢复理智，到时候我们再进行一番理性对话。"

布雷廷的脸变得更红，可他知道——瓦克斯利姆也知道——在没有切实证据的情况下，他不敢把一族之长贸然关进监牢。布雷廷最后只得后退几步，朝瓦克斯利姆轻蔑地挥了挥手，走出厨房。

瓦克斯利姆叹口气，站起身，将放在餐柜上的圆顶礼帽拿起来。**和谐之主啊，请保护我们不受那些大权在握却刚愎自用的人威胁吧。**他戴上帽子，离开厨房，走进宴会厅。

厅里几乎已经不剩下什么宾客，婚礼双方家人也已乘坐尤门大人的马车离开，到安全的地方平复心情。宴会厅里此刻挤满了警察和医生，与刚才宾客的数量相当。伤患们坐在出口前方高起的木头地板上，看起来有二三十人之多。瓦克斯利姆注意到哈姆斯大人坐在侧面的一张餐桌前，表情阴郁地低垂着眼，玛拉茜在试图安慰他。韦恩也坐在桌边，一脸百无聊赖。

瓦克斯利姆朝他们走过去，摘下帽子，坐了下来。他发现自己其实并不知该对哈姆斯大人说些什么。

"嘿，"韦恩小声说，"给你。"他从桌子底下把什么东西塞到瓦克斯利姆手里。是一把转轮手枪。

瓦克斯利姆困惑地看着他。这枪不是他的。

"我猜你会想要一把。"

"铝的？"

韦恩微笑，眼里闪着光，"从警察收集的那堆证物中拿来的。大约有十把。我估摸着你能拿去卖钱。为了对付这帮白痴，耗了我不少弯管合金。我需要钱来弥补损失。但是别担心，我把枪拿走之后，在原先的位置上给他们留下一幅特别棒的画作。还有……"

他说着又递给他一些别的东西。是一把子弹。"我还顺手拿了这些。"

"韦恩，"瓦克斯利姆拨弄着那几发又长又窄的子弹说，"你知道这些是来福枪子弹吧？"

"所以呢？"

"所以不能装进转轮手枪。"

"不能吗？为什么？"

"不能就是不能。"

"这种造子弹的办法也太笨了吧?"他显得大惑不解。当然了,与枪有关的大多数事情都会让韦恩困惑,面对准备对他开火的敌人,他更习惯于拿枪朝对方砸出去。

瓦克斯利姆笑着摇摇头,但却没有拒绝这把枪。他一直想要一把。他把手枪塞进肩套,转身面朝哈姆斯大人。

"大人,"瓦克斯利姆说,"我让您失望了。"

哈姆斯用手帕擦着脸,看起来脸色苍白,"他们为什么要带走她?他们会放她走的,是不是?他们答应过的。"

瓦克斯利姆沉默以对。

"不,他们不会,"哈姆斯大人抬起头,"之前那些人质一个都没放过,是不是?"

"没有。"瓦克斯利姆回答。

"您得把她找回来,"哈姆斯大人拉过瓦克斯利姆的手,"他们抢走多少钱财和珠宝我都不在乎。那些都是身外物,而且大多数都有保险。可我必须找回史特芮丝,不惜一切代价。求您了。她将是您的未婚妻啊!您一定要找到她。"

瓦克斯利姆看着这位老人的眼睛,看见了恐惧。不管他在之前的会面中有多么虚张声势,其实都是装的。

真是好笑啊,瓦克斯利姆心想,*当一个人需要你的帮助时,他居然会这么快就不再把你称作异端和混混。可如果说有一样东西是他无法忽视的,那就是真心的求助。*

"我会找到她的,"瓦克斯利姆说,"我答应您,哈姆斯大人。"

哈姆斯点点头,随后慢慢站起来。

"我扶您上马车吧,大人。"玛拉茜说。

"不用,"哈姆斯说着挥手让她坐下,"不用。就让我……让我一个人坐一会儿。我不会一个人乱走,但请让我独处片刻。"他走开了,玛拉茜扣着双手站在原地。

她一脸难过地坐下,轻声说:"他希望您救的是她,而不是我。"

"那么,瓦克斯,"韦恩插话,"你说那个抢走我帽子的家伙去哪儿了?"

"我告诉过你,他在被我击中后就跑了。"

"你知道,我原本希望他能把我的帽子丢下的。人在中弹之后总是会丢三落四。"

瓦克斯利姆叹了口气:"恐怕他离开时还把帽子戴在头上。"

"韦恩,"玛拉茜说,"那不过是顶帽子。"

"不过是顶帽子?"韦恩吃惊地反问。

"韦恩对那顶帽子有点偏执,"瓦克斯利姆说,"他觉得能带给他幸运。"

"确实幸运啊,我戴着那帽子从来没死过。"

玛拉茜皱眉。"我……我不知该怎么接下去了。"

"人们通常都会对韦恩的话有这种反应。"瓦克斯利姆说,"对了,我要谢谢你及时出手相助。能否问问你的枪法是打哪学来的?"

玛拉茜脸红了,"大学里的女子射击社。我们社团的排名在城里名列前茅。"她忽然面露痛苦:"被我打中的那些……有人活下来了吗?"

"没有,"韦恩回答,"你枪枪正中要害。我边上那个的脑浆都溅到门上了!"

"天哪。"玛拉茜脸色苍白,"我没想到……"

"朝人开枪就是会这样,"韦恩直言,"至少,当你朝他们开枪时,那些人通常都会干脆利落地毙命,总算对得起你。除非你没能打中要害。话说抢走我帽子的那家伙怎么样了?"

"我打中了他的手臂。"瓦克斯利姆说,"但照理说,他不该伤得这么轻。我确定他有克罗司血统,也许还是个白镴臂。"

韦恩陷入沉默。他也许跟瓦克斯利姆在想同一件事——像那样一伙歹徒,人数众多,武器精良,中间应该至少有几个镕金术师或是藏金术师。

"玛拉茜,"瓦克斯利姆像是想起了什么,"史特芮丝是镕金术师吗?"

"什么?不,她不是。"

"你确定?"瓦克斯利姆追问,"她有可能把能力藏起来了。"

"她不是镕金术师,"玛拉茜回答,"也不是藏金术师。我可以保证。"

"好吧,这个猜测锈掉作废。"韦恩说。

"我得想想看,"瓦克斯利姆用指甲轻击桌面,"这些隐匪身上有很多事情解释不通。"他摇摇头。"但我现在要祝你们晚安了。我太累了,而且容我冒犯地说一句,你看起来也是一样。"

"是,当然。"玛拉茜说。

他们一同起身走向出口。警察们没有出手阻拦,但有几人还是朝瓦克斯利姆投来充满敌意的目光。另一些人的眼神里带着怀疑,少数几人带着敬畏。

今晚跟之前的四个晚上一样,没有迷雾。瓦克斯利姆与韦恩送玛拉茜走到他叔叔的马车跟前。哈姆斯大人已经坐在车里,愣愣地凝视前方。

他们走到车前时,玛拉茜拉起瓦克斯利姆的手臂轻声说:"您真应该先去救史特芮丝的。"

"你离我更近。逻辑上我应该先救你。"

"好吧,不管出于什么原因,"她的声音变得更加轻柔,"我都要感谢您所做的一切。我……谢谢您。"她仿佛欲言又止,抬头看着他的眼睛,然后踮起脚尖轻吻他的脸颊。还没等瓦克斯利姆来得及反应,她就转身上了马车。

当马车在黑暗的街道上扬长而去时,韦恩走到他身边,马蹄声在石板铺砌的街面上渐渐远去。"那么,"韦恩问,"你真打算娶她表姐?"

"计划是这样的。"

"这下尴尬了。"

"她是个冲动的年轻女孩，年纪只有我的一半。"瓦克斯利姆说。这个女孩看起来灿烂美好，魅力十足，同时又刚好是个出色的射手。曾几何时，他对将这些特质集于一身的女子毫无抵抗力。可现在，他却几乎不会多做考虑。

他转过头来，不再看向马车："你准备待在什么地方？"

"还不确定，"韦恩说，"我找到一间房子，屋主离家外出了，但我想他们今晚也许会回来。我给他们留了点面包以示谢意。"

瓦克斯利姆叹了口气。*我早该料到的*。"我会给你腾出一间房，前提是你必须答应我不能偷太多东西。"

"说什么呢？我从来不偷东西，老兄。偷窃是不好的行为。"他一只手插进头发里，咧嘴笑着说，"也许我得找你换顶帽子戴戴，等找回原先那顶就还给你。你要面包吗？"

瓦克斯利姆只是摇头，招手示意马车过来，载他们返回拉德利安宅邸。

第七章

婚宴抢劫案发生后的清晨,玛拉茜站在位于拉德利安广场十六号那幢宏伟的豪宅前方,双手抓着手袋,置于身前。她总会在紧张时把什么东西拿在手里,这是个坏习惯。摩迪卡教授曾经说过:"作为律法工作者,必须竭力避免作些明显的小动作,以防无意间让罪犯看出自己的情绪状态。"

回想教授们说过的名言,是她紧张时的另一个习惯。她继续站在砖石铺就的人行道上,犹豫不决。瓦克斯利姆大人会不会觉得她的造访太过唐突,或是咄咄逼人?他会不会当她是个有着愚蠢习惯的傻女孩,竟然荒谬地以为能助这位经验丰富的执法者一臂之力?

她或许应该径直走过去敲门。但她在面对瓦克斯利姆·拉德利安这样的大人物时,难道无权感到紧张吗?这人是个活生生的传奇,是她私下里崇拜的英雄之一。

一位年轻的绅士从他身后走过,手里牵着只躁动的小狗。他对她执帽行礼,但还是对着拉德利安宅邸投去一个怀疑的眼神。

似乎不该盯着这幢豪宅看这么久。这座宏伟的建筑由庄严的石块砌成,墙面上点缀着藤蔓,上面有一扇扇巨大的窗户和古老的铁门。三棵成年苹果树的枝条如同华盖般笼罩着门前的花园,一位园丁正懒洋洋地将几根枯枝锯断。由迷雾之子大人亲自制定的城市律法，要求即便是观赏树木也要生产果实。

不知蛮苦之地里是什么样，她无所事事地浮想联翩，那里的树据说长得矮小散乱。蛮苦之地肯定是个吸引人的地方。依蓝戴盆地里的植物全都长得枝繁叶茂，甚至无须养护灌溉。这是幸存者最后的馈赠，是他对大地慷慨的祝福。

别再这么焦躁了，她对自己说。坚强些。要成为环境的主导。亚拉敏教授上星期才说过这句话，而且——

该死的！她大步上前，穿过敞开的大门，走上台阶，来到楼门口。她抬起门环，叩了三下。

一位长脸管家前来应答。他用毫无情感的眼神上下打量着她："原来是科尔姆斯贵女。"

"我想见拉德利安大人，不知是否方便？"

管家挑起眉毛，然后将门打开。他不发一语，但从小到大有仆人服侍在侧的玛拉茜，早就对那些按照泰瑞司理念训练出的仆人格外熟悉，学会读懂对方的一举一动。这位管家不认为她应该造访瓦克斯利姆，尤其不该只身前来。

"会客厅目前无人占用，贵女。"管家伸出僵硬的手——掌心朝上——往一间侧室指了指。他开始朝楼梯走去，脚步里有种……听天由命的淡漠，犹如随风摇摆的古树。

她慢慢走进房间，强迫自己把手袋握在身侧。拉德利安宅邸采用了古典式的装修风格，地毯上有暗色的繁复图案，精心雕琢的相框还被涂成了金色。真是奇怪，竟然有那么多人喜欢这种喧宾夺主的相框，甚至会盖过照片本身的风采。

这豪宅里挂的画作看起来似乎少了点？墙上有好几处，空白得很是突兀。在会客厅里，她抬头看着一幅绘有稻田的宽幅画，双手扣在背后。

很好。她现在能控制住紧张情绪了。根本没理由紧张。没错，她的确看过一份又一份关于瓦克斯利姆·拉德利安的报告。没错，关于他的英勇事迹是激励她研习律法的原因之一。

然而，他比她想象中的要和蔼得多。她一直认为他是个脾气粗暴、少言寡语的人。结果发现他说起话来很绅士，这大大出乎她的意料。当然，还有他与韦恩交流时那种放松——并且略带尖酸的态度。她从年少时起，就对这位执法者形成了冷静内敛的印象，而他的副手则是忠于职守、一丝不苟，结果和他们相处了短短五分钟，这些幻想便尽数被打破。

接着便发生了入室劫持。枪声、尖叫声不绝于耳。瓦克斯利姆·拉德利安如同一道划破混沌风雨之夜的闪电，犀利而明亮。他救了她。从她年少时起，她曾有多少次天真地梦想过这样的经历降临到自己身上？

"科尔姆斯贵女？"管家说着走到会客室门口，"很抱歉，但主人说他无法抽出时间下来跟您交谈。"

"噢。"她猛地感到心中一沉。看来她根本是在痴人说梦。

"的确如此，贵女。"管家说，嘴唇下撇得弧度更大，"劳烦您跟我到书房一趟，大人会在那里与您会面。"

噢……好吧，她真没想到。

"请走这边。"管家说。他转过身，蹒跚着走上楼梯，她则跟在身后。来到顶层后，他们走过几条走廊，从一些正在备餐和打扫的仆人身旁经过，那些人纷纷朝她点头致意，然后两人来到位于宅邸西端的房间门口。

管家示意她进去。屋内比她预想中要杂乱得多。百叶窗将窗户遮得严严实实，靠在远处墙边的巨大书桌上堆满了试管、烧杯还有其他看着像是用于科研的设备。

瓦克斯利姆站在旁边，手里拿着一把夹钳，眼睛一眨不眨。他戴着一副黑色护目镜，身穿白衬衫，袖管卷到肘部。他的西装外套搭在房间角落的一把椅子上，盖着圆顶礼帽，衬衫外面只套着一件黑灰两色的菱形格马甲背心。屋里有股烟味，还有诡异的硫黄味。

"大人？"管家问。

瓦克斯利姆转过身，仍然戴着护目镜。"啊！玛拉茜贵女，请进，快进来。提洛米，你可以退下了。"

"遵命，大人。"管家无奈地说。

玛拉茜走进房间，朝侧面看了一眼，一大张纸铺在地上，两端对折，上面密密麻麻写满了字迹。瓦克斯利姆转动一个圆盘，桌上一支小巧的金属试管喷出一道烈焰火舌。他利落地把夹钳伸进火里加热，然后将上面夹着的东西扔进一个陶瓷小杯。他看着杯里的东西，然后从桌上的架子上取下一支玻璃试管，晃了晃。

"看，"他说着把试管举起来让她看，里面有透明液体："你看这个是蓝色的吗？"

"呃……不是？应该是吗？"

"显然不是。"他回答，然后又晃了晃试管，"呵。"他将试管放到旁边。

她静静站着。真难想象这个人居然能短枪在手，冲破那一张张餐桌的障碍，身手高超地解决掉了那些想把她劫走的歹徒。她也难以把他和昨夜一飞冲天——下方枪声大作，吊灯破碎，水晶飞溅得到处都是——然后从半空中朝劫匪开枪，稳稳落地向朋友施救的那个人联系在一起。

她正在跟一位传奇人物交谈。而这位传奇人物此刻正戴着一副傻到极点的护目镜。

瓦克斯利姆把护目镜推到额头上："我想弄清楚他们的枪上使用的是哪种合金。"

"那些铝枪？"她好奇地问。

"没错，但不是纯铝。硬度更大，纹路也不对。我还从没见过这种合金。子弹肯定是另一种新式合金，我接下来还要对子弹进行检验。顺便说一句，我不知道你对住在城里享有的种种优势是否心存感激？"

"噢，我知道住在城里的很多优势。"

他咧嘴一笑。说来奇怪,他今天看上去要比之前几次会面显得年轻。"我想你也许确实知道。但我指的是你在这里享有的购物便利。"

"购物?"

"对,就是购物!简直便利到堪称奇迹的地步。在抗风镇时,要是我想买个能达到测试合金所需高温的瓦斯燃烧炉,都得特别订购,然后等着货运列车将货送达。我还得祈祷在运输过程中千万别有损坏。

"可是在这里,我只需要把购物清单交给几个伙计,用不了几个小时,整间实验室就能搭建完成。"他摇摇头,"我觉得自己被宠坏了。话说你看起来怎么有些迟疑?是这硫黄味吗?你知道,我需要检验子弹里的火药……而且,好吧,我想我应该开扇窗户。"

我绝不能一在他旁边就紧张。"不是这个原因,拉德利安大人。"

"请叫我'瓦克斯'或'瓦克斯利姆'就好。"他说着走到床边。玛拉茜注意到他在开窗时习惯站到侧面,不会站到能让人从外面直接看见的位置上。这谨慎小心的动作对他来说自然之极,甚至是下意识就这么做了。"跟我说话用不着那么正式。我有个规矩——凡是救过我命的人都可以直呼我的名字。"

"我想是您先救了我的命。"

"是的。但我欠你在先。"

"原因呢?"

"因为你给了我开枪的绝佳理由。"他说着坐在桌前,在一本记事簿上写下几行注记,"我已经等这理由等了挺长时间了。"他抬起头对她微笑。"你为什么迟疑?"

"我们应该在房间里独处吗,瓦克斯利姆大人?"

"为什么不能?"他的语气带着由衷的疑惑,"柜橱里是藏着什么我不知道的杀人狂吗?"

"我说的其实是礼节,大人。"

他坐了一会儿,然后一拍额头:"真抱歉。请原谅我那么不谙礼数……我已经很久没有……算了,没关系。要是你觉得不舒服,我可以把提洛米叫回来。"他站起身,大步从她身边走过。

"瓦克斯利姆大人!"她说,"我不是不舒服。只是跟您确认下。我只是不愿意让您陷入尴尬的处境。"

"尴尬?"

"是的。"现在她觉得自己是个彻底的蠢蛋,"拜托,我不想给您惹麻烦。"

"那好吧。"他说,"老实说,我真把这些事情给忘了。都是些没用的繁文缛节。"

"礼节是没用的?"

"上流社会里有许多规矩,都是为了确保人与人之间的不信任。"瓦克斯利姆说,"契约,详细的运作报告,不得被人看见与异性贵族独处等等。如果人际交往中连最基本的信任都不复存在,那这样的关系还有什么用?"

这话是从即将迎娶史特芮丝,而且明确表示是图谋她家财产的人嘴里说出来的? 她为这个念头感到内疚,人有时候就是会不由自主地刻薄起来。

她赶快转移话题:"那么……合金是?"

"对了,合金。"他说,"其实我不应该对这个问题刨根究底,只是利用这个机会来重温下从前的爱好。但既然我知道这些铝是打哪来的——它们是第一起抢劫案的失窃物——那么也许,在他们使用的合金里也有我能追溯到的某些材料。"他走回桌边,拿起韦恩昨夜给的那把转轮手枪。她发现他从握柄上刮了点金属碎屑下来。

"你了解冶金术吗,玛拉茜贵女?"他问。

"恐怕不了解。"她说,"应该多研究下的。"

"噢,别这么说。就像我刚才说的,这是一种嗜好。城里有很多冶金家,我把碎屑交给他们,很快就能拿到更加准确的报告。"他叹了口气,坐回椅子里,"你瞧,我只是习惯于亲力亲为。"

"在蛮苦之地,您通常没有其他选择。"

"确实如此。"他把枪在桌边敲了敲,"合金是很了不起的东西,玛拉茜贵女。你知不知道,可以用某种能被磁石吸引的金属制造出合金,而那合金却不会被磁石吸附?跟等量的另一种金属混合,得到的成品并非吸附力减半,而是根本为零。当你制造一种合金时,并不是单纯将两种金属混合在一起,而是制造出一种全新的金属来。"

他继续说:"这是熔金术的基本原理。钢其实就是铁加上少许碳,但结果大不一样。这种铝里面也有别的金属,含量少于百分之一。我想也许是钪,纯粹个人猜测。含量只有一点点。奇怪的是,换到人身上也是一样。一点点改变就能塑造出一个完全不同的人来。我们跟金属是多么相似啊……"他摇摇头,然后挥手示意让她到墙边的一把椅子上落座,"不过你不是来听我啰唆这些的。来吧,告诉我,我能为你做些什么?"

"其实是我想为您做些事,"她坐下回答,"我跟哈姆斯大人谈过了。我想也许是因为您的……呃,我是说因为拉德利安家族眼下缺乏流动资产,您也许没有余力找回史特芮丝贵女。哈姆斯大人同意为您提供资金,以确保找回他的女儿。"

瓦克斯利姆看上去很惊讶。"这太好了。谢谢你。"他顿了顿,然后看着书桌,"你认为他会不会介意出资来买这个……"

"完全不会。"她飞快地说。

"帮大忙了。提洛米一看见账单就差点晕过去。我想那老家伙是担心如果我继续这么花下去,就要连茶水都喝不起了。多么难以置信啊,我的家族雇佣着两万多名劳工,占有城中百分之二三的土地,现金却少得可怜。商业世界真是奇怪。"瓦克斯利姆向前倾身,握住双手,像是陷入沉思。阳光透过敞开的窗户招进来,他的眼袋被她看在眼里。

"大人?"她问,"从绑架案发生后您睡过觉吗?"

他没回答。

"瓦克斯利姆大人，"她严厉地说，"您不该忽视健康。透支身体对任何人都没好处。"

"史特芮丝贵女是在我眼皮底下被带走的，玛拉茜。"他轻柔地说，"我连手指头都没抬一下。我不可能不当一回事。"他摇摇头，仿佛想把不好的念头给甩掉，"不过你不用担心。反正我躺下也睡不着，还不如做些有用的事。"

"您得出什么结论了吗？"她语气里满是好奇。

"太多了。"他说，"通常，问题并不是急于找出对策，而是根据线索去伪存真。比如说那些人吧，他们就不是专业的。"他停了片刻。"抱歉，这些话可能有些难懂。"

"不，我懂。"她说，"他们恨不得把整栋建筑都炸上天，还有他们的头领被激怒后朝佩特鲁斯开枪……"

"一点没错。"他说，"他们肯定有做窃贼的经验，但手段并不过硬。"

"判断犯罪类型的一种简单办法，就是看他们在什么时候杀了什么人。"玛拉茜引用了课本上的一句话，"杀人犯会被处以绞刑，而单纯的盗窃罪却能免于死。那些人，如果他们真知道自己在做什么的话，就会快速离开，庆幸用不着开枪杀人。"

"所以他们是一群街头恶棍，"瓦克斯利姆说，"普通罪犯。"

"可他们手里有非常昂贵的武器，"玛拉茜皱着眉说，"这表示有别人在幕后资助，对吗？"

"正是，"瓦克斯利姆变得越发热切，身体继续前倾，"起初我也很纳闷。我确信这一切的重点是劫持人质，抢劫只是种障眼法。可昨晚那些歹徒却对财物真的很感兴趣。这让我大惑不解。根据铝的价格，还有他们铸造那些枪支的成本来看，他们为了抢劫昨晚那点东西真是亏大了。这不合情理。"

"除非，我们要对付的是携手合作的两股力量。"玛拉茜听懂了，"有人为劫匪提供资金，让他们去抢劫。幕后那股力量则命令他们劫走指定的人质，同时制造出随机劫持人质的假象。"

"对极了！不管幕后黑手是谁，那些被劫走的女人都会落在他手里。所有赃物，或是一部分赃物，则归隐匪所有。这些抢劫案全是伪装，但恐怕连那群劫匪都不知道自己竟然被人利用了。"

玛拉茜皱起眉头，咬着嘴唇，"可那意味着……"

"什么？"

"那个，我本来希望这件事就快过去了，"她解释道，"您本来算出劫匪的人数是不到四十，而您和韦恩杀死或弄残了三十几人。"

"三十一人。"他心不在焉地说。

"我以为剩下的那些人也许会选择止损，半路放弃。一般人都会认为，少了四分之三的人手，足以让他们解散。"

"以我的经验来看，的确如此。"

"但是这次不一样。"她说，"劫匪头领背后还有提供资金和武器的主使者。"她皱起眉，"我记得那头领还说过什么'报复'之类的话。会不会背后的资助人其实也是他？"

"也许是，"瓦克斯利姆说，"但我很怀疑这一点。整件事情更像是买凶作案的感觉。"

"同意，"她说，"但那头领似乎有自己的想法。说不定他就是因为这个才被选成头领的。这么说吧，罪犯通常都会将自己的行为合理化，并以此开脱，在这方面有天赋的人——再对他许以钱财和取乐的诱饵——作为'中层管理者'再理想不过了。"

瓦克斯利姆露出大大的笑容。

"怎么了？"她问。

"你知不知道我花了一夜时间才得出这些推论？你多快就得出了？十分钟有吗？"

她吸了吸鼻子，"是您帮了我一点忙。"

"那么严格说来，也算是我帮了自己一点忙。"

"因为缺少睡眠而产生的幻听不算啊,大人。"

他的笑意转深,然后站起身,"来,说说你对这个怎么看。"

她好奇地跟着他走到房间前端,注意到那里有一堆纸。他将纸铺平,那张纸成长方形,长约五英尺,宽在两三英尺的样子。瓦克斯利姆蹲在地上,但她穿着裙装,下蹲不太方便,只能弯下腰,视线越过他的肩膀往下看。

"是族谱吗?"她惊讶地问。看起来他像是追查了每位女人质的血统,在长方形的纸张左侧写下她们的名字,然后往回追溯。上面并没有把每位亲戚都列出来,但所有人质的直系祖先和每一代的几位名人则赫然在列。

"嗯?"他问。

"我开始怀疑您是个奇怪的人了,大人。"她说,"您整夜都在忙这个?"

"这确实花了我不少时间,不过韦恩的那张字条帮我开了个好头。幸运的是,我叔叔的书房里有翔实的宗谱可供查阅。这是他的爱好。你对此怎么看?"

"还好您很快就要订婚了,一位好妻子会确保您劳逸得宜,不会让您整晚都在烛光底下抄写。知道吧,这样做很伤眼睛。"

"我们有电灯。"他往上一指,"再说,我也不认为史特芮丝会关心我的睡眠。合约里没有写这项条款。"他的语气略带苦涩,虽然很淡,但还是听得出来。

她之所以说这些话,是为了稍微争取点时间,好看清楚纸上的名字。"镕金术师,"她说,"您分析了她们各自家族镕金术力量的血统。他们都是迷雾之子大人的后代。韦恩不是说过?"

"是的。"他说,"我相信这件事情的幕后黑手,目的是要寻找镕金术师。他在打造一支军队。他在挑选自己暗中怀疑是镕金术师的那些人。事实上,由于这些人之前从未公开表明过身份,大家很难洞察他的真正目的。"

"但是史特芮丝不是镕金术师啊，我保证。"

"这之前有点让我想不通，"他说，"不过不是大问题。你瞧，他找的人都是可能的镕金术师人选，但偶尔还是会弄错。"瓦克斯利姆叩着那张纸："那让我为她感到担心。一旦幕后那个人发现她并不是自己要找的人，她可就有大麻烦了。"

"所以你才整夜不睡，"她意识到，"你意识到时间紧迫。"

所有这一切，为的都是一个他显然不爱的女人。想不嫉妒还真难。

什么？她心想。*你难道宁可被劫走的是自己吗？蠢丫头。*

但她注意到自己的名字也在列表上。"您也研究我的族谱了？"她讶异地问道。

"还不得不派人去找。"他说，"这恐怕惹得那些半夜被吵醒的办事员很是愤怒。你非常奇怪。"

"您说什么？"

"噢。呃，我的意思是在名单上。你看见没？你与史特芮丝是远房表姐妹。"

"所以呢？"

"所以，这意思是说……好吧，解释起来有点尴尬。你其实是主系血统第六代的表亲。所有其他人，包括史特芮丝在内，血缘关系都更近——你父亲那边的血统冲淡了你的血统。你跟别人比起来，是个奇怪的目标。我在猜测，他们把你掳走是打算混淆视听，让我们更加猜不透。"

"很有可能，"她小心地说，"他们毕竟不知道史特芮丝跟我们坐在一起。"

"确实如此。但是……接下来是我的推测，你看，我能想出很多史特芮丝被选作目标的原因。镕金术师的血统并不是唯一的可能性，由于上流社会复杂的关系，还有很多其他可能。"

"事实上，据我分析，镕金术这一理由很勉强。如果想要训练战士的话，为什么只找女人？既然他们有资金和办法把铝都偷走，为什么还要费力去找镕金术师？他们大可以停手享用胜利的果实。而且我没发现有任何确切的迹象表明，被劫持的其他女人质的确是镕金术师。"

他们只劫女人，玛拉茜想，看着那份长长的名单，分析着她们与迷雾之子大人的关联。迷雾之子是有史以来最强大的镕金术师，几乎是神话一般的存在，一人拥有全部十六种镕金术的力量。她会有多强大啊？

突然之间，一切都说得通了。"铁锈灭绝啊……"她小声说。

瓦克斯利姆抬头看她。如果不是因为他一整夜都给自己太大压力，也许早就看出来了。

"镕金术是遗传的。"她说。

"对，所以才会在这些血统里都表现得如此突出。"

"遗传。劫走的都是女人。瓦克斯利姆，你没看出来吗？他们不是想打造一支镕金术师的军队，而是打算孕育一支。他们劫走的都是带有迷雾之子直系镕金术血统的女人。"

瓦克斯利姆看着那一大张纸，然后眨眨眼。"幸存者之矛啊……"他小声说，"好吧，至少这意味着史特芮丝不会立即遭遇不测。即便她不是镕金术师，对他也是有价值的。"

"是的，"玛拉茜感到一阵恶心，"可如果我猜得没错，她会身处另一种不同的险境。"

"确实。"瓦克斯利姆蔫蔫地说，"我应该看出来的。要是被韦恩发现我这么迟钝，肯定会以此大做文章。"

"韦恩，"她意识到自己还没问过他，"他在哪里？"

瓦克斯利姆看了看怀表："他很快就要回来了。我派他去搞点恶作剧。"

第八章

韦恩大步跨上台阶，走进第四八分区的警局办公室。他耳根发烫。这些警察怎么爱戴这么难受的帽子？也许他们爱发脾气，在城里转来转去，盯着那些值得尊敬的老实人找茬，都是这玩意儿闹的。虽然才在依蓝戴生活了几个星期，韦恩基本已经知道警察平时都在忙些什么了。

破帽子。一顶破帽子真能让人无名火起，这是事实。

他重重撞开双扇门，走了进去。里面看起来就像个大笼子，前面隔着道木栏杆，把平民和警察隔开，后方还有几张桌子，供他们在里面吃饭、休息或是闲聊。一看见他进门，几名身穿棕色制服的警察就立即绷直了身体，有人还把手按在了腰边的手枪上。

"这里谁是管事的！"韦恩大吼。

惊愕的警察们先是齐刷刷盯着他看，接着忙不迭地跳起来，把制服拽平，匆匆戴上帽子。韦恩自己也身穿和他们一样的制服，那是他在第七八分区找警察换来的。他给对方留下了一件相当不错的衬衫，这笔交易不会让对方亏本。毕竟那可是件真丝衬衫。

"长官！"其中一人回答，"您要找的是布雷廷队长，长官！"

"他妈的人呢？"韦恩大喊。他之前听过几名警察说话，很快就能把口音模仿得惟妙惟肖。人们总是误会"口音"这个词。他们以为只有别人才有口音，但事实根本不是如此。每个人都有自己独特的口音，他的居住环境、所从事的营生和交往的朋友，所有这些都会造成影响。

人们都以为韦恩会模仿别人的口音。其实不是。他是直接偷来用。那是他偷盗的最后一样东西，因为他已经决定要改过自新，好好生活。

有几名警察仍对他的到来大惑不解，伸手朝侧面的一扇门指了指。其他人则向他敬礼，仿佛除了这个动作，实在是不知如何是好。韦恩鼓气吹了吹浓密下垂的假胡子，大步朝那扇门走去。

他表现得像是要直接把门撞开的样子，然后假装犹豫，随后抬手敲门。

布雷廷的职衔勉强比他高一点。*真是不行啊，韦恩想。瞧瞧我这副打扮，都当了二十五年警察，还是三条杠。*这人理应在许多年前就得到升迁了。

当他抬手准备再次敲门时，门突然开了，布雷廷那张消瘦的脸出现在门后。他满脸愠色地说："吵吵嚷嚷的是搞什么鬼——"当他看到韦恩时愣住了，"你是谁？"

"古冯·特朗尚队长。"韦恩回答，"来自第七八分区。"

布雷廷看了韦恩的徽章一眼，然后看着他的脸。韦恩在布雷廷的眼睛里看见一闪而过的困惑，还有恐慌。他在回想是否应该记得古冯队长是谁。这是座大城市，并且根据韦恩得到的消息，布雷廷老是会把人名搞混。

"我……当然，队长。"布雷廷说，"我们……我们见过吗？"

韦恩透过胡须呼出口气。"我们去年春天还在局长的饭局上坐一桌啊！"他对这个口音感觉相当不错，融合了某位贵族第七子和钢铁厂工头的两种口音，略带一点运河船长的腔调。用这种口音说话时，就像是嘴巴里含着半口棉花，声音听上去又像是条发怒的恶犬。

他毕竟在城里待了几个星期，在各个八分区的酒馆里听人说话，还造访火车站，到公园里与人闲聊。他收集了不少种口音，加上他之前偷来的那些。即便是住在抗风镇时，他也会经常去城里收集口音。你总能在这当中找到最好用的。

"我……噢，当然。"布雷廷支吾着，"没错，特朗尚，我现在认出你来了。有段日子没见了。"

"不说这个了，"韦恩摆起架子，"你这里关押了隐匿囚犯是怎么回事？厉害啊，伙计！我还得从报纸上才知道这消息！"

"我们在这里有司法管辖权，这个案件——"布雷廷看了看周围一屋子假装没在听，实际却颇感兴趣的警察手下，"进来说吧。"

韦恩看着注视他们的那些人。没有一个质问过他的身份。要是你装成大人物，装出怒气冲冲的样子，人们自然不愿意来碍你的事。这是心理学的基本原理。"很好。"韦恩回答。

布雷廷把门关上，用不容置疑的口吻飞快道："那些隐匪是在我们辖区被抓住的，而且他们作案地点也在这里。我们有绝对的司法管辖权。而且我还给你们所有人发出了一份公函。"

"公函？铁锈灭绝啊，老兄！你知道我们一天能收到多少信函吗？"

"那也许你应该雇人来帮你分类。"布雷廷不耐烦地说，"我就是这么做的。"

韦恩吹着假胡子："这个嘛，你也可以派人来知会一声。"他的口气软了下来。

"下次再说吧。"在这场争论中占据上风，把一个咄咄逼人的对手说得气焰全无，布雷廷听上去很是满意，"我们审讯那些犯人还忙不过来呢。"

"那好吧。"韦恩说，"你准备什么时候把他们移交给我们？"

"什么？"布雷廷问。

"我们有优先权！你有初审权，可起诉权在我们手里。第一场抢劫案发生在我们的八分区。"这句台词是瓦克斯写给他的。那家伙有时候确实有点用处。

"你得向我们提交书面申请!"

"我们发了公函。"韦恩说。

布雷廷犹豫了。

"就在今天早些时候。"韦恩继续说,"你没收到?"

"呃……我们有好多封公函……"

"我记得你说你雇了人来分拣。"

"我刚才派他出去买烤饼了……"

"啊,那好吧。"韦恩犹豫着,"能不能给我一个?"

"烤饼还是犯人?"

韦恩上前一步:"听着,布雷廷,我们把事情镕了说吧。你我都清楚,在完成移交的书面程序之前,那些犯人会被你扣在手里好几个月。这纯属浪费大家时间。你这么做是给自己添麻烦,我们也会错过抓捕余党的最佳时机。必须赶快行动才行。"

"所以呢?"布雷廷怀疑地问。

"我想要审问几名犯人。"韦恩说,"是上头的意思。你让我进去,给我几分钟时间,我们就不再提出转交申请。你可以继续审讯,我们也能继续去追击他们的头目。"

两人相互凝视。根据瓦克斯的推断,审讯隐匪是一个立功的机会。但是歹徒头领,真正的大鱼还没逮到。谁能逮到他,就意味着荣耀、晋升,也许还能一跃跻身名流阶层。去世的佩特鲁斯大人就是如此,他当时抓住了红铜扼杀者。

让竞争对手审讯犯人很冒险,但布雷廷眼下面临的风险更大,他有可能会彻底失去犯人。

"问多久?"布雷廷问。

"每人十五分钟。"韦恩回答。

布雷廷的眼睛微微眯起:"两名罪犯,十分钟。"

"好吧,"韦恩说,"就这么办。"

达成共识所花的时间超过了韦恩的预期。除了在面对房屋失火或是当街谋杀这种重案之外，这些警察做什么都是不紧不慢——而且即便是发生那些重案，也必须有富人牵涉其中才能让他们心急火燎地奔赴现场。最后，他们总算给他腾出一间空房，把其中一名歹徒拽进来。

韦恩认出了他。那家伙当时想要朝他开枪，于是韦恩用一柄决斗杖打断了他的手臂。就那么冷不丁地想要开枪，真是粗野至极。当对方亮出决斗杖时，你应该也拿出决斗杖来交手，最起码也应该用匕首。那样瞄准韦恩，就等于是在玩纸牌时带上骰子。这个世界是怎么了？

"他到目前为止交代过什么吗？"韦恩问布雷廷和他的几名手下，他们正站在门外，看着那个身材矮胖，头发乱糟糟的劫匪。他的手臂被脏兮兮的绷带吊着。

"没什么，"布雷廷说，"事实上，他们没一个人跟我们说过什么。他们好像……"

"很害怕。"旁边一位警察说"他们好像在害怕什么东西——或者说，比起我们，开口更让他们害怕。"

"我呸，"韦恩说，"跟他们来硬的就行了！没必要那么客气。"

"我们没有——"那警察想说话，但布雷廷举起一只手让他闭嘴，"你的时间正在一分一秒地过去，队长。"

韦恩哼了一声，不紧不慢地走进门。那房间很是狭小，更像是个橱柜，只有一扇门。布雷廷和其他人把门打开。那劫匪坐在椅子上，手脚上都戴着镣铐，锁链锁在地上。在他和韦恩中间隔着一张桌子。

劫匪用忿恨的眼神看着他。他似乎没认出韦恩来。可能是戴了警帽的缘故。

"孩子，"韦恩对他说，"你惹上大麻烦了。"

劫匪默不作声。

"要是你放聪明点，我随时可以放了你，你也用不着受绞刑。"

劫匪啐了他一口。

韦恩靠近他，双手放在桌上。"听我说。"他用非常轻柔的声音，将口音转换为劫匪们使用的自然而流畅的口音。里面夹杂了点运河劳工的乡音来确保真实性，再适量加些酒吧侍者的调调来赢得信任，剩下的则是第六八分区北部的口音，大多数劫匪听上去都来自那里。"你跟一个杀死警察，扒掉他的制服，费尽千辛万苦来救你的兄弟就这么说话吗？"

那劫匪把眼睛瞪得老大。

"别这副表情，"韦恩轻声说，"你看起来太急切了。那会引起他们的怀疑。真是该死，不过你还得再朝我啐一口才行。"

那人迟疑着。

"快点！"

他啐了。

"灭绝的！"韦恩大吼，换回了警察的口音。他重重捶了桌子一拳，"你再敢这么做，我就把你的耳朵给撕下来，小子。"

劫匪看着他。"呃……我应该再啐一口吗？"

啊，很好，看来是用对口音了。"滚你妈的，"韦恩小声说，"再吐我可真撕了。"他靠上前，用街头恶棍的口音说话，声音小到外面的人根本无法听见："那些警察说你还没开口，干得好。头儿会很高兴的。"

"你会把我弄出去？"

"不然呢？难道还留你在这唱歌？要么把你弄出去，要么就看着你去跟铁眼握手。"

"我不会说的，"那人急忙说，"不用杀我，我不会说的。"

"其他人呢？"

他略作犹豫，"我猜他们也不会，就是辛德伦不好说。他毕竟是新来的。"

很好，韦恩心想。"辛德伦，金头发，有道疤的那个？"

"不是。他个头矮，长着大耳朵。"那歹徒眯起眼睛看着韦恩，"为什么我不认得你？"

"你又想什么呢？"韦恩说着站起来，换回警察的口音，"够了，别再跟我抱怨！说，你们的基地在哪里？你们是打哪跑来作案的？快回答我！"他又靠近对方："你不认识我，是因为我的身份需要保密，以防被人供出去。我跟你们的头领共事。塔森。"

"塔森？他才不是什么头领。他只知道砸东西。"

这也还好。"我说的是他的头儿。"

劫匪皱起眉头，变得越发怀疑。

"你的态度会让你被绞死的，伙计。"韦恩轻声说，"谁把你雇来的？我想要……找他谈谈。"

"谁……雇人这种事都是夹钳负责。你应该知道的。"他的眼神充满敌意。

太好了，韦恩心想。"结束！"他说着转过身，"这人什么都不肯交代。嘴巴比铁桶还硬。"他走出房间，来到布雷廷和其他人身边。

"你为什么声音那么小？"布雷廷追问，"你说过能让我们听的。"

"我是说过能让你们听，"韦恩说，"可我没说过保证你们能听得见啊。跟这类人说话你得小声威胁才行。你们从哪个劫匪嘴里问出什么人名了吗？"

"都是化名。"布雷廷不满地说。

"他们当中有没有个叫辛德伦的？"

布雷廷看着他的手下。他们摇了摇头。

好极了。"我想见见其他罪犯，选出接下来要审问的对象。"

"我们的交易里可没这一条。"布雷廷反对。

"我现在还是能回去起草文书，申请移交……"

布雷廷有些焦躁，然后还是带韦恩进了牢房。辛德伦很好认，他很年轻，长着一双巨大的耳朵，看着警察们查看牢房，他把眼睛睁得大大的。"就他吧，"韦恩说，"跟我走。"

他们把他拽进一间审讯室。等辛德伦被锁住后，布雷廷和手下便守在房间里。

"麻烦留出点呼吸的空间。"韦恩瞪着他们说。

"可以。"布雷廷说,"但不能再那么小声。我要听见你问他什么。他目前仍然是我们的囚犯。"

韦恩瞪着他们,那些人慢吞吞地走出去,但门仍然开着。布雷廷双臂交叠站在门外,充满期待地看着韦恩。

那好吧,韦恩心想。他转身面对那名囚犯,靠上前:"你好,辛德伦。"

那男孩居然跳起脚来。"你怎么知道——"

"是夹钳派我来的。"韦恩用街头恶棍的口音小声对他说,"我正在想办法把你救出去。你现在必须保持镇静,一动不动。"

"但是……"

"镇静。别动。"

"不许小声说话!"布雷廷朝里面喊,"要是你说——"

韦恩制造出速度场。这持续不了多久,他没搜集到多少弯管合金。必须利用这短暂的时间。

"我是镕金术师。"韦恩一动不动地说,"我加速了周围的时间流速。要是你乱动,他们就会注意到有一团模糊,知道我动了手脚。听懂了吗?不要点头,用嘴。"

"呃……懂了。"

"很好。"韦恩说,"就像我刚才说的,是夹钳派我来的,我来救你出去。头儿担心你们这群小子会乱说话。"

"我不会的!"年轻人显然在竭力稳住身体,声音听上去如同吱吱乱叫。

"我相信你不会。"韦恩说,稍稍改变口音,跟这位年轻人的居住地——第七八分区内区接近。他还加了点磨坊工人的口音,那是他从这小子的话里听出来的,可能是随他父亲。"如果你乱说,塔森会打断你的骨头。你知道他喜欢这么干，对吧?"

男孩想点头，但控制住了："我知道。"

"但我们会把你们救出去。"韦恩说，"别担心。我不认识你。你是新来的?"

"对。"

"夹钳雇的你?"

"就在两个星期前。"

"你在哪个基地工作?"

"哪个?"男孩皱眉问。

"我们有好几个基地，"韦恩说，"你当然不会知道。头儿只会给新人看其中一个，防止他们被抓住。总不能让他们把人都给引来对吧?"

"那就太糟了。"辛德伦表示认同。他朝门口看了看，但仍然保持不动："他把我安置在龙嘉尔德的老冶炼厂里。我还以为只有我们这一批人呢!"

"就是要让你们这样以为。"韦恩说，"我们不容许有任何差错来破坏复仇计划。"

"呃，是的。"

"我说的话你并不全信，是不是?"韦恩说，"这不要紧。我想头儿在那件事情上确实有点疯狂了。"

"对啊，"年轻人说，"我是说，我们大多数人只是为钱嘛。复仇是挺好的，可是……"

"……钱更好。"

"没错。头儿总跟我们说，等他执了权，一切会好起来，还有这座城市是如何背叛了他之类的。可城市背叛了每一个人。生活就是这样。"年轻人又朝门外的警察看了一眼。

"别担心。"韦恩说，"他们以为我是自己人。"

"你是怎么办到的?"男孩小声问。

"只要学他们说话就行了，孩子。说来也奇怪，怎么有那么多人都没有发现。你确定他们从来没跟你说过别的基地吗？我需要知道哪些基地有危险。"

"没，"年轻人回答，"我只去过冶炼厂。差不多一直都待在那，除了行动的时候。"

"我能给你提个建议吗，孩子？"韦恩问。

"请说。"

"别再想抢劫的事儿了。你不是干这个的料。要是你能出去，还是回磨坊吧。"

男孩皱眉。

"只有特殊的人才适合当罪犯。"韦恩解释说，"你不是那类人。你瞧，我才跟你说了几句，就引你证实了招募你的那家伙的名字，还套出了你基地的位置。"

年轻人脸色苍白。"可是……"

"不用担心。"韦恩说，"我是跟你们一伙的，记得吗？这是你运气好。"

"是啊。"

"好吧，"韦恩压低声音，保持不动，"我不知能否强行把你弄出去。面对现实吧，孩子，你不值得我这么做。不过我可以帮助你。我要你向那些警察坦白。"

"什么？"

"等我到晚上，"韦恩说，"我先回基地一趟收拾收拾。等完事之后，你想跟他们说什么都行，把你知道的一切都说出来。别担心，你知道的事情不多，不足以让我们陷入真正的麻烦。我们还有应急措施。我会跟头儿说，是我让你这么做的，你不会有事。但是要等他们答应放你出去再说。找个律师，有个名叫亚林托尔的。他应该是个诚实的好人。"至少，街上的人是这么告诉韦恩的。"在亚林托尔在场时，让那些警察答应给你自由。然后,把你知道的都说给他们听。"

韦恩继续说:"等你出去之后,尽快出城。我们当中有些人恐怕不会相信是我让你说的,你也许会有危险。去蛮苦之地,当个磨坊工人。在那里没人会在乎你是谁。不管怎么样,孩子,以后都别再犯罪。你只会把人害死,说不定死的还是你自己。"

"我……"年轻人看起来如释重负,"谢谢你。"

韦恩眨眨眼:"现在,我接下来问你什么,你都拒绝回答。"他开始咳嗽,解除速度场。

"——我听不见,"布雷廷说,"我现在命令你停下。"

"好吧!"韦恩大叫,"小子,告诉我你替谁办事。"

"我什么都不会告诉你的,死警察!"

"说不说,不说我就砍断你的脚趾头!"韦恩怒吼。

男孩装得像模像样,韦恩让那群警察看了整整五分钟的激烈争吵,才双手一扬,大步离开。

"我告诉过你了。"布雷廷说。

"对啊,"韦恩刻意装出沮丧的样子,"看来只能交给你们继续了。"

"没用的。"布雷廷说,"等我死了入土为安,这些人也不会开口。"

"人有时就是会走大运。"韦恩说。

"什么意思?"

"没什么。"韦恩说着嗅了嗅空气,"我相信烤饼买回来了。太棒了!这趟总算没白跑。"

第九章

"所以我们不确定发生了什么事。"瓦克斯利姆坐在地板上,旁边是那份长长的宗谱,"《创始箴言录》里提到了另外两种金属与用它们制作的合金。但古人只认可十六种金属,十六法则在自然界中根深蒂固,无法忽视。要么是和谐之主改变了镕金术的作用原理,要么就是我们从未真正理解镕金术。"

"嗯……"玛拉茜双膝弓向一侧,坐在地板上:"我没想到您会这么说,瓦克斯利姆大人。我知道您是执法者,也许还是冶金家。但居然还是哲学家?"

"执法者与哲学家是有关联的。"瓦克斯利姆懒懒地笑着说,"执法与哲学都是为了解决问题。我之所以会被律法吸引,是因为想要找出没人知晓的答案,抓住所有人认为抓不住的那些人。哲学与此类似。解答问题,揭晓秘密,破解谜团。人类的思维与宇宙的本质,是跨时代的两大不解之谜。"

她若有所思地点点头。

"对你来说呢?"瓦克斯利姆问,"钻研律法的年轻富家女可不常见。"

"我其实并不像乍看上去那么富贵……"她说,"要不是有舅舅的资助,我其实什么都没有。"

"即使如此也挺少见的。"

"那些故事，"她略带忧伤地笑着，"关于善与恶的故事。我们遇见的大多数人，都没这么黑白分明。"

瓦克斯利姆皱起眉："我不这么认为。大多数人看上去都算是好人。"

"这个嘛，也许按某种定义算是吧。可不管是善还是恶，都应该是伴随着追求才达到极致。今天的人们……无论看上去是善良还是邪恶，大多数情况下都是惯性使然，而不是主观上作出的选择，是在周围环境的驱使下产生的行动。"玛拉茜继续说，"就好比……比如说有这样一个世界，那里的一切都被同一种适度的光源照亮。每一个角落，从里到外，照亮它们的都是均匀而不可改变的光线。如果，在这个同一光源照亮的世界里，突然有人制造出一种亮度更强的光源，肯定会非常显眼。同样地，要是有人设法创造出一块更加昏暗的区域，也会很醒目。从某种程度上说，最初光源的亮度如何其实无关紧要。换到现实中，也是一个道理。"

"可是如果一个社会中的大多数人都正派得体，也不能说就是于社会无益啊。"瓦克斯说。

"对，没错，"她脸红着说，"我不是说希望每个人都不要正派得体。而是说……是那些较为明亮和昏暗的角落吸引着我。瓦克斯利姆大人——尤其是当那些角落格外混乱无序时。举个例子说吧，一个人原本在优渥的家庭中长大，身边环绕的都是还算善良的朋友，有着一份体面的工作和令人满意的资产——这样一个人却突然开始用红铜铁丝勒死女人，并把她们沉尸运河？"

她继续说："相反，大多数去往蛮苦之地的人都会适应那里混乱无序的环境。可是另一些人——几位了不起的人物——却决定在那里普及文明。被社会氛围同化的一百个人，相信'反正所有人都是这么做的'，这些人会犯下最野蛮卑劣的罪行，然而有一个人，会站出来对他们说'不'。"

"其实并没有这么英勇。"瓦克斯利姆说。

"我相信在您看来确实如此。"

"你听说过我抓捕第一个罪犯的事情吗?"瓦克斯问。

她脸色一红:"我……是的。算是听说过吧。那人叫'黑手佩瑞特'。是个强奸犯,也是位镕金术师——我记得是白镴臂。您当时据说是走进执法站,看着布告牌,从上面把他的照片撕下来带走。三天后,您把他驮在马背上带了回来。在布告牌上有那么多通缉犯,您却选了最难抓,也是最危险的那一个。"

"因为他最值钱啊。"

玛拉茜皱起眉头。

"我看着布告牌,"瓦克斯利姆回忆道,"我跟自己说,'好吧,这些浑蛋看上去个个都很危险,那还不如挑最值钱的那一个。'我当时需要钱。我整整三天饿着肚子,只吃过几粒牛肉干和烘豆。后来我还抓过塔拉克。"

"那是当代最恶名昭著的匪徒之一。"

"关于他,"瓦克斯利姆说,"我琢磨着可以靠他弄来新靴子。他在几天前,抢劫过一家制鞋店,我觉得如果我能抓住他,说不定能给自己也弄双靴子来。"

"我原以为您之所以选中他,是因为他前一个星期在法拉达纳开枪打死过一名执法者。"玛拉茜说。

瓦克斯利姆摇摇头:"我是在抓住他之后,才听说这件事的。"

"噢。"没想到她真挚地微笑起来,"那么哈瑞瑟·哈德又是怎么回事?"

"我跟韦恩打了赌,"瓦克斯利姆回答,"你怎么看起来一点都不失望。"

"这听起来更真实,瓦克斯利姆大人。"她说。她那双热切的眼睛闪烁得像是发现了猎物,"我得把这些写下来。"她在手袋里翻找,掏出记事本和一支铅笔。

"所以这就是你的动机?"瓦克斯利姆在她书写时问,"你研究这些,就是渴望成为传说中的英雄?"

"不,不,"她说,"我只是想要了解他们。"

"你确定吗?"他问,"你可以成为一名执法者,到蛮苦之地去缔造出同样的传奇。不要以为你是女人就做不到,成长在上流社会的经历会让你这么想,但在山的那一侧,这些都不重要。在那里,你用不着穿蕾丝长裙,也用不着闻上去像朵花那么香。你可以把手枪别在腰间,制定你自己的规则。别忘了,升华战士也是女人。"

她往前倾身:"我能跟您坦白一件事吗,瓦克斯利姆大人?"

"这件事必须得是私事,丑闻,或是让人感到难为情。"瓦克斯回答。

她微笑,"我喜欢蕾丝长裙,也喜欢带着花香。我喜欢住在城市里,这里能让我享受到现代社会的便捷性。您知不知道,我在半夜都能订得到泰瑞司美食,还能让对方送货上门?"

"不可思议。"这是实话。他还真不知道能这样。

"我是喜欢阅读关于蛮苦之地的资料,虽然可能会去造访,可我不认为我会在那里定居。我适应不了那里的泥污、尘土,还有缺乏保持个人卫生条件的生活。"她靠得更近,"而且我老实跟您说吧,我很愿意让像您这样的男士去把手枪别在腰间,开枪除匪。这样是不是才对得起我的性别?"

"我不这么认为。但你的枪法确实相当不错。"

"这个嘛,枪法好是一回事,可是拿枪打人?"她微微一抖,"我知道升华战士是位实现了自我价值的女性典范。我们在大学里有关于她的课程,而且她的传承还被写进了律法。但是我真不想穿上长裤,让自己变成她那样。有时承认这件事,真让我觉得像个懦夫。"

"不要紧。"他说,"做你自己就是了。可这些都解释不了为什么你在研习律法。"

"噢，我想要改变城市。"她变得愈发热诚，"虽然我觉得追捕每一名罪犯，并用高速飞行的金属子弹打穿他们的身体，是极其低效的一种做法。"

"可这会很有趣。"

"我给您看样东西。"她又在手袋里翻找起来，拿出几张折叠的纸，"我说过人们通常会对周围环境作出反应。您还记得我们关于蛮苦之地的那场讨论吗，还有按照比例来算，那里的执法者其实比这里更多？但是犯罪行为也更加普遍。那就是环境作用的结果。看看这个。"

她把几张纸递过来。"这是一份报告，"她说，"是我自己得出来的结论。报告的主题是环境与犯罪本质之间的关联。瞧这段，讨论的是城市部分区域犯罪率下降的主要因素。比如说雇用更多警察，绞死更多罪犯之类的。这些是中等效率的做法。"

"最下面几段写的什么？"瓦克斯利姆问。

"重建。"她笑得意味深长，"这个案例是一位富人——约辛大人，在某个名声不那么好的区域买下了几块地皮。他开始重建和清整。之后，犯罪率也随之下降。那里的人并没有改变，只是他们的环境变了。现在那里已经变成一片安全而值得尊重的地区。"

玛拉茜继续说道："我们可以将其称之为'破窗理论'。如果一个人看见某幢建筑物有一扇窗户破了，他很可能会对那里实施抢劫，或犯下其他罪行，因为他觉得没人会在意。如果所有窗户都完好无损，街道也干净整齐，所有建筑物粉刷一新，那么犯罪率自会下降。这就好比炎热的天气会让人肝火旺盛，一个环境破败的地方，也会把正常人变成罪犯。"

"有点意思。"瓦克斯利姆说。

"当然，"她继续说，"这不是唯一的答案。总有一些人不会对环境作出反应。正如我提到的，他们让我很好奇。反正我总爱跟数字打交道。我看见这类现象，就会开始思考。其实清理几条街道，远比雇用更多警察的成本低多了——却能更有效地降低犯罪率。"

瓦克斯利姆浏览报告,然后把目光移回玛拉茜身上。她的脸颊因兴奋而变得红扑扑的。这个女孩身上有种说不清的吸引力。他们在这里待了多久了?他迟疑着掏出怀表。

"噢,"她瞥了怀表一眼,"我们不应该这么闲聊下去,可怜的史特芮丝还在他们手里。"

"我们得等韦恩回来才能采取下一步行动。"瓦克斯利姆说,"事实上,他现在应该快回来了。"

"韦恩已经回来啦。"从外面的走廊上传来韦恩的声音。

玛拉茜吓得跳起来,发出一声低呼。

瓦克斯利姆叹了口气:"你在外面偷听多久了?"

韦恩的头从门边探进来,还戴着警帽:"噢,就一小会儿,看来你俩正在进行'聪明人'的对话。我不忍心打扰。"

"算你睿智。愚蠢是会传染的。"

"不要跟我用那么华丽的辞藻,孩子。"韦恩踱步进门。虽然他头上还戴着警察的帽子,身上却穿着原本的长衣长裤,两柄决斗杖垂在腰间。

"成功了吗?"瓦克斯利姆站起身来,接着伸手扶玛拉茜起来。

"当然啦——我搞来几块烤饼。"韦恩咧嘴笑着说,"那群脏兮兮的警察甚至还付了钱。"

"韦恩?"

"怎么?"

"我们就是脏兮兮的警察。"

"那是以前,"他骄傲地说,"我们如今是心系公民义务的独立市民而已。嘴里吃着脏兮兮警察给的烤饼。"

玛拉茜苦着脸:"被他这么一描述,简直让人没胃口了。"

"噢,这烤饼味道不错。"韦恩把手伸进外套口袋,"喏,我给你们也带了点,就是在我口袋里有点压碎了。"

"真的不用了。"她脸色苍白地说。

但韦恩却咯咯笑着，拿出一张纸朝瓦克斯利姆挥挥手："这是隐匿在城中据点的位置，还有他们招募者的名字。"

"真的?"玛拉茜急切地冲过去拿那张纸，"你是怎么做到的?"

"威士忌还有魔法。"韦恩回答。

"换句话说，"瓦克斯利姆走过去越过玛拉茜的肩膀看着那张纸，"是用花言巧语骗来的。干得好。"

"我们得马上动身!"玛拉茜的语气很是急迫，"到那去救史特芮丝，然后——"

"他们早就不在那了，"瓦克斯利姆拿过纸，"好几名成员被抓捕，他们肯定撤走了。韦恩，你弄到这个的时候那些警察没听见吧?"

韦恩显得受了侮辱："你觉得呢?"

瓦克斯利姆点点头，摩挲着下巴。"我们应该尽快行动。趁热打铁，到现场去看看。"

"可是……"玛拉茜说，"那些警察……"

"等我到那里看过之后，我会给他们写封匿名信。"瓦克斯利姆说。

"不需要。"韦恩补充说，"我设好了引线。"

"什么时候引燃?"

"夜幕降临时。"

"很好。"

"你可以用一大块罕见昂贵的金属来表达谢意。"韦恩说。

"在桌上。"瓦克斯利姆说着将纸折好，塞进背心口袋里。

韦恩走过去，看着桌上的设备："我不知道该不该碰这些东西，老兄，我还想留着这十根手指头呢。"

"不会爆炸的，韦恩。"瓦克斯利姆冷冰冰地说。

"你上次也说——"

"就发生过一次。"瓦克斯利姆说。

"你知道让手指头重新长好是多么痛苦的事吗,瓦克斯?"

"如果跟你的抱怨一样,那确实很吓人。"

"我只是说,"韦恩用目光在桌上扫了一圈,找到那个装有弯管合金碎片的瓶子。他一把将其拿在手里,警惕地退后:"看上去越是人畜无害的东西,往往越容易爆炸。小心驶得万年船。"他拿着瓶子晃了晃。"才这么点儿啊。"

"知足吧,"瓦克斯利姆说,"要是我们还在蛮苦之地,你临时起意,我还弄不到这点。把帽子摘掉。我们去你纸上写的冶炼厂走一趟。"

"如果你们愿意的话,可以坐我的马车去。"玛拉茜说。这时提洛米走了进来,一只手里拿着篮子,另一只手端着茶杯。他将篮子放在门边,然后将茶杯放在桌上,开始倒茶。

瓦克斯利姆看着玛拉茜:"你也想来?我还以为你会把开枪的事儿留给我们这些男人呢。"

"您刚才说过他们已经离开了。"她回答道,"所以其实并没有危险。"

"他们还是想抓你,"韦恩指出,"在婚宴上,他们就想抓你走。对你来说还是挺危险的。"

"而他们看见你俩,会不假思索地开枪射击,"她说,"那么对你们来说,难道就不危险吗?"

"这话也对。"韦恩承认。

提洛米走过来,将一杯为瓦克斯利姆准备的茶放在小托盘上。韦恩笑着端起来,无视老管家抗议的举动。

"有人伺候多好!"韦恩端着茶杯说,"瓦克斯,你在抗风镇时怎么没帮我找个这种佣人来?"管家怒视他一眼,匆忙走回桌边去准备一杯新茶。

瓦克斯利姆琢磨着玛拉茜的事。有些事情他漏掉了,而且还很重要。关于韦恩说的话……

"他们为什么要抓你走?"瓦克斯利姆问玛拉茜,"宴会上明明还有更好的目标,有些女人,在血缘的亲疏上更符合他们的要求。"

"你说过她可能是对方用来误导我们的诱饵。"韦恩说着把一些弯管合金撒进茶杯里,然后一口喝下。

"我是说过,"瓦克斯利姆看着她的眼睛,发现一抹闪烁,她将视线转开,"但如果真是我猜想的那样,他们更应该抓走某个与史特芮丝八杆子打不着的人,没必要带走她的表亲。"他抿起嘴唇,突然恍然大悟,"啊!你是私生女。是史特芮丝同父异母的姐妹,父亲都是哈姆斯大人。"

她脸红着回答:"是。"

韦恩吹起口哨:"完美的剖析啊,瓦克斯。通常我会在第二次约会时才说对方是野种。"他看了看玛拉茜。"对方要是美女,那就等到第三次才说。"

"我……"瓦克斯利姆突然感到一阵内疚,"当然,我的意思不是……"

"没关系。"她轻声说。

这样推测就合理了。玛拉茜和哈姆斯大人在史特芮丝提到情妇的话题时,都表现得很不自在。然而在合约里却有关于婚外情的具体条款,史特芮丝对族长的不忠行为早已司空见惯。这同样解释了为什么哈姆斯会为史特芮丝的"表妹"支付学费并提供住宿。

"玛拉茜贵女,"瓦克斯利姆握起她的手,"也许在蛮苦之地生活过多年的经历大大改变了我。我曾经也是一个慎言的人。请你原谅。"

"我就是我,瓦克斯利姆大人。"她说,"而且我已经慢慢习惯了。"

"可我还是太失礼了。"

"您不需要道歉。"

"呵……"韦恩深思着说,"茶里有毒。"

话音刚落,他便跌倒在地。

玛拉茜倒吸一口气,跑到他身边。瓦克斯利姆转过身,看见管家提洛米正放下手里的茶具,对他举起手枪。

没时间思考了。瓦克斯燃烧钢——他只要认为可能有危险时，身体里都会存有钢——钢推背心上的第三颗纽扣。他总会在那里缝上一枚钢制纽扣，既可以用来补充金属储量，又可以作为武器。

纽扣从背心上飞出，径直穿过房间，在提洛米按下扳机的一瞬间击中他的胸口。子弹射偏了。不论是子弹还是那把枪，都没有被瓦克斯利姆的镕金术察觉。看来是铝做的。

提洛米倒在一侧，扔下枪，跟跄着想扶着书架逃离。地上留下一行血迹，他在到达门口时不支倒地。

瓦克斯利姆在韦恩身边跪倒。玛拉茜被枪声吓得跳起，但仍死死盯着那大口喘气的管家。

"韦恩？"瓦克斯利姆抬起他朋友的头。

韦恩撑开眼皮："毒药。我恨毒药。我跟你说，这比失去手指还痛苦。"

"瓦克斯利姆大人！"玛拉茜惊呼。

"韦恩会没事的，"瓦克斯利姆放松下来，"只要他还能说话，体内有金属存储，不管什么意外都能挺过来。"

"我说的不是他，是管家！"

瓦克斯利姆慌忙抬起头，意识到垂死的提洛米正在摆弄他带进来的篮子——他把血淋淋的手伸进去，拉拽着什么东西。

"韦恩！"瓦克斯利姆大叫，"速度场，快！"

提洛米向后一倒，只见篮子爆炸成一个巨大的火球。

然后凝固了。

"哎哟，真是见鬼。"韦恩说，翻过身来看着正在进行的爆炸，"我警告过你了。我说过你身边总有会爆炸的东西。"

"我拒绝为这次的事情负责。"

"他是你的管家。"韦恩一边说一边撑着膝盖咳嗽，"他妈的！而且这茶也太差了。"

"变大了！"玛拉茜指着爆炸的火球喊道。

在韦恩设好速度场之前，烈焰已经席卷了篮子。冲击波正在慢慢往外扩张，吞噬地毯，烧毁门框与书架。管家自己已经陷入火海。

"该死的……"韦恩说，"真够厉害。"

"可能是想把现场伪造成我的冶金设备出了故障。"瓦克斯利姆说。

"再毁尸灭迹。"

"那我们应该从窗户跳出去吗？"

"爆炸比我们快多了。"瓦克斯利姆忧心地说。

"你能做到，使劲钢推就行。"

"朝哪推呢，韦恩？在那个方向上看不到任何支撑点。另外，如果我以那么快的速度把我们往后推，就算撞出窗户，我们也会粉身碎骨。"

"先生们，"玛拉茜的声音变得狂乱，"火球变得更大了！"

"韦恩不能让时间停止。"瓦克斯利姆说，"只能大大减慢。而且速度场一旦设好，就不能移动。"

"听着，"韦恩说，"直接把墙炸掉。钢推窗框上的铁钉，把整幢建筑的侧面炸开。然后你就能把我们朝那个方向推出去，不会撞上任何障碍物。"

"你知道自己在说什么吗？"瓦克斯利姆双手按臀，看着他的朋友，"那是砖石结构，要是我钢推得太过用力，我只会把自己反推到火球里去。"

"火球离我们非常非常近了！"玛拉茜说。

"那就把你自己变重些。"韦恩说。

"重到什么程度？把一面又重又结实的墙撞飞，自己又纹丝不动？"

"是啊。"

"地板撑不住的，"瓦克斯利姆说，"会碎掉，然后……"

他停下来。

两人一起低头看去。

瓦克斯利姆迅速行动，他大喊着将玛拉茜拽过来，背部着地，紧紧地将她抱在身前。

他们眼前的大部分视野都已被烈焰吞噬，整间屋子都变成了火海。火球距他们越来越近，喷薄出愤怒的黄光，如同一块在巨大烤箱里不断胀大的油酥点心。

"我们这是——"玛拉茜喊道。

"抓紧我！"瓦克斯利姆说。

他让体重猝然增加。

藏金术与镕金术的原理不同。这两类力量经常会发生重叠，但在许多方面都是相反的。在镕金术里，力量来自金属本身，一次所能使用的量是有上限的。韦恩不能将时间压缩到超过一定的界限，瓦克斯利姆也不能用无穷大的力量钢推某一块金属。

藏金术的力量却是相当于自我蚕食，你吞噬掉一部分自己，供将来使用。你可以在十天里只保持一半体重，这些储量能够让你今后以一点五倍的体重过十天，或是以两倍的体重过五天，也能以四倍的体重度过差不多两天半。

同理，如果将时间压缩到极短的瞬间，则可以在那一刻变得极重。

瓦克斯利姆将他之前许多天来只用四分之三体重行走并存进金属意识库里的重量全数提取出来。他瞬间变得重如磐石、高楼，乃至更甚。他所有的重量都汇聚在那一小块地板上。

木头地板被压得嘎吱作响，接着碎裂，塌陷。瓦克斯利姆以极快的速度掉出韦恩的速度场，向下坠落。接下来他眼前一片模糊，只听见上方传来爆炸的巨响，一股气浪席卷而来。他松开金属意识库，钢推下方地板上的铁钉，试图减缓他与玛拉茜的下坠速度。

他没有足够的时间来做到尽善尽美。两人往下摔了一层楼，然后落在地板上，某个重物压在他们身上，简直快把瓦克斯利姆的肺都挤爆了。上方有一道刺眼的亮光，还有灼人的热浪。

然后，结束了。

瓦克斯利姆躺在地上，头晕目眩，耳朵里嗡嗡作响。他呻吟着，接着意识到玛拉茜还紧抓着他，颤如筛糠。他紧紧抱了她一会儿，眨眨眼睛……他们脱离危险了吗？刚才掉在身上的是什么东西？

是韦恩，他想。他强迫自己挪动身子，把玛拉茜放在一旁。他们身体底下的地板被压得粉碎，铁钉也变成了扁平的圆片。他向下方钢推时，肯定仍然处于增重状态。

他们全身都是木屑和石膏粉尘。天花板上破破烂烂，上方的木头地板还在冒烟，不断有灰烬和粉末飘落下来。他刚才砸出的洞已经消失，还有周围的地板，全被爆炸吞噬了。

他痛苦地将韦恩移开。他的朋友落在他们身上，挡掉了上方爆炸的冲击力。长衣已经变成一条一条，后背裸露在外，被烤得焦黑，鲜血正顺着他身体两侧往下流。

玛拉茜用一只手捂住嘴。她还在颤抖，深棕色的头发乱成一团，双眼大睁着。

不，瓦克斯利姆心想，不确定是否应该把朋友的身体翻过来。**天哪，千万不要**。韦恩刚才消耗了一部分健康来解毒，昨晚，他说储量只够再治愈一次枪伤……

他紧张地去摸韦恩的颈部，还有微弱的脉搏。瓦克斯利姆闭上眼，深深呼出一口气。在他的注视下，韦恩后背上的伤口以极慢的速度愈合。制血者藏金治疗能力的强弱，要看他希望以多快的速度消耗储量——要想快速愈合，就需要消耗更多健康。如果韦恩的储量所剩不多，他就必须慢慢来。

瓦克斯利姆决定不去干扰他。韦恩想必在承受巨大的痛苦，但他帮不上什么忙。于是他拉过玛拉茜的手臂。她依然抖个不停。

"没事了，"瓦克斯利姆说，由于爆炸对听力的影响仍未消除，他耳中自己的声音含混而古怪，"韦恩正在疗伤。你受伤了吗？"

"我……"她一脸惶惑,"遇到严重外伤,有三分之二的伤者会因为精神压力或被身体的固有应对机制掩盖了疼痛感,无法准确感知到自己的伤情。"

"你就告诉我有没有哪个地方疼。"瓦克斯利姆一边说,一边摸她的脚踝、双腿和双臂,查看有没有骨折。他小心地触碰她的侧面,检查肋骨有没有断裂,虽然隔着这么厚的裙子有点困难。

她慢慢回过神来,然后看向他,突然将他紧紧抱住,头埋在他的胸前。他犹豫了一下,也用双臂将她搂在怀里,让她平复呼吸,她显然在努力调整自己的情绪。

在他们身后,韦恩开始咳嗽。他动动身子,发出一声呻吟,接着继续一动不动地躺着治疗。他们掉落的位置是一间客卧。这座建筑烧了起来,但火势并不大。警察很快就会来灭火。

没有人跑来找我们,瓦克斯利姆心想。*其他人,他们都好吗?*

还是说他们也是同谋?他的脑子仍然有些跟不上……提洛米,这个在他印象中任劳任怨地服侍他叔叔几十年的人,竟然想要杀死他。还是三次。

玛拉茜把手收回来:"我想……我想我缓过来了。谢谢您。"

他朝她点点头,掏出手帕递过去,然后跪在韦恩身边。韦恩的后背上都是血,没一块好肉,但已经开始结痂复原,底下长出了新的皮肤。

"严重吗?"韦恩仍闭着眼睛问。

"你能挺过去。"

"我是说外套。"

"噢……这个嘛……你这次需要打一块大补丁才行。"

韦恩哼了一声,撑着身体坐起来。在移动的过程中他痛苦地皱了好几次眉,然后终于睁开眼睛。脸颊侧面还有泪痕。"我告诉过你了,"韦恩说,"你身边越是人畜无害的东西越是容易爆炸,瓦克斯。"

"这次你的手指保住了。"

"太好了，我还能把你掐死。"

瓦克斯利姆微笑，把手放在朋友的手臂上："谢谢。"

韦恩点点头："我对砸在你们身上表示歉意。"

"考虑到当时的情况，我原谅你。"瓦克斯利姆瞥了玛拉茜一眼。她原本脸色苍白地抱紧双臂缩成一团，当发现他在看她时，放下手臂，仿佛是在强迫自己表现得坚强些，开始站起来。

"没关系，"瓦克斯利姆说，"你可以多休息会儿。"

"我没事，"她说，他的听力仍未完全恢复，想要分辨出她在说什么不太容易，"我只是……只是还不习惯有人要杀我。"

"这种事情你永远都习惯不了，"韦恩说，"相信我。"他深吸一口气，然后拽掉残破的外套和衬衫。接着，他用烧伤的后背对着瓦克斯利姆："不介意吧？"

"你要是不舒服就把头扭开，玛拉茜。"瓦克斯利姆说。

她皱眉，但却没有扭头。于是他拽住韦恩肩膀上那层坏死的皮肤，使劲从后背上扯下来。被撕下来的几乎是完整的一张皮。韦恩闷哼一声。

底下已经长出新的皮肤，是新鲜的粉红色，但必须要撕掉原先那层硬痂，才能彻底愈合。瓦克斯利姆将那块东西扔到一边。

"噢，和谐之主啊……"玛拉茜用一只手捂住嘴，"我想我也许会吐出来。"

"我警告过你了。"瓦克斯利姆说。

"我以为您指的是他的烧伤。我没想到您会把他整个后背都撕下来。"

"现在感觉好多了。"韦恩转动着赤裸的手臂与肩膀。他身材精瘦，肌肉分明，上臂裹着一对金色的金属意识库护臂。他的长裤也被火烧了，但基本还算完好。他弯下腰，从碎片堆里拽出一柄决斗杖，另一柄仍在他腰间。"现在，他们欠我的不止一顶帽子，还有一件外套。家里其他人员都去哪儿了？"

"我也在纳闷，"瓦克斯利姆说，"我会快速检查一遍，看看有没有其他人受伤。你带玛拉茜从后面出去,偷偷经过庭院,从花园大门离开。我会去那与你们会合。"

"偷偷?"玛拉茜问。

"雇用那家伙杀我们的人,一定默认为爆炸就等于得手。"韦恩说道。

"不管雇那家伙杀我们的是谁,"韦恩说,"他肯定会以为那场爆炸能把我们送去跟铁眼见面。"

"正确,"瓦克斯利姆说,"在房子被搜查,提洛米的身份被确认之前,我们还有大约一两个小时——也不知道还能不能查清楚他的身份。在这段时间里,那些人肯定以为我们都死了。"

"我们可以趁这点时间来思考,"韦恩说,"来吧,我们应该快点行动。"

他带着玛拉茜从后方的楼梯往下走,朝庭院走去。女孩还是一脸的茫然无措。

瓦克斯利姆的耳朵感觉像是被塞了棉花。他怀疑他们三人刚才的对话肯定都是在大声嚷嚷。韦恩说的对,你永远也无法适应有人想杀死你这件事。

瓦克斯利姆对房子快速进行了一番搜查,同时开始填补他的金属意识库。他变得更轻,大约只有正常体重的一半。如果再轻的话,即使有衣服和枪支在身上增加重量,走路也会变得十分困难。但他对此已是驾轻就熟。

在搜查的过程中,他在食品室里发现了莉米和格兰姆斯小姐,二人昏迷不醒,但还活着。他朝窗外瞥了一眼,发现马车夫科兰特正双手抱头站在楼下,目瞪口呆地看着熊熊燃烧的宅邸。至于其他人员——女佣、跑腿的杂工还有厨师——则不见了踪影。

他们有可能因为距离爆炸过近遭到牵连,但瓦克斯利姆不这么认为。提洛米作为家中的佣人总管,应该是把能派出去干活的全都赶了出去,然后给剩下的人下药,把他们藏在了某个安全的地方。这表示他并不想让任何人受伤。好吧，这里说的任何人不包括瓦克斯利姆和他的两位宾客。

瓦克斯利姆快步往返两次，将那两个不省人事的女人抱到后花园里——同时小心不让人发现。但愿克伦特或其他警察过不了多久就能找到她们。安置好之后，瓦克斯利姆从一楼的柜橱里取出两支转轮手枪，又从洗衣房里帮韦恩找了件衬衫和夹克。他真希望能把那只装有史特里昂的旧箱子找出来，但时间不允许这么做。

他溜出后门，以极为轻盈的脚步穿过花园。每走一步，他心中的不安就多加一分。有人想要杀死你，这已经很可怕了，而杀手居然是你的熟人，这种感觉更加糟糕。

那些劫匪不太可能在这么短的时间内就联系并贿赂了提洛米。他们怎么知道这样一位年迈的管家能轻易被策反？相比之下，马夫或园丁岂不是更加安全的选择？这里暗潮汹涌。从瓦克斯利姆回城的第一天开始，提洛米就一直在劝说他不要插手当地的执法事务。在宴会的前一晚，他曾尖锐地告诫瓦克斯利姆不要再提及抢劫案。

无论谁是幕后主使，管家想必都已经跟他们合作一段时间了。那意味着，他们一直在监视瓦克斯利姆的一举一动。

第十章

马车小心地绕道驶向第五八分区，马蹄踏在石板路上嗒嗒作响。玛拉茜望着车外熙熙攘攘的街道，环抱双臂。街上车水马龙，人行道上行人如织，就像她在大学显微镜下看见的在静脉中往来穿梭的小小血液细胞。他们时而被堵在街角，或是被堵在正在更换铺路石板的路面上。

瓦克斯利姆大人与韦恩坐在车厢中的另一侧。瓦克斯利姆看起来心不在焉，像是在思考。韦恩闭着双眼打瞌睡，头时不时地后仰。他不知从哪里找来一顶帽子——就是卖报纸的孩子们平时喜欢戴的那一种，看起来又轻又薄。在逃离宅邸之后，他们绕过街角，穿过达姆皮尔公园。抵达另一侧后，瓦克斯利姆招手拦下一辆马车。

三人上车后，韦恩就戴上帽子，小声吹起口哨。她不知道韦恩的帽子是打哪弄来的。此刻他正发出小小的鼾声。在他们险些被杀死，在后背的皮肤整片被撕掉后，他居然睡得着。她仍然能闻得见衣料被烧焦的刺鼻气味，耳朵也还在嗡嗡地响个不停。

这是你要的，她提醒自己。是你坚持让哈姆斯大人带你去见瓦克斯利姆。是你今天自愿跑到他的宅邸中来。是你让自己卷入这一切。

要是她能表现得好一些就好了。她跟蛮苦之地有史以来最伟大的执法者乘坐同一辆马车——可她却表现得像是个无助的小女孩，动不动就让情绪毫无助益地崩溃。她想要叹气，但是忍住了。不行，不能自怨自艾。这只会让事情变得更糟。

他们现在正沿着将城市一分为八的运河旁道前进。她看过《创始箴言录》的抄写本，上面绘有依蓝戴的规划设计图，这座城市的名字是由迷雾之子大人亲自选定。城中央有座庞大的圆形公园，一年四季花开如锦，下方有一口温泉，使得那里的空气总是暖意融融。运河旁道以公园为中心向外辐射，延伸进广袤的内陆地区，四周河流环绕。旁道两边，街巷楼群鳞次栉比——那些街道当时宽广得超出了所有人的想象，但今天却还是显得有些拥挤。

马车驶过通往重生之野的桥梁，茵茵青草与盛开的马雷花铺满山坡。末代帝王与升华战士的雕像屹立在山顶上，他们的陵墓就在那里。此外还有一间博物馆。玛拉茜小时候曾到过那里好几次，看着被创始者抢救下来的来自灰烬世界的遗物，那些遗物在大地母亲的子宫里得到滋养与重生，以期重建如今的社会。

马车沿着林荫如盖的旁道绕过重生之野。这里铺的是柏油而非石板，为的是让马蹄铁跑在上面不至于太过喧闹，同时也能降低偶尔途经的引擎机车的噪声。那些眼下仍是稀罕物，不过有位教授声称，这些机车最终必将取代马匹。

她试图把精力集中在他们当下的任务上。除了劫持人质与抢劫的表象之外，这些隐匪还有更多秘密。在让隐匪得名的车厢货物失窃案中，那些货物为什么会消失得那么突兀？那些制作精良的武器又是怎么回事？而且他们还打算用下毒和炸弹两种手段杀死瓦克斯利姆。

"瓦克斯利姆大人？"她说。

"嗯？"

"您叔叔是怎么过世的？"

"马车意外。"他显得若有所思，"他和他的妻子，还有我妹妹乘坐马车到外城区去游玩。当时距离我的堂兄，也就是原本的继承人，因病去世不过几个星期。他们本想通过那趟出游抚平伤痛。"

他继续说:"利安叔叔想要到一座特别的山上去俯览全景风光,可我婶婶却体弱多病,无法爬山,于是他们便乘坐马车。拉车的马在半路上突然受惊,缰绳断了,整辆车从悬崖边掉了下去。"

"我很遗憾。"

"我也一样。"他轻声说,"我有好多年没见过他们,总觉得有种莫名的内疚感,似乎我应该为失去他们更加一蹶不振才是。"

"我想那个故事里,一蹶不振的人已经够多了。"韦恩嘀咕着。

瓦克斯利姆瞪了他一眼,不过韦恩没看见,他的眼睛仍然闭着,帽子盖在脸上。

玛拉茜踢了他小腿一脚,他疼得叫起来。她红着脸说:"要对亡者心怀尊重。"

韦恩揉揉腿:"她这就开始对我颐指气使了,女人啊。"他重新用帽子盖住脸,靠回原处。

"瓦克斯利姆大人,"她说,"您有没有想过,会不会……"

"我叔叔会不会是被人杀死的?"瓦克斯利姆问,"我曾经是执法者。每当听到有人死亡,就会本能地往这方面想。但根据我收到的报告,并没有任何可疑迹象。我在职业生涯早期学到的一件事情就是,有时意外确实会发生。我的叔叔喜欢冒险。他年轻时酷爱赌博,中年时也喜欢追求刺激。我最后还是将那场悲剧判定为意外。"

"那现在呢?"

"现在,"瓦克斯利姆回答,"现在我怀疑当时递到我手里的报告好像有点太完美了。回想起来,一切仿佛都经过了小心的部署,以防让我起疑。除此之外,再考虑到提洛米……虽然他在意外发生的当天留在宅邸里。"

"他们为什么要杀死您叔叔呢?"玛拉茜问,"他们难道不担心那样会把您这样一位经验丰富的执法者给引回城镇里来吗?干掉您的叔叔,却意外地被瓦克斯利姆·晓击找上门……"

"瓦克斯利姆·晓击?"韦恩睁开一只眼睛问。他轻轻擤了擤鼻子,用手帕擦了擦。

她脸红了:"对不起,但报告里是这么称呼他的。"

"他们应该那样称呼我才对。"韦恩说,"我才是早上要干掉一杯威士忌的人。"

"你所谓的'早上'已经日上三竿了,韦恩。"瓦克斯利姆说,"我甚至怀疑你见没见过破晓时。"

"这话说得太不公道了。我经常见啊,当我熬通宵之后……"他被帽子盖住的脸上露出笑容,"瓦克斯,我们什么时候去见拉奈特?"

"我们没准备去,"瓦克斯利姆回答,"你怎么会认为我们要去?"

"这个……我们在城里,她也在城里——比你搬来得早点。我们的房子炸了,不妨去见见她,就像会会老朋友之类的。"

"不。"瓦克斯利姆说,"我甚至不知道去哪儿找她。这座城市大得很。"

"她住在第三八分区。"韦恩心不在焉地说,"两层的红砖小楼。"

瓦克斯利姆冷冷地看了韦恩一眼,玛拉茜却好奇地问:"谁是拉奈特?"

"谁也不是。"瓦克斯利姆说,"你手枪用得怎么样?"

"不算太好。"她坦承,"打靶社团里用的是来福枪。"

"好吧,来福枪可塞不进手袋里。"瓦克斯利姆说着从肩套里取出一把手枪。枪型迷你,枪管纤巧,整把武器也就相当于她一个巴掌大。

她犹豫着接了过来。

"用手枪射击的关键就在于稳。"瓦克斯利姆说,"双手举枪,要是能找到低矮的支撑物就把双臂搭在上面。不要抖,慢慢瞄准,确定看清目标。手枪很难用,但一部分原因是由于人们总是胡乱开火。来福枪的特性就是鼓励你先瞄准再射击,而人们在拿着手枪时,总是会胡乱一指,随手就把扳机扣下去。"

"确实,"她说着掂了掂手枪,虽然看着轻,其实还挺有分量,"十位警察里有八位站在距离罪犯十尺之外的地方用手枪射击,竟然也打不中。"

"真的?"

她点点头。

"好吧,"瓦克斯利姆说,"我想韦恩可以找回点自信了。"

"喂!"

瓦克斯利姆看着她:"我有一次看见他想要射中距离三步之外的一个人,结果子弹却打在他自己身后的墙壁上。"

"那不能怪我,"韦恩嘟囔着,"子弹这玩意总是不守规矩,就不该允许它们反弹。金属就不应该反弹,这话跟钛一样真。"

她检查着那把小手枪,确定还上着保险栓,然后把它塞进被烧焦的手袋里。

隐匪的藏身处是一幢看起来清清白白的建筑,距离运河码头不远。那是两层高的平顶楼,上面竖着不少烟囱。建筑的一面墙边堆着黑乎乎的煤灰与炉渣,窗户像是自最后升华之后就没再擦过了。

"玛拉茜贵女,"瓦克斯利姆检查着转轮手枪上的准星,"要是我建议你在马车里等着,让我们俩去查看,你会不会觉得受到了冒犯?这地方应该是被弃用了,但如果对方留下几处陷阱,我也不会意外。"

"不,"她战栗着回答,"我不介意。照您说的吧,那样挺好。"

"等我们确定里面没有危险,我会朝你挥手。"他说着举起手枪,朝韦恩点点头。两人钻出马车,半蹲着跑到建筑侧面。他们没有从正门进入,只见韦恩纵身一跃,瓦克斯利姆肯定是用钢推帮了他一把,这个瘦长结实的男人足足跳出十二尺高,落在房顶上。瓦克斯利姆紧随其后,跳跃的姿势更加优雅,落地时悄然无声。他们跑向屋顶一角,韦恩吊着边缘荡下去,踢碎一扇窗户。瓦克斯利姆也跟在后面荡了进去。

她紧张地等了几分钟。马车夫什么话都没有对她说，只是自言自语地嘀咕着"不关我事"之类的……瓦克斯利姆给了他足够多的钱，装聋作哑对他来说是上上策。

没有枪击声。最后，瓦克斯利姆从里面打开建筑的大门，朝她挥手。她赶忙从马车上爬下来，跑了过去。

"怎么样？"她问。

"两条绊绳，"瓦克斯利姆回答，"上面装了炸药。此外没发现其他危险陷阱，除了韦恩的体臭。"

"那是难以置信的气味。"韦恩从里面高喊。

"来吧。"瓦克斯利姆说着帮她把门推开。

她迈步进去，但在门口犹豫着停下："里面是空的。"

她原本以为这里会有锻炉和铸铁设备。没想到这间宽敞的屋子里空无一物，空旷得像是放寒假时的教室。虽然有阳光透过窗户照进来，屋内还是显得非常昏暗。空气里残留着煤炭与炉火的气味，地上有一块块焦黑。

"上面是住宿区。"瓦克斯利姆说着朝冶炼厂的另一侧指了指，"这里是大厅，面积占了整幢建筑的一半，有两层高；另一侧则分隔成了上下两层楼。看上去总共能容纳五十几人，那些人白天装成铸铁工人来混淆视听。"

"啊哈！"韦恩站在主室左侧黑漆漆的角落里喊道。她听见一阵响声，随着他的动作，阳光瞬间涌入室内。墙体赫然大开，正对着运河。

"推开它有多容易？"韦恩边问边小跑过来。玛拉茜跟在后面。

"我说不好，"韦恩耸耸肩说，"反正够容易的。"

瓦克斯利姆检查那道门。地板上有一道凹槽，有滑轮在其上滚动。他把手指伸进凹槽里摸了摸，发现上面沾着油脂。

"他们一直利用这道门进出。"玛拉茜说。

"正是。"瓦克斯利姆说。

"所以呢?"韦恩问。

"如果他们在这里从事非法勾当,"玛拉茜说,"应该不会愿意看到建筑物的一面动不动就被拉开。"

"说不定这也是他们的伪装手段。"瓦克斯利姆说着站起身。

玛拉茜若有所思地点点头:"噢!是铝!"

韦恩抽出决斗杖,转动身体:"什么?在哪儿?谁在开枪?"

玛拉茜感到双颊发烫:"对不起。我是说,我们应该查查能不能在地上找到铝的碎屑,比如说铸造或制枪时留下的。这样应该能表明这个地方是否真是他们的藏身处,还是说给韦恩提供情报的人只是在用假消息来骗我们。"

"他很诚实,"韦恩说,"我能感觉得到。"他打了个喷嚏。

"我们初次遇见蕾西时,你认为她是个舞女。"瓦克斯利姆说。

"那不一样。她是个女人,女人都是说谎的高手。彼界之神在造人时就是这么定的。"

"我……我不知该对此做何感想。"玛拉茜说。

"加点红铜,"瓦克斯利姆说,"再加适量的怀疑精神。韦恩说什么话,都要这么去听。"他伸出手。

玛拉茜皱着眉抬起手掌。瓦克斯往她的手心里放了点什么东西,看上去像是从地板上刮下来的已经冷却的金属碎片。碎片是银色的,很是轻薄,边缘有点脏污。

"这是我在那边的地板上找到的。"瓦克斯利姆说,"就在其中一处漆黑的区域附近。"

"是铝吗?"她急切地问。

"是,"他回答,"至少,我无法对这种材料进行钢推,加上它们的外观特征,应该能确定无误。"他端详着她:"你在这种事情上反应真快。"

她脸红了。*铁锈灭绝啊,真是没完没了!我必须想办法克制这个毛病。*"与偏差有关,瓦克斯利姆大人。"

"偏差?"

"数字,图案,动作,还有人的行为,虽然看上去复杂莫测,实际上都遵循着某种规律。找出偏差之处,把造成偏差的原因孤立出来,你通常就能有所发现。地上有铝。这就是偏差。"

"这里还存在别的偏差吗?"

"推开的门,"她说着用下巴指指侧面,"还有那些窗户,上面有太多煤灰。如果让我猜的话,肯定有人在玻璃边上点燃蜡烛,把它熏黑,从而防止有人从窗外偷窥里面。"

"也许是自然产生的,"瓦克斯利姆说,"冶炼造成的。"

"冶炼会产生高温,为什么还要关紧窗户呢?开窗散热,就不会沾上煤灰了,至少不会沾这么多。要么是他们在工作时特地把窗户关上掩人耳目,要么就是有人故意把窗户熏黑的。"

"聪明。"瓦克斯利姆称赞。

"所以问题是,"玛拉茜继续说,"他们通过那扇巨大的侧门,往里往外搬运的究竟是什么呢?肯定是非常重要的东西,才会让他们费力把窗户布置好之后,不得不开门。"

"这个问题还算简单。"瓦克斯利姆说,"他们一直在抢劫货运车厢,肯定是把货物运进来。"

"也就是说,他们在偷完之后,还在运输……"玛拉茜说。

"这给了我们一条线索,"瓦克斯利姆点点头,"他们从这个位置,可以利用运河走私。事实上,他们之所以能这么轻易地将货物从列车上偷出来,也许正和运河有关。"他大步朝门走去。

"您要去哪?"她问。

"我去外面查查。"他说,"你们检查下住宿区,然后告诉我有没有发现别的……你说的那种偏差。"他犹豫着,"让韦恩先进。说不定还有个别被漏掉的陷阱。最好让他在前面挨炸。"

"喂!"韦恩说。

"这说明我看好你啊!"瓦克斯利姆说着从建筑物侧面的门洞钻了出去,接着又靠回墙边说,"也许会把你的脸炸掉,那我们就不用看到那张苦瓜脸了。"说完转身离开。

韦恩微笑:"该死的,看他又变回从前的样子,真好。"

"所以他并不总是一脸严肃?"

"噢,瓦克斯总是很严肃。"韦恩说着用手帕擦了擦鼻子,"但在状态最好的时候,一举一动总透露着得意。来吧。"

他带着她来到建筑后方。墙边有个小盒子,她想那一定是他们之前找到并卸除的炸药。这里的天花板较为低矮。韦恩爬上楼梯,示意她在下面等着。

她左右张望,寻找着线索,结果有好几次都被眼角余光的错觉弄得一惊一乍。建筑的这一侧光线很暗。

韦恩也离开太久了吧?她感到坐立不安,最后决定也顺着楼梯爬上去。

楼梯间很黑,虽说算不上伸手不见五指,但还是让她看不清自己的行动。她爬到一半开始犹豫,然后责怪自己是个笨蛋,继续往上走去。

"韦恩?"她紧张地把头探出楼梯间。楼上一看就不是用来冶炼或是铸造的场所,但仅有的几扇窗户还是被煤灰涂成黑色,光线晦暗。这更加证实了她的推测,也加深了她的紧张。

"他死了,小贵女。"从黑暗里传来一个年迈而矜持的声音,"我为你感到难过。"

她的心跳瞬间停止。

"是的,"那声音继续说,"他是那么的帅气,那么的聪明,那么的非凡卓越,他的存在无论在哪个方面都惹人嫉妒得想要杀死他。"黑暗里有人推开一扇窗,被光线照亮的是韦恩的脸。"他以一挡百,杀至最后一人。他的临终遗言是,'告诉瓦克斯……他是个无用的饭桶……而且他还欠我五张纸钞。'"

"韦恩！"她小声吼道。

"我总是情难自抑啊，姑娘。"他换回自己的声音，听起来简直判若两人，"对不起。但你不应该擅自上来的。"他朝角落里指了指，墙边靠着几堆东西。

"更多炸药？"她险些晕倒。

"没错。我们第一次检查时漏掉了。一打开角落里的那个箱子，就会爆炸。"

"箱子里有东西吗？"

"有。炸药。你没听我说话吗？"

玛拉茜冷冷地瞪了他一眼。

"别这样，"他咯咯笑道，"我不知道瓦克斯想让我们在这地方找什么。他们打扫得一干二净。"

借着从敞开的窗户照进来的光线，她看清这个房间屋顶低矮，更像是一间阁楼。她和韦恩虽然用不着弯腰就能在屋里走动，但后者的行动已颇为勉强。瓦克斯利姆恐怕就得弯腰了。

地板已经变形，几颗钉子钻了出来。她想象着把钉子撬开或许会找到些隐秘的线索，但当她在地板上走动时，发现竟然能透过隔层看见楼下，没什么地方可以藏东西。

韦恩正在查看嵌入墙壁的柜橱里有没有更多炸药，接着他敲了敲，看看是否有隐藏的暗格。玛拉茜环视左右，但很快就料定这里不会有任何发现。如果有，也只会是炸药。

炸药。

"韦恩，那些是什么炸药？"

"哈？噢，很普通的那种，在蛮苦之地有人用它们爆破岩石。城市里也很容易就能找到。这些比我之前见过的要小一些，不过基本是同一种东西。"

"噢。"她皱着眉头，"它们是放在什么东西里面的吗？"

他想了想,又回头看了看那箱子。"呵呵,"他伸手去拿出来某样东西,"没什么,不过有人用这个支撑引线和起爆器。"

"那是什么?"她快步走过来细看。

"雪茄盒,"他说着拿给她看,"'市民公仆'牌,这牌子挺昂贵,贵得很哪!"

她看了看那个小盒子。顶上涂着金色和红色,印着几个大大的字母。盒里空空如也,有人用铅笔在盒子内侧潦草地写下了一些数字。数字的顺序在她看来并无端倪。

"我们拿去给瓦克斯看看,"韦恩说,"他就喜欢这类玩意儿,说不定能引他说出一番关于哪个首领多爱抽雪茄烟之类的轶事,那能让他从一大群人里把他给找出来。自从我们开始合作共事以来,他总会这么干。"韦恩微笑着收回雪茄盒,继续在柜橱里翻找。

"韦恩,"玛拉茜说,"你是怎么跟瓦克斯利姆成为搭档的?"

"你的报告里没写吗?"他敲击着柜橱的侧面。

"没有。这被认为是个秘密。"

"我们不经常提起这件事,"韦恩的头钻进柜橱里,瓮声瓮气道,"他救过我一命。"

她微笑着坐在地板上,后背倚靠着墙壁。"那可能是个精彩的故事。"

"不是你想的那样。"他把头抽回来,"我当时差点被远多瑞斯特的执法者绞死。"

"看来是误判?"

"那要看你对那个词怎么定义了。"韦恩说,"我开枪打死了一个人,是个无辜的人。"

"是意外吗?"

"是啊,"韦恩回答,"我原本只想抢劫。"他停下来,眼神愣愣地看着柜橱,有些惆怅。他摇摇头,又爬了进去,使劲一推,弄裂了后壁。

这让她大感意外。她坐回原处,用手环抱住腿。"你是个罪犯?"

"不是很能干的那种。"韦恩在柜橱里回答,"我总管不住自己,老是想拿东西。我就是会随手一抓,你明白我意思吧?然后东西就在我手里了……反正我越来越擅长,而且有一些朋友……他们劝我说,应该更进一步,做命运的主人。我就开始抢钱,后来发展到抢枪一类的。有一次做得过火了,害死了一个人,那人是三个孩子的父亲。"

他从破损的柜橱里出来,举起一样东西。看上去像是几张卡片。

"有线索?"她迫不及待地问。

"是裸照。"他翻看那些照片,"旧裸照。可能是在那些劫匪来之前就在这了。"他翻了几张,然后扔了回去。"那些警察总算能找到些有趣的东西了。"他回过头来看她,目光里带着些……困扰,他的眼睛仍在黑暗中,脸颊一侧则被从窗外射进的光线照亮。

"到底发生了什么事?"她轻声问,"我是说你。要是不想说就算了。"

他耸耸肩,"我真不知道当时在干什么,而且不知所措。我想也许自己想被他们抓住吧。我从来没想过要朝那人开枪,只想要他的钱包,你明白吗?死指那个老家伙轻轻松松逮捕了我。他甚至没动手,我就招了。"韦恩沉默片刻。"我一直在哭。那时才十六岁,只是个孩子。"

"你知道你是镕金术师吗?"她问。

"当然。我到蛮苦之地起初就是因为这个原因,但那又是另一个故事了。总之弯管合金很难制作。铋和镉这两种金属不是你在拐角杂货店里随随便便就能买到的。我当时还不怎么了解藏金术,不过我父亲是位藏金术师,所以我多少知道点。储存健康,要用到金。"

他走过去,与她并肩坐在地板上,"我还是不知道瓦克斯为什么会救我。其实我应该被绞死的,毕竟我杀了一个好人,那人甚至没什么钱。他是个簿记员,还会帮助有需要的人——起草遗嘱,读读信件什么的。每个礼拜他都会为不识字的挖矿工人代笔,好让他们能给住在城里的家人报平安。我在审判过程中了解到了不少关于他的事情,看见他的孩子痛哭,还有他的妻子……"

韦恩把手伸进口袋里，拿出一样东西。那是一张纸。"几个月前收到一封他们的来信。"

"他们还会给你写信？"玛拉茜问。

"会啊。我把收入的一半都寄给他们。得让那些孩子吃饱。这很自然，是我杀死了他们的父亲。其中一个小孩上了大学。"他迟疑了一瞬，"他们仍然很恨我，给我写信，是让我知道他们还没原谅我，再多的钱也换不回他们的爸爸。他们说得没错。但他们还是把钱收下了，那就好。"

"韦恩……"玛拉茜说，"我很遗憾。"

"是的，我也是。但有些错误，不是一句遗憾就能弥补的，不管你做什么，都弥补不了。从那以后，我就跟枪合不来了。只要举起枪，我的手就会发抖，就像条该死的被丢到码头上的鱼那样乱扑腾。是不是很好笑？仿佛我的手自有主张。"

从楼梯上传来脚步声，很快，瓦克斯利姆就走了进来。他看见二人坐在地板上，挑了挑眉毛。

"瞧瞧，"韦恩说，"我们正在这倾心交谈呢。别冒冒失失地闯进来，搞坏气氛。"

"懒得理你，"瓦克斯利姆说，"我跟当地的乞丐们聊过了。小贼们有时候把大件货物搬进搬出，放到一艘河船上。之前有过好几次，通常都在晚上。那些货物体积很大，很扎眼，我怀疑是某种机械。"

"呵。"韦恩说。

"呵得好。"瓦克斯利姆说，"你这边有什么发现？"

"找到个盒子。"韦恩说着拿出雪茄盒，"噢，还找到了另一些炸药。要是你想要炸出条新运河之类的，可以用得上。"

"拿上吧，"瓦克斯利姆说，"也许会有用。"他拿起雪茄盒。

"还有几张裸照。"韦恩指了指橱柜，"就是早已褪色，没什么看头了。"他犹豫了下。"那些小妞没拿枪，反正你也不会感兴趣。"

瓦克斯利姆哼了一声。

"雪茄是很贵的那种。"玛拉茜站起身,"不像是普通的小贼用的,除非是偷来的。但看看这个,有人在里面写了些数字。"

"确实。"瓦克斯利姆说着眯起眼睛,然后看了看韦恩,后者点点头。

"什么?"玛拉茜问,"你知道什么了?"

瓦克斯利姆把烟盒扔回韦恩手里,对方将它塞进外套口袋。烟盒很大,一角露在外面。"你听说过迈尔斯·达古特这个名字吗?"

"当然,"她说,"'百命'迈尔斯。他是蛮苦之地的执法者。"

"没错。"瓦克斯利姆正色道,"来吧。我想我们是时候走一趟了。路上给你讲几个故事。"

Claiming it will revolutionize security and transportation, Reshelle Tekiel announced her House's new vault-style train car, intended for the transportation and protection of valuable goods via railway. The car is on display for the public at the Evergall Trainyards until the 19th.

Designed specifically as a response to the terrible and ever-increasing rise in bandit attacks by such groups as the infamous "Vanishers," the new Breaknaught train car is fabricated from the finest steel, designed upon the latest modern lines and sealed by a massive door and lock identical to those found upon the vaults of Tekiel's own banking houses.

The timing mechanism of this scientifically advanced lock guarantees that once sealed, the railcar cannot be reopened until well aft— has reached its destina— Thus the Breaknaught a— even the most concern— gentlemen to rest sec— the certainty that their — cargo may travel unmo— along the lines of the E— Basin and the lands be—

greeted with near-— derision from —
the Trade Unio— viewed by this br— Line Riveter at the —e of the Ironspine Building who gave his name as Brill told this reporter that Mr. Durnsed should "bloody well keep his head clear of these parts if he knows what's what." Before he could expand upon this statement, his local union representative intervened and gave assurances that the man was speaking metaphorically. However, the mood of the assembled Line Riveters and Shovelmen was decidedly against Mr. Durnsed.

The decision by the Union Leader means that the contract as written holds now through the remainder of the financial quarter. Subsequent to this revelation, industry stocks were trading generally higher, and even recently depressed Tekiel shares began to show positive activity.

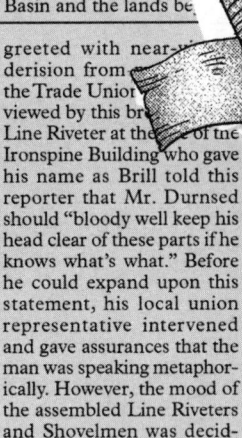

Indeed, this is a greater concern than ever in light of the recent attacks upon those traveling the railways near our fair Elendel itself. None are safe from the ravenous ways of the Vanishers, stripping ladies and lords of their precious valuables at gunpoint. While blood has yet to be spilled in their attacks, th— begu— th—

Parlor— fines, one — stress, anxiety, and concern— leaving with a light heart and a soaring mind. Our reporter visits the parlor to give a detailed report of what goes on. A luxurious massage, sweet scents, and a Soother on duty to give a unique "Emotional Massage" leave you feeling as good on the inside as you do on the outside. Read the report on the back, column seven.

Feltri Proven to Be Rioter!

Alloran Feltri, long favored to win the Canalworkers 2nd Seat in this fall's elections, is rumored to have been using Allomantic abilities to create supporters. In a scandal sure to rock the city to its foundations, a former mistress has come forward to expose all. Complete story on reverse side, third column.

Allomancers for Hire.

All varieties. Coinshots, Pewterarms for industrial

THE PHANTOM RAILCAR!

Described by Witnesses!

In this harrowing report, three witnesses tell of the night their train was robbed by the Vanishers. One of them is the train engineer herself, and she explains in —eat detail the ghostly ap—n. Discover the facts —lf, and see why this — too quiet, too — o unworldly — other than a — d. Experts — compare — etermine — ion's ori— lists give — e phan— xclusive d here!

—— Pits of —ania!

M— itor, and by way of —earest readers: I tru— y missive finds you we— in the possession of a willing ear, for the incredible events that transpired in my recent experience may strike you with incredulity and shock. I vow to you in earnest assertion that each and every word I write to you is true and factual. I live these tales so that you may learn of the Roughs and the fascinating people who live out here beyond the mountains, beyond the law, and beyond cultured reason.

When I wrote my previous missive, I was certain that my end had come. Indeed, I was captured and held by the brute koloss of the Pits of Eltania, and had been told that on the morrow, I would be executed and my flesh feasted upon. I feared a gruesome end, and I will admit that I found myself in earnest prayer to the Survivor that very night! If anyone needed the protection of He Who Lived, it was I!

Two years ago, the c— exploration vessel the *sights* was taken by a te— storm and blown in— ocean deeps. Out of — of land, there was no w— navigate properly, an— brave sailors found — selves praying for thei— as they sailed back eas— in the hopes of striking —

Harmony favored — and they eventually — land—a strange island— with unusual animals. — they also found a refu— sole survivor with a te— story of his ship being — by a strange seafaring p—

Now, long after their — ones had given the— for dead, the sailors — returned to civilization — ing with them this re— His story is one of — worry, and wonder. — on, as we uncover the — of the people of the — and their mystical Unk— Metals. Full story, r— side.

these incapable of be— craftsmanship.

But, I dally in the — nificant. Please forgi— my mind continues to — the events of this wee— indeed, I believe that — not only been spared — but named king of this —

It began on the dawn — aforementioned exec— After being dragged — in a not-too-kind fa— I found myself benea— blaring sun, trudging — the red, dusty groun— brutes stood in silen—

第十一章

迈尔斯站在栏杆边，点起雪茄。他吸了几口，让雪茄充分燃烧，接着缓缓吐出一口刺鼻的烟雾。

"发现他们了，头儿。"塔森走了过来。他的手臂仍被绷带吊着，大多数人像他这样中枪之后，肯定卧床不起了。但塔森是位白镴臂，还有克罗司血统。他恢复得很快。

"哪里？"迈尔斯往下看，检查新的藏身处布置得如何了。除了塔森之外，唯一跟他待在这里的是第三号头目——夹钳。

"在原先的冶炼厂那。"塔森回答。他还把韦恩的帽子戴在头上。"跟附近的乞丐问话。"

"就应该把他们都丢到运河里去。"夹钳嘟囔着，抓了抓脖子上的伤疤。

"我是不会杀乞丐的，夹钳。"迈尔斯轻声说。他随身带着两把铝制手枪，在大房间里电灯的映照下闪闪发亮。"你肯定不知道那么做会引来多大的麻烦，会产生，会引得城里的底层阶级跟我们作对，警察会掌握各种各样本不该他们得到的情报。"

"是，当然。"夹钳说，"毫无疑问。但是，我的意思是，那些乞丐……他们看见了，头儿。"

"就算他们没看见，瓦克斯也猜得出来。"迈尔斯说，"那家伙就跟老鼠一样。你最不希望他出现在哪里，他就偏出现在哪里。但这点也可以反向利用。我想你们设的那些号称万无一失的炸药陷阱，一个都没炸吧？"

夹钳以拳掩口咳嗽了两声。

"真是可惜。"迈尔斯说，顺手把刚刚用来点燃雪茄的银色打火机塞进口袋。打火机上有真马迪镇执法者的徽记。其他小弟一看见它就会浑身不舒服，但迈尔斯还是把它留下了。

他们的前方没有窗户。天花板上吊着明晃晃的大电灯，手下的人正在忙着搭设锻造和铸模设备。迈尔斯很是怀疑。把冶炼厂设在地下？可是西装先生却保证，他的通风管道和电风扇能把烟雾抽走，净化空气。幸好他们在这里用的是电能熔炉，废气并不太多。

这个房间很稀奇。左侧漆黑的区域里有条巨大的隧道，里面还有铁轨通过。据西装先生说，那是城中某条地下铁道线的起点。可这条轨道该怎么通过运河呢？看来只能从底下穿过去了。想想也觉得奇怪。

目前这条隧道还只在试运行阶段，通行距离很短，目的地是一幢巨大的木制建筑，可供迈尔斯安排其余人等住宿。他手里还有三十几人。此时此刻，他们正在把几箱补给品和剩下的铝运过来，可用的物资不多了。瓦克斯只凭一次出击，就让隐匪元气大伤。

迈尔斯若有所思地抽着雪茄。他一如既往地从金意识库里提取能量，让自己恢复体力。他从来不会生病，或是疲倦。虽然他还是需要睡眠，而且也会变老，但除此之外，他几乎是永生不朽的。只要有足够的金就行。

但这正是问题所在，不是吗？他面前烟雾缭绕，像迷雾般扭曲旋转。

"头儿？"夹钳问，"西装先生在等您呢。您不是要去跟他见面吗？"

迈尔斯吐出口烟："马上就去。"他不归西装管。"招募进行得怎么样了，夹钳？"

"这个……我需要更多时间。一天是不够的，尤其是在一半人刚被干掉之后。"

"注意你的语气。"迈尔斯说。

"对不起。"

"瓦克斯最终一定会加入到这场游戏中来。"迈尔斯轻声说，"没错，他会改变游戏规则，我们损失的人手也确实超出预期。但与此同时，我们又很走运。既然瓦克斯利姆参与进来了，我们就能预判出他的套路。"

"头儿，"塔森靠近说，"弟兄们私下里说你和瓦克斯……说你俩在耍我们大伙儿。"说完他身体一缩，似乎以为要挨打。

迈尔斯抽着雪茄，强行按捺住怒火。他在控制情绪方面有进步。多少进步了一点吧。"为什么会这么说？"

"因为您以前也是执法者……"

"我现在也是。"迈尔斯说，"我们干的事并没有超出律法允许的范围。我说的是真正的律法。噢，富人会制定自己的一套规则，强迫我们遵守。可我们的律法是为全人类服务的。"

他继续道："但凡为我工作的人，全都享有改过自新的权力。他们在这里的工作，能洗刷他们从前的……错误。夹钳，去告诉他们，我以他们为荣。我知道我们遭受了重创，但还是挺过来了。我们会用更强大的力量面对明天。"

"我会告诉他们的，头儿。"夹钳回答。

迈尔斯掩盖住了痛苦的神情。他也不知道刚才那些话是否合适，他不是个擅长说教的人。但手下的弟兄们需要坚决的领导，所以他就必须表现得坚决才行。"十五年了。"他轻声说。

"头儿？"

"我在蛮苦之地待了十五年，竭力保护弱者。可你知不知道，情况从没有好转过。我所有的努力都全都毫无意义。还是会有孩子们死去，还是会有女人遭到欺凌。单凭一个人的力量不足以作出改变，这里虽然是文明的中心，却已极为腐化。"他又吸了口雪茄，"要是我们想要改变现状，就得先改变这里的人。"

要是我错了，那就请特雷帮帮我吧。如果不是为了改正错误，特雷为什么要把人们创造成他那样？《创始箴言录》里，甚至包括关于特雷教和教义的详细解释，都证明了像迈尔斯这样的人是特别的。

他转过身，沿着长廊前行。这条长廊像阳台似地突出于这间大屋子的北侧。塔森和夹钳待在原地，他们知道他在见西装先生时不喜欢有人跟着。

迈尔斯把走廊尽头的那扇门打开，进入西装先生的办公室。迈尔斯不知道他为什么会在这里设一间办公室，也许是为了方便他监控这个新基地的动向吧。打从一开始，西装先生就想让他们把基地安在这里。最终不得不接受他的提议，这让迈尔斯感到很是恼火——这让他离幕后金主的掌控又近了一步。

*多干几票大的，就彻底摆脱他了，*迈尔斯跟自己说。**然后就搬到别处去。**

西装先生长着一张圆脸，留着浓密的灰黑相间的胡须。他坐在桌前喝着茶，一身看起来极其时髦昂贵的黑色丝质西装，外面罩着一件宝石绿色的马甲背心。迈尔斯进去时，他正在看一份报纸。

"你知道我不喜欢那股味儿。"西装先生说这句话时连眼皮都没抬。

但迈尔斯还是喷了口烟。

西装先生微笑着说："我听说你的老朋友已经找到你们之前的行动基地了？"

"有人被抓了。"迈尔斯简单扼要地回答，"找到只是时间问题。"

"那些人对你的事业并不是很忠诚。"

迈尔斯没有答话。他们都知道，他的大多数手下是为了钱才肯卖命，并没有什么抱负。

"知道我为什么喜欢你吗，迈尔斯？"西装先生问。

我不是特别介意你喜不喜欢我，迈尔斯心想，但忍住没说。

"你很谨慎。"西装先生继续说，"你有目标，对这个目标心怀信念，但不会被它蒙蔽双眼。事实上，你的事业跟我还有我合伙人的想法并没有多大不同。我相信那个目标很有价值，而你也是位称职的领导者。"西装先生把报纸翻过来："但是上一次抢劫案中的枪战却影响了我对你的这个评价。"

"我……"

"你没控制住脾气，"西装先生的声音变得冰冷，"因此也没控制住你的手下。于是才引发了这场灾难。没有其他原因。"

"有，瓦克斯利姆·拉德利安。"

"你事先应该做好面对他的准备。"

"他不该出现在那。"

西装先生喝了口茶："得了，迈尔斯。你当时戴了面具，说明你料到他有可能会到场。"

"我是戴了面具，"迈尔斯努力克制着自己的脾气，"因为我正好有点薄名，并非只有瓦克斯能认出来。"

"也算有理。但你坚持要让货物以那么戏剧化的方式消失，而不是被人偷走，这不禁让我怀疑，为什么你会想要避免被人认出来。"

"戏剧化自有我的目的！"迈尔斯打断他，"我告诉过你了，如果警察对于为我们运走货物的方式百思不得其解，他们就会不断犯错。"

"那么这么夸张的名字呢？"西装先生懒洋洋地问，把桌上的一张报纸翻过来，"隐匿呢？迈尔斯？"

迈尔斯沉默不语。他之前解释过，把西装先生能知道的都告诉他了。当然，还有些话没有说出来。他需要引人注目，需要抓住公众的眼球。迈尔斯要改变世界。要是人们只把你看作是普通的窃贼，你就无法做到这一点。神秘、力量，再加上一点儿魔法……那对他实现自己的抱负大有助益。

"无可奉告是吧,"西装先生说,"好吧,你的解释在之前都能站得住脚,放到瓦克斯利姆身上就被推翻了。迈尔斯,我承认,我很好奇。在你们两人之间有什么我应该知道的过节吗?说不定是因为那些原因,你才会这么鲁莽行事?"西装先生的眼神冰冷如铁。"为了那些原因,你才会不惜激怒他,在宴会上发起攻击?这样你才能跟他交手?"

迈尔斯迎上他探究的目光,然后低下头,双手放在桌面上,手指捏着雪茄烟:"我对瓦克斯利姆·拉德利安并无怨恨。他是这个世界上最出色的人之一。比你和我都要出色,或者说比这座城市里的任何人都要出色。"

"这是在安慰我吗?你索性说自己不会跟他交手算了。"

"噢,我会跟他交手,必要时还会杀死他。瓦克斯选错了边。像他那样的人,还有像我这样的人,我们有选择,选择为民众效力,或是做有钱人的狗。从他回城混迹在富人中间的那一刻起,他就失去了保护权。"

"有趣。"西装先生说,"我也是他们当中的一员,你知道的。"

"各取所需。另外,在你身上还有其他优点……尤其你还放弃了自己的特权。"

"不是放弃特权,"西装先生说,"只是头衔。而且我仍然认为你试图激怒瓦克斯利姆,所以才会朝佩特鲁斯开枪。"

"我朝佩特鲁斯开枪,是因为他是个骗子。"迈尔斯打断他,"他总是假装寻求正义,人人都赞赏他的义举,可同时他又对精英与腐败阶层曲意逢迎。最后,那些精英邀请他来出席宴会,像是对待一条会讨主人欢心的宠物狗。所以我才干掉了他。"

西装先生慢慢点了点头:"说得很好。"

"我会肃清这座城市的,西装先生。就算要亲手把它那颗变黑的心给挖出来也在所不惜。可是你得给我多提供一些铝。"

"我正在行动。"西装先生说。他打开书桌抽屉,拿出一个纸卷,放在迈尔斯面前。

迈尔斯把丝带解下,将纸摊开。是图纸。"太齐尔新式'防抢'型货运车厢?"

西装先生点点头。

"要花时间才能——"迈尔斯开口说。

"我已经让人研究过一段时间了。你的任务不是规划,迈尔斯,是执行。我会确保为你提供足够的资源。"

迈尔斯看着图纸。西装先生人脉丰富,神通广大。迈尔斯不禁怀疑事态已经渐渐脱离了他的掌控。"最新抓来的人质还在我的人手里,"他说,"你打算怎么处理她?"

"自有安排,"西装先生说着又呷了口茶,"要是我多留个心眼,就应该把她从列表上勾掉。瓦克斯利姆会不停地寻找她。如果爆炸成功了,事情也就会变得简单。现在我们必须采取更加直接的行动。"

"我会亲自解决他。"迈尔斯说,"就在今天。"

#

"迈尔斯·达古特是双生师。"瓦克斯利姆靠在车厢里说,"而且是双生师中极其危险的一种。"

"他是双金。"韦恩倚靠在瓦克斯利姆对面的软垫长凳上点头说道。车窗外,依蓝戴戴郊外的景色呼啸而过。

玛拉茜坐在韦恩旁边的长凳上:"据我了解,金的镕金术并不是特别危险啊。"

"不,"瓦克斯利姆说,"金的镕金术本身并不危险。真正让迈尔斯变得强大的是复合力。如果你的镕金术和藏金术都作用于同一种金属,就能获得十倍的力量。这说起来很复杂,就是你先把自身的一种特质储存到金属里,然后再燃烧它,释放这股力量,循环往复,用之不竭,这就叫复合力。据说'碎裂'这个人能永生不朽,原因就在于此。"

玛拉茜皱眉:"我本以为迈尔斯那超凡的治疗能力是过分夸大了。我以为他只不过是个制血者,跟韦恩一样。"

"噢，他是制血者没错。"韦恩说着把一柄决斗杖绕着手腕旋转一圈，又接住，"只不过他的健康从来都用不完。"

瓦克斯利姆点点头，思绪回到多年以前，初次见到迈尔斯的时候。那个人总让他感觉不自在，但他又确实是一位杰出的执法者。

玛拉茜困惑的神色被瓦克斯利姆看在眼里，于是解释道："通常镕金术师都得精打细算。要想储存健康或体重，需要几个月的时间。自从我带我们几个砸穿地板后，这段时间一直在以一半的体重行走，想要恢复之前消耗的储量。到目前为止，我的金属意识库也才补上一点点。对韦恩来说，难度更大。"

韦恩擦了擦鼻子："我回头得病恹恹地在床上躺好几个星期。否则就无法治疗自己。该死的，我已经在保持正常行走的前提下尽量多地存储健康了。但到今晚为止，我的储量恐怕连擦伤都治愈不了。"

"可是迈尔斯……"玛拉茜说。

"他有着接近无限的治疗能力，"瓦克斯利姆说，"那人可说是不死之身。我听说他曾经脸部近距离被霰弹枪打中，然后安然无事地离开了。我们在蛮苦之地合作过，他是真马迪镇的执法者。我们三人在情况好的那几年形成了某种联盟，迈尔斯，我，还有来自远多瑞斯特的死指乔恩。"

"迈尔斯对我没什么好感。"韦恩说，"那个……其实他们对我都是这个态度。"

"迈尔斯工作能力很强，"瓦克斯利姆说，"但他为人严苛又偏执。我们彼此尊重，又保持着一定距离。我们算不上朋友。不过在蛮苦之地里，任何敢于为正义挺身而出的人，都是盟友。"

"这是蛮苦之地的第一定律。"韦恩说，"你越是孤身一人，就越需要找个可信的同伴。"

"即使你并不认同他们的行事方式。"瓦克斯利姆补充道。

"他听上去不像是坏人。"玛拉茜说。

"对,"瓦克斯利姆轻声说,"他不是。但我几乎可以确认,婚宴上脸戴面具的就是他,还有那盒雪茄烟,是他最爱的牌子。虽然我不能打包票,可是……"

"你认为就是他。"

瓦克斯利姆点点头。和谐之主在上,我确实这么想。执法者是一种特殊的合金,这种合金有种特性,从不认输,从不为外物所诱。可是天天跟罪犯打交道,会改变一个人。你看事情的角度会与他们相仿,你会开始像他们那样思考问题。

他们都知道,只要稍有不慎,这份工作就会扭曲一个人的本性。他们不会说,不会在嘴上屈服,或者说他们不该这么做。

"我不意外,"韦恩说,"你听说过他是怎么形容依蓝戴的人吗,瓦克斯?迈尔斯是个危险分子。"

"对,"瓦克斯利姆轻声说,"我希望他能集中精力维持自己城镇的秩序,让心中的恶魔保持缄默。"

列车穿过郊野,开进外城区——开阔的果园、沃野和牧场呈环带状排布,盛产滋养依蓝戴的果粮。窗外的风光从城市的高楼大厦变成了一望无际的金黄与碧绿,运河从田间穿过,蓝色的河面上波光粼粼。

"这会改变什么吗?"玛拉茜问。

"会。"瓦克斯利姆回答,"意味着这一切都远比我想象的要危险得多。"

"真是赏心悦目。"韦恩咧嘴笑着说,"好吧,我们希望你能有完整的体验。你知道,为科学献身之类的。"

"事实上,"瓦克斯利姆说,"我一直在想应该怎么把你送到安全的地方去。"

"你们想甩掉我?"玛拉茜问。她睁大双眼,一副心碎的模样,声音听上去楚楚可怜。他有些怀疑她是不是在学韦恩那套……"我以为我可以帮到你们。"

"没错,"瓦克斯利姆说,"可对我们做的这些事,你几乎毫无实践经验。"

"身为女人必须学会一些经验。"她昂起头,"我已经从一次人质劫持案和一场谋杀中活下来了。"

列车在轨道上转了个弯,车厢门随之咔咔作响。"对,可是玛拉茜贵女,情况有了变化,我们的对手是一位双生师。如果真交手的话,我不认为我打得过迈尔斯。他既狡猾又强大,而且非常顽强。我宁可把你送到安全的地方去。"

"什么地方呢?"她问,"您的每一处宅邸都太显眼了,我父亲的庄园也是一样。我总不可能躲到地底下去吧?而且就算那样,也不一定就能避人耳目!我认为最安全的地方就是待在您身边。"

"奇怪,"韦恩说,"我通常觉得哪里都安全,唯独不能待在瓦克斯身边。我不是告诉过你爆炸的可能性了吗?"

"也许我们应该去找警察,"玛拉茜说,"瓦克斯利姆大人……这类私人调查严格说来是违法的——至少我们手里掌握了重要证据,而警察并没有。我们理应把这些线索报告给警方。"

"别误导他!"韦恩说,"我好不容易才让他不再说那样的话!"

"没关系,韦恩。"瓦克斯利姆语调平静,"我作出过承诺。我答应哈姆斯大人会把史特芮丝带回去,言出必行。如此而已。"

"那我要留下来帮忙。"玛拉茜说,"如此而已。"

"我真该吃些东西了,"韦恩补充说,"长胖而已。"

"韦恩……"瓦克斯利姆说。

"我是认真的。"韦恩说,"自打吃完那点烤饼,我就没再吃过任何东西。"

"等车停下来我们就去吃。"瓦克斯利姆说,"首先,我想问玛拉茜贵女点事情。"

"嗯?"

"既然你要留下,我想知道你究竟是哪种镕金术师。"

韦恩惊讶得坐直身子:"哈?"

玛拉茜脸一红。

"在你的手袋里有一小包金属碎末。"瓦克斯利姆说,"你总是紧张地把手袋放在身边。你对藏金术知之甚少,但似乎理解镕金术。当韦恩在我们附近设下速度场让时间停止时,你并不吃惊,而且你很清楚速度场范围。与你有相同血脉的亲族之所以会被盯上,就是因为有很多镕金术师。"

"我……"她说,"好吧,我其实没找到合适的机会……"她的双颊更烫了。

"我很惊讶,也有点失望。"韦恩说。

"呃,"她连忙说,"我——"

"噢,不是对你。"韦恩说,"是对瓦克斯。我本以为他在你们第一次会面时就能看出这些蛛丝马迹的。"

"我年纪大了,反应速度不如以前。"瓦克斯利姆没好气地说。

"实际上并没有多大用处……"她低着头说,"当我看见韦恩使用他的滑行者能力时,我开始有点难为情。我是脉动者。"

跟他想的一样。"我想这会非常有用。"

"并不是,"她说,"加速时间……那很了不起。可是减缓时间有什么用呢?还只是对我自己生效……这在战斗中一点用都没有。别人都能以极快的速度在我身边移动。我父亲将这项力量视作耻辱,告诉我不得声张,就像我的出身一样。"

"你的父亲,"瓦克斯利姆说,"我越发确定他是个蠢货。你的力量很有用,虽然并非适用于每种场合,但哪一种工具都不是万能的。"

"您这么说也行。"她说。

一名贩卖椒盐脆饼干的小贩从通道里走来,韦恩一个箭步冲了过去。瓦克斯利姆则靠回椅背,看着窗外,陷入沉思。

迈尔斯。不，他没把握那一定是他。当瓦克斯利姆打中那隐匪头领的脸，把他放倒时，他以为自己肯定弄错了。迈尔斯不可能被一发子弹击倒。

除非他知道自己必须得假装受伤，以防被瓦克斯利姆认出。迈尔斯为人狡猾，作出这种举动合情合理。

就是他，瓦克斯利姆想。他从隐匪头领开口说第一句话时就知道了。他只是不愿意承认。

这让事情变得很复杂。此刻，瓦克斯利姆竟然觉得力不从心。纵观二十年的执法生涯，眼下这个局面已经比他调查过的任何案件都要混乱。他以为蛮苦之地已经把他变得坚强，可那里的生活同时也很朴实，他习惯了那种单纯。

如今他贸然介入，举起双枪，以为自己能解决在依蓝戴这样的大都市里所发生的难题。他以为他能干掉一支财力雄厚的战队，那些敌人端着用贵金属的枪支，甚至有可能是黄金。

也许我们应该交给警察去处理，玛拉茜这么说。可他会吗？

他摸着口袋里的耳环。他觉得这是和谐之主的意愿，是和谐之主想让他介入调查。但如果和谐之主只是瓦克斯利姆脑海中的妄想怎么办？有人管这叫自我催眠，他所感觉到的只是自己心中的期望，是潜意识大脑在对他说话。

真希望能感受迷雾，他想，*我已经有好几个星期没有进入迷雾了*。他在迷雾里会觉得更加强大。他觉得当自己进出迷雾时，能感觉到有人在一旁注视着他。

我必须继续，他告诉自己。他试过放弃，结果导致佩特鲁斯阁下被枪打死。瓦克斯利姆通常的做法是掌控局面，积极行动。那是蛮苦之地的执法者都习惯的工作方式。迈尔斯和我，我们并没有多大不同，他想。也许那正是他如此惧怕那个男人的原因。

火车速度减慢，驶进车站。

第十二章

韦恩走下马车,瓦克斯利姆和玛拉茜紧随其后。他看了车夫一眼,扔给他一枚硬币,"我们需要你等一会儿,伙计。应该不成问题吧。"

车夫看着硬币,挑起眉毛:"完全没问题,伙计。"

"那帽子挺好看。"韦恩说。

车夫头戴一顶圆锥形的硬毡帽,顶却是平的,上面还插着根羽毛。"我们都戴这种帽子,"他说,"这是加维马车行的标志。"

"呵呵,想换吗?"

"什么?换帽子?"

"是啊。"韦恩说着把他那顶单薄的线织帽扔给他。

车夫接住:"我不知道……"

"我再加一块椒盐脆饼。"韦恩说着,从口袋里把饼干掏出来。

"呃……"那人低头看了看他手里的硬币,那是相当不菲的一笔小费。他摘下帽子,扔给韦恩:"不用了。我就……我就再去买一顶吧。"

"你真是个大好人。"韦恩说着咬了口脆饼,闲庭信步似的跟着瓦克斯利姆离开。他戴上那顶帽子,其实尺寸并不太适合他。

他加紧步伐赶上前面两人,他们在一座小山包上停下。韦恩吸了口气,闻着运河的潮湿气息,脚下田野中的麦穗与鲜花也散发着芳香。接着他打了个喷嚏。他不喜欢在外面做事时填充金属意识库,更愿意在闲暇时集中大量填补。那会让他病得很重,但他只要多睡觉,多喝几杯就能撑过去。

眼下的情形更糟。他尽量在可以支撑的情况下填充金属意识库,一边在户外行动,一边储存健康,这意味着他要生病了。而且很快。他的喷嚏越打越频繁,喉咙火烧火燎,眼睛也胀得难受。他很累,头晕眼花。但是他需要把那些健康存储起来,所以还是会继续这么做。

他走在草地上。外城区真是个奇怪的地方。蛮苦之地里干燥肮脏。城里人口密集,而且——某些地方——很污秽。可在这里……一切都显得……很美好。

有点儿好得过分。这让他的肩膀开始发痒。在这种地方,男人会在白天下地劳作,晚上回家坐在门廊前喝点柠檬汁,逗逗狗。人待在这样的地方会无聊死的。

真是诡异,在如此开阔的地方,他居然会感觉到紧张,比被人锁进牢房里还憋闷。

"最后一次抢劫案就发生在这里。"瓦克斯利姆说。他伸手朝铁轨指了指——铁轨在他们左边拐了个弯——然后把手沿着轨道移动,仿佛看见了什么韦恩没看到的东西。他经常做这种动作。

韦恩打了个哈欠,然后又咬了一口脆饼。"什么事儿啊,老兄?神马事儿啊,老兄?到底是森摸事儿啊,老兄?"

"韦恩,你嘟嘟囔囔什么?"瓦克斯利姆转过身,看着右边的运河。这段水域又宽又深,装满食物的驳船会从这里驶入城市。

"在练习卖脆饼小贩的口音。"韦恩说,"这家伙口音很棒。一定是从某个新兴的边境小镇来的,就在南方的山脉附近。"

瓦克斯利姆瞥了他一眼:"那顶帽子看上去太滑稽了。"

"幸亏我还能换帽子。"韦恩用卖脆饼小贩的口音说,"至于你嘛,老兄,你那张脸是没救了。"

"你俩说话真像亲兄弟。"玛拉茜好奇地看着他们,"你们知道吗?"

"只要我比他帅就行。"韦恩说。

"这里的轨道朝运河拐弯。"瓦克斯利姆说,"其他几起抢劫案也都发生在运河边上。"

"据我回忆,"玛拉茜说,"大多数铁轨线路都毗邻运河。这里总是先有运河,然后才铺设轨道,沿着预定的路线,合情合理。"

"没错。"瓦克斯利姆说,"可这里尤其突出。看看这一段的轨道贴运河多近吧。"

他的口音正在改变,韦恩心想。回城才不过六个星期,就已经表现出来了。有时显得更加文雅,另一些时候则没那么正式。人们知不知道他们的声音跟生物有多像?你移动一株植物,它会改变,并适应新的周边环境。你移动一个人,那么他交谈的方式也会改变、适应并进化。

"所以隐匿们使用的那种机械设备,"玛拉茜说,"你认为不便于在陆地上移动?所以必须沿着运河运输,然后选一个离轨道不远的位置搭设起来,从而实施抢劫?"

她的口音……韦恩想。与跟我在一起时相比,她在他身边时的措辞会更加严谨。她是在如此努力地迎合瓦克斯。他发现了吗?恐怕没有。那家伙从来不大留意女人的心思。甚至连对蕾西也不例外。

"是的。"瓦克斯利姆说着走下山坡,"问题是,这东西——不管它是什么——怎么能那么快速高效地清空整节车厢呢?"

"这有什么好奇怪?"韦恩跟在他身后,"换作我是隐匿,我肯定会带一大票手下来,那会让我更快把活儿干完。"

"这不是单纯靠人多就能解决的问题。"瓦克斯利姆说,"车厢上了锁,而且在后来的案件中,有些车厢里还有警卫。当列车抵达目的地时,门上的锁还在,里面的东西却被搬空了。另外,还有一节车厢丢的是铁锭。车门会限制进出的人次,人多也帮不上忙。他们不可能只凭人力,在不到五分钟的时间里,把好几百块铁锭都给运走。"

"用速度场呢?"玛拉茜问。

"可能有用。"瓦克斯说,"但用处不大。你还会遇到同样的瓶颈,而且也不可能把好多人都放进一个速度场里。这么说吧,就算你能把六个搬运工放进去,这已经是极限了。他们还得把铁锭都搬到速度场的边缘,然后去除速度场,制造出另一个来——因为你设好速度场之后就不能移动它——这个动作要不断重复。"

瓦克斯摇摇头,双手放在臀后:"弯管合金的费用高昂得超出想象。用一块价值五百大钞的贵金属,韦恩能在圈外十五秒的时间里,为圈内争取到两分钟。倘若要把那么多铁锭搬走,必须在速度场里赢得足够多的时间,差不多要花上正常时间的五分钟之久,那就是上万张大钞。这些铁锭的价值相对于成本来说不值一提。和谐之主啊,你索性拿那么大一笔钱直接买整列货车不就行了。反正我是不相信他们会这么做。这里面另有古怪。"

"除非用了某种机器。"玛拉茜说。

瓦克斯点点头,走下山坡,查看地面:"我们来找找有没有什么留下痕迹。说不定那机器的轮子会留下凹槽或是轨迹之类的。"

韦恩双手插在口袋里,也在到处走动,装出查看的样子,可他之所以让瓦克斯利姆插手,是因为他很擅长这种事。如果调查的对象是人,韦恩显然得心应手。但调查鲜花啊泥土啊……就不是他的强项了。

几分钟后,韦恩开始无聊,于是他走到玛拉茜旁边。玛拉茜看了他一眼:"我忍不住要说一句,韦恩……那顶帽子不太适合你。"

"我知道,我只是想要用它来提醒瓦克斯,他欠我一顶新的。"

"为什么?是你让那人把原先的帽子拿走的。"

"他让我不要还手。"韦恩抱怨着,仿佛理所应当,"然后,他又打了抢我帽子那人一枪,还放那家伙跑了!"

"他又不知道那人没死。"

"他应该把我帽子抢回来啊。"韦恩说。

她不解地笑了。

对大多数人来说，他们不理解帽子，韦恩也不会责怪他们。除非你有过一顶好帽子，一顶幸运帽，你才会明白它的价值。"其实也没关系啦。"韦恩胡乱踢了杂草几脚，小声说，"但别告诉瓦克斯。"

"什么？"

"我得把那顶帽子弄丢，"韦恩坦承，"不然的话，它也会在那楼上被炸飞，明白了吧？那还不如让人偷走呢，否则就跟我的外套一个下场。"

"韦恩，你还真是有个性。"

"严格来说，我们都是。"他承认，又迟疑了下，"除了双胞胎吧。不说这些了，有件事情我一直想问问你。但这个问题有点涉及隐私。"

"多隐私？"她问。

"这个嘛，与你自己有关，应该说是很隐私的隐私吧。"

她皱眉看着他，接着脸颊变得绯红。看来这姑娘很爱脸红，韦恩喜欢这样。女孩们脸上有点颜色挺好看的。"你要问的不是关于我……和你……我是说……"

"噢，和谐之主啊！"韦恩大笑，"不是你想的那样，姐妹。别担心，你很好看，尤其是透过红铜就更美，如果你能听懂的话。"

"红铜？"

"是啊，这个词曲线分明，就跟你一样。你说话的口音也很好听，云区的弹性也不错。"

"那又是什么话？"

"就是白色很蓬松的那种东西啊，高高地飘浮在硕果累累的大地上。"

她脸红得更厉害："韦恩！这真是我所听过最下流的话。"

"那就对了，我凡事都致力于追求卓越，姐妹。但你不要担心——就像刚才说的，你很漂亮，对我来说还不够味。我喜欢能一拳把我的脸给打烂的那种女人。"

"你喜欢能打倒你的女人？"

"当然了,我就好这口。总之,我刚才说的是你的镕金术。你看,你和我,我们的力量截然相反。我能让时间加速,你能让时间减慢。所以如果我们两人同时使用镕金术,会发生什么事呢?"

"曾经有过记录。"玛拉茜说,"两种力量会相互抵消。什么都不会发生。"

"真的?"

"嗯。"

"呵呵。"他说着用手帕擦了擦鼻子,"这真是最昂贵的无用功了,我们燃烧的可都是贵金属啊。"

"我不知道。"她叹了口气,"我的力量总是擅长做无用功。在我见识到你的威力之后,我才真正明白身为脉动者有多悲惨。"

"噢,你的力量也没那么糟。"

"韦恩,每次当我使用力量的时候,每一次,我都会被凝固在原地,呆呆地看着别人在我周围跑来跑去。你能用你的力量获得额外的时间,可我的力量却只白白浪费时间。"

"这是没错,可也许有时你会希望某一天快点到来,你会迫不及待,对吗?这时候你可以燃烧一些铬,噔噔,它就来了!"韦恩说道。

"我……"她看起来很是尴尬,"我其实做过这样的事。铬烧得可比弯管合金慢多了。"

"看!这就是优势啊。你的圈能有多大?"

"差不多一个小房间吧。"玛拉茜回答。

"比我的大多了。"韦恩说。

"用一千乘以零,结果还是零。"

他迟疑着问:"真的吗?"

"呃,是啊。"她说,"这是基础数学。"

"我以为我们在谈论镕金术,怎么聊起数学来了?"韦恩问。

这也让她脸红了。往往在你谈论某个迷人的器官时,女孩才会脸红，可说起数学却不会。这姑娘真是块另类的合金啊。

她侧过脸去看瓦克斯利姆。他正蹲在运河边。

"这个人啊，"韦恩说，"他喜欢聪明的。"

"我对拉德利安大人没什么想法。"她忙不迭地说。反应也太急了。

"真可惜。"韦恩说，"我觉得他喜欢你呢，姐妹。"

这么说也许有点夸张。韦恩并不确定瓦克斯对玛拉茜有感情，可必须得帮这个人从蕾西的阴影中走出来。蕾西是个了不起的姑娘，非常美好，但是她已经死了，而瓦克斯还是整天一副郁郁寡欢的神情，跟蕾西刚刚离世时的那几个星期毫无二致。虽说现在略有好转，但还是一眼就能看出来。

一段新恋情对他大有帮助。韦恩对此笃信无疑，于是当他看见玛拉茜开始往瓦克斯工作的地方走时，感到相当高兴。她碰了碰他的手臂，他则指了指运河旁边地上的某个东西，然后两人一起查看起来。

韦恩也慢慢走了过去。

"……完美的矩形，"玛拉茜正在说话，"是某种机器留下的。"

像是原先有个矩形的重物压在这块地面上。它显然是这里唯一留下的痕迹，但似乎不是瓦克斯本想要找到的线索。他跪在旁边，皱着眉，把手按进泥土里，可能是在检查土壤的紧实程度。然后他又了看上面的轨道。

"脚印不够多。"瓦克斯轻声说，"这不可能是人力搬走的。即便是有速度场也不行。"

"我同意。"玛拉茜说，"如果抢劫案就发生在那里，那么肯定有一台机器被架设在运河里，而且仍然能够得到轨道。"

瓦克斯利姆站起身，拍掉手上的尘土："我们回去吧。我需要时间思考。"

#

瓦克斯利姆走过车厢中部，刚在洗手间里洗过手，两只手还是湿漉漉的。车厢底板在脚下震动，窗外田野飞驰而过。

迈尔斯会藏在哪里呢？瓦克斯利姆的大脑高速旋转。这座城市里可供藏身的地方实在太多，而迈尔斯又不是普通的罪犯。他曾经也是执法者。瓦克斯利姆不能用惯常的直觉去分析此人。

瓦克斯利姆料定他一定会低调行事。**迈尔斯为人谨慎，行事缜密。他在偷取铝之后，间隔了好几个月才实施下一次抢劫。**

迈尔斯损失了人手与资源，会躲起来避避风头一段时间。但是躲在哪儿呢？瓦克斯利姆靠在走廊的墙壁上。头等车厢里都是一间间私密的包间。他能依稀听见隔壁包间里有人在说话。是几个小孩子。他接连走过六节车厢，才找到一间无人使用的洗手间。此时距韦恩和玛拉茜已经有好几节车厢。

如果玛拉茜对他们劫持那些女人的意图判断无误，那她们的下场必定十分悲惨。迈尔斯可以不动声色，让线索冷却、消失。每耽搁一个小时，要想找到他就会更难。

不，瓦克斯利姆想。他还需要再抢一次。这次会速战速决，也许不会劫持任何人质，目标是铝。瓦克斯利姆查看过头一起抢劫案的报告，对太齐尔所走私的铝的数量作出了精确的预估，勉强够三四十人使用。所以迈尔斯必须得再抢一次，才能遁入地下，趁销声匿迹的这段时间制造更多枪支和弹药。

所以瓦克斯利姆还有一次机会来抓住他。必须做好万全之策。他——

尖叫声很模糊，但瓦克斯利姆早已对此类情况见惯不惊。

随时保持警惕，尤其是在思考的时候。他立即闪到一侧，躲了过去，只见一发子弹打穿了车厢尽头的窗玻璃。

瓦克斯利姆转过身，从枪套里拔出手枪。在下一节车厢里站着个黑衣人，正在透过破碎的窗户往外看。又是个脸戴面罩的人，五官被遮住，只露出一双眼睛。可他身材、身高，甚至举枪的姿势都完全吻合。

白痴！瓦克斯利姆暗骂。他的直觉错了。普通的罪犯会躲进地下，可迈尔斯不会。他从前是执法者，习惯于追击而不是被猎杀。

如果你让他的计划出现了变数，他就会来找你。

第十三章

瓦克斯利姆没时间举枪。他立即增加体重,骤燃钢,钢推两节车厢之间的隔门。门板变形脱框,挡住了迈尔斯接连射出的三发子弹,窗玻璃猝然炸裂。

列车转弯,车厢猛地倾斜。这时乘客纷纷从包间里探出头来,睁大双眼寻找噪声的源头。迈尔斯再次瞄准位于走廊另一端的瓦克斯利姆。附近有孩子哭了起来。

我不能冒险让乘客受伤,瓦克斯利姆心想,*我得出去。*

在枪声响起的同时,瓦克斯利姆向前猛冲。一发子弹从他脑袋旁边擦过,火星四溅。他用镕金术感觉不到。是铝。

瓦克斯利姆冲到两节车厢中的连接处,狂风呼啸,衣袍翻飞。当迈尔斯开出第六枪时,瓦克斯利姆钢推下方的连接轴,冲上高空。

他飞到车厢上方,被风势席卷,在下落时感受到阻力。他重重落在距车尾不远的一节车厢顶上,单膝弯曲,用空出来的一只手撑住身体,狂风撕扯着他的头发和夹克外套。他举起转轮手枪。

迈尔斯就在这。在这列火车上。

我现在就能阻止他,结束这一切。

但下一个念头来得更快,他究竟怎么样才能阻止"百命"迈尔斯?

一个戴着面具的人影出现在前方的两节车厢之间——距离也许只有十尺远——那人手里举着一把大口径手枪。与精准度相比，迈尔斯总是更看中火力。他曾经说过，宁可打偏几次，也要确保被他击中的人再也没力气爬起来。

瓦克斯利姆咒骂一声，填补金属意识库，将体重减小到轻若一羽，然后向右，从车顶一侧滚下。枪声随后而至。他攀住车窗边缘，身体紧贴车厢，让一只脚嵌进车厢侧面的金属槽。轻盈的体重省了他不少力气，但他也被狂风吹得东倒西歪。

前方，火车引擎喷吐着煤渣与黑烟；下方，轨道发出雷霆般的轰响。瓦克斯利姆用右手举起手枪，另一只手和一条腿则死死地扒住车厢，等待着。

很快，迈尔斯戴着面罩的脸就从车厢的连接处探了出来。瓦克斯利姆快速开枪射击，用镕金术向前钢推子弹，使其加速，对抗呼啸的疾风。子弹不偏不倚地打进了迈尔斯的左眼。后者头猛地向后倒去，鲜血溅在他身后的车厢上。瓦克斯利姆趁他站立未稳再补一枪，击中了男人的前额。

那男人一把扯下面罩，露出那张鹰隼似的脸，还有利落的黑色短发和浓密的剑眉。果然是他，迈尔斯。一位执法者，竟然知法犯法。这是一个有着惊人力量的双生复合师。眨眼间，他的眼睛便复了原，额头上的伤口也已愈合。金色的金属埋在他的袖管里，光华隐现。那是他的金属意识库，是穿透他小臂皮肤的尖刺，像螺栓一样。刺穿皮肤的金属极难用钢推去碰触。

铁锈灭绝啊！连眼睛被打中都没能让他减速半分。瓦克斯利姆看着一棵正在接近的大树，开火射击，然后松开列车，尽可能地减轻自身体重。他被狂风刮走，在掠过那棵树的同时，钢推嵌进树中的子弹，荡向一侧，恰好从两节车厢中间穿过。迈尔斯的另一波子弹打中他刚才隐蔽的地方，他蹲下，大口喘着气，心跳如雷。

你怎么才能打败一个永生不死的人？

轨道绕过几座低矮的山丘，又拐过一个弯。青翠的农场和静谧的果园从不远处掠过。瓦克斯利姆抓住车厢边的梯子，向上爬去，小心地从车顶边缘探出头来张望。

迈尔斯在车顶上奔跑，全速朝他冲来。瓦克斯利姆怒骂，和迈尔斯同时举起手枪。瓦克斯利姆率先开火，击中了迈尔斯，对方距离他只有几步之遥。

瓦克斯利姆瞄准的是他拿枪的那只手。

子弹射穿筋骨，疼得迈尔斯破口大骂。那把武器脱手，从车顶上弹了下去。瓦克斯利姆满意地笑了。迈尔斯怒喝一声，跳下车顶，重重朝他撞过来。

瓦克斯利姆的头撞在身后的金属上，疼得他一片空白。他呻吟一声，头晕目眩。蠢货！大多数人都不可能会像那样跳下来，这很容易害得他们两人双双飞离高速行驶的列车。可迈尔斯才不会管这些。

两人同时跌进车厢当中狭小的连接处，脚下站立不稳。

迈尔斯双手抓住瓦克斯利姆的背心，举着他砸向身后的车厢。瓦克斯利姆紧贴着对方的身体连开枪，击穿迈尔斯的五脏六腑，那些子弹从男人的后背飞出，没有任何伤害。他把瓦克斯利姆拽过来，重拳击打他的脸。

疼痛汹涌而至，瓦克斯利姆的视线模糊了。他几乎要跟跄倒下，摔在从脚下飞掠而过的轨道上。绝望之际，瓦克斯利姆想到钢推。迈尔斯早已料到他有此一着，把脚在瓦克斯利姆往上飞的同时钩在了梯子蹬上。瓦克斯利姆身子一歪，眩晕仍在，人却没有飞上天。他更加用力地钢推，迈尔斯丝毫不为所动。

"你把我的脚筋扯断好了，瓦克斯。"迈尔斯大喊，声音盖过车轮的轰鸣声和呼啸的狂风，"但它们立即就会复原。你的体力肯定比我先耗尽。再使劲推啊，看看会怎么样。"

瓦克斯利姆放弃了，摔回到车厢之间的平板上。他想在落下时顺势夹紧迈尔斯的头，但对方更年轻，速度更快，身手也更好。迈尔斯弯腰一闪——仍然紧抓着瓦克斯利姆的背心——用力一拉。瓦克斯利姆脚下踉跄一下，撞到迈尔斯身上，腹部也挨了一记重拳。

瓦克斯利姆疼得倒抽一口气。迈尔斯抓住瓦克斯利姆的肩膀往前拽，准备再次挥拳击打瓦克斯利姆的肚子。

于是瓦克斯利姆把体重增加了十倍。

迈尔斯险些摔倒，陡然发现自己拽住了一个重得难以置信的物体。他的眼睛瞪得老大。他习惯跟射币打交道——他们是最常见的镕金术师，尤其是在罪犯当中。藏金术师则要罕见得多。迈尔斯知道瓦克斯利姆有这种力量，但知道和实际应对是两回事。

刚才重拳的余痛未消，瓦克斯利姆用肩膀撞向迈尔斯的胸口，用体重把男人撞得向后退去。迈尔斯咒骂着松开瓦克斯，把他甩开，飞快地顺着梯子爬回车顶。

瓦克斯利姆停止抽取金属意识库，钢推让自己腾起。他落在另一节车厢上，与迈尔斯隔空相对。狂风卷起二人的衣服，田野在两旁飞速掠过。列车经过交叉口，车身一晃，瓦克斯利姆险些摔倒。他单膝跪倒，一只手撑住车顶，增加体重来稳住重心。迈尔斯仍站得笔直，脚下纹丝不动。

瓦克斯依稀听见有人在喊叫，可能是乘客们正在往其他车厢里挤，想要避免遭池鱼之殃。幸运的话，这场混乱会把韦恩引来。

迈尔斯伸手去摸身后的另一把枪。瓦克斯利姆也准备掏出备用的一把——最顺手的那把在交手时弄掉了。他的视野模糊，心跳得飞快，可他还是几乎跟迈尔斯同时把枪举起。两人各开一枪。

一发子弹贴着瓦克斯的身侧擦过，穿破外套，鲜血滴了下来。瓦克斯打出的那一枪则击中了迈尔斯的膝盖骨，他失足跌倒，下一发子弹就失了准头。瓦克斯瞄准之后打中了迈尔斯的手，那只手再次变得血肉模糊。迈尔斯的身体开始自愈，骨骼再生，肌腱像橡胶一样复原，皮肤如同迅速覆满池塘水面的寒冰。但手里的枪还是掉了。

迈尔斯伸手去够，瓦克斯不紧不慢地把枪放低，朝迈尔斯的武器开火，将它从摇晃的车顶上击落。

"该死的！"迈尔斯咒骂，"你知道那枪值多少钱吗？"

瓦克斯仍然单膝跪在地上，将枪举在头边，呼啸而过的疾风将枪口的黑烟吹散。

迈尔斯又站了起来。"听着，瓦克斯，"他的声音盖过风声，"我曾经想过有一天是否要亲自对上你。我心里总觉得你的软弱会让你——好比放走你不该放走的人。我很好奇自己是否有机会把你缉捕归案。"

瓦克斯利姆没有回答。他目光淡然，神情冷漠。其实他是在借机平复呼吸，缓解前一刻重拳的冲击。他用一只手按住身侧的伤口，鲜血濡湿了手指。幸好伤势不算严重。列车左摇右晃，他很快把手放下，再次撑住车顶。

"到底是什么打倒了你，迈尔斯？"瓦克斯利姆大喊，"是财富的诱惑吗？"

"你很清楚，这与钱无关。"

"你需要黄金。"瓦克斯利姆继续喊道，"别否认了。你永远都需要，才能维持你的复合力。"

迈尔斯没有回答。

"发生了什么事？"瓦克斯利姆高喊，"你曾经是执法者，迈尔斯，还他妈出色得很！"

"我曾经是条狗，瓦克斯。是条猎犬，为那些虚伪的承诺和不近人情的命令卖命。"迈尔斯后退几步，接着助跑，跃过他们二人之间的空隙。

瓦克斯利姆警惕地站直身体，慢慢退后。

"别跟我说你从来没有过这种感觉。"迈尔斯咆哮着，"你日复一日的工作，想要解决这个世界的问题，瓦克斯。你想要终结苦难，肃清暴力,让罪案不再发生。结果根本就没有用。你杀死越多的人,麻烦也就会越多。"

"这就是执法者的人生。"瓦克斯利姆说,"要是你放弃了,那无可厚非。但你也用不着加入对立面吧。"

"我已经在对立面了。"迈尔斯说,"罪犯都是从哪里来的?是隔壁商店的掌柜突然开始发疯杀人吗?还是在城镇附近长大,在父辈的农场上劳作的孩子们突然变成了暴徒?不。犯罪的都是矿工,他们从城里被运出来,发配到地下深处去挖掘那些新发现的矿物,一旦绝矿便立刻被弃用。可恶的是那些淘金者,是城里那些渴望冒险的有钱的蠢货。"

"我不在乎罪犯的身份。"瓦克斯利姆说,仍旧在往后退。他已经站在倒数第二节车厢上,没多少余地可退了,"我效忠于律法。"

"我也一样!"迈尔斯大喊,"但现在我效忠于更好的力量,那就是律法的本质,带着真正的正义。这就像合金,瓦克斯。把两种金属最优秀的特质合二为一。我不再只追猎那些来自城里的脏东西,我做的事情更有意义。别跟我说你没注意到。你在过去五年里那场'伟大抓捕'的目标,'死人'帕尔斯是怎么回事?我记得你追捕他,我记得你接连数日不眠不休,当时是多么焦虑。他把老布罗女儿的尸体丢到抗风镇正中央,地上都是血。他是从哪来的?"

瓦克斯利姆没有说话。帕尔斯是来自城市的杀人犯,是对乞丐都能下杀手的刽子手。他逃进了蛮苦之地,在那里,他再次让自己的血腥欲望得到了满足。

"他们没有阻止他。"迈尔斯啐了一口,迈步上前,"他们没有给你派帮手。他们不在乎蛮苦之地。没人在乎蛮苦之地——他们甚至都没注意到我们,只当那里是垃圾站。"

"所以你就抢劫他们,"瓦克斯大吼,"抓走他们的女儿,把敢挡你路的人全都杀死?"

迈尔斯又往前迈了一步,"我也是逼不得已,瓦克斯。那难道不就是执法者的行为准则?我从来都没停止执法,你也从来没抛弃过执法者的身份。这身份已经跟你融为一体。没人愿意做的事,你会做,你会为那些被践踏的人挺身而出,会让一切变美好,会制止罪犯的恶行。好吧,我只不过是决定去惩罚一种更为强大的罪犯而已。"

瓦克斯利姆摇摇头:"你已经让自己沦为了魔鬼,迈尔斯。"

"随你怎么说。"迈尔斯回答,疾风抽打着他的短发,"可是你的眼睛,瓦克斯……它们会说实话。我看得见。你认同我说的话,你也感觉到了,你知道我是对的。"

"我不会与你为伍。"

"我也没有邀请你。"迈尔斯的声音变得轻柔,"你一直都是条好猎犬,瓦克斯。要是你的主人打你,你也只会呜咽两声,琢磨该如何更好地为他效忠。我不认为我俩能合作。在这件事情上绝无可能。"

迈尔斯扑向他。

瓦克斯利姆把所有体重都存入金属意识库,向后跳开,让风把他卷出足有二十尺远。然后增加体重,落在最后一节车厢顶上。列车正在驶近郊外,外城区的植物群渐渐稀少。

"你逃啊!"迈尔斯高喊,"我回去把哈姆斯的那个私生女带走就行了!还有韦恩。我早就想找个借口给他脑袋来一枪了。"他转过身,开始朝反方向走去。

瓦克斯利姆咒骂着往前冲。迈尔斯转身,露出冰冷的微笑。他弯下腰,从靴子后面拽出一把长刃匕首。是铝做的,他全身没有一块能被瓦克斯利姆用镕金术感知到的金属。

我应该把他从车上扔下去,瓦克斯心想。他在这没法真正打败迈尔斯。他需要一个更加可控的环境,还需要时间去计划。

在他靠近时,瓦克斯举起枪,想要把匕首从迈尔斯手里打飞——对方却反转刀刃,对准自己的左前臂插了进去,往下用力一划,将它卡在肘部。他甚至连眉头都没皱一下。在蛮苦之地里流传的故事称,在受过数百次致命伤之后，迈尔斯早已失去了痛感。

迈尔斯伸出手，准备抓住瓦克斯利姆——同时能通过挥舞手臂，让上面的匕首左突右刺。瓦克斯利姆也掏出自己的匕首握在左手里。两人僵持了片刻，瓦克斯利姆凭借体重的增加在晃动的车顶上勉强站住，但不是特别稳，汗水顺着眉毛流了下来，被风吹散。

在远处的车厢里，几个蠢货探出头来，想看看打斗的进展。可惜那些人里没有韦恩。瓦克斯佯装快步前冲，但迈尔斯却没中计。瓦克斯短刀打斗的身手勉强过得去，但迈尔斯却是个中高手。可如果瓦克斯能带着他一起从车顶滚下去的话……

按照这个速度下落，死的会是我，而不是他，瓦克斯想。除非我能钢推下方的某个物体。铁锈啊……这太难了。

他只有一次机会，必须速战速决。

迈尔斯冲过来抓他，瓦克斯深吸一口气，正面迎上，让迈尔斯大吃一惊，但他还是抓住了瓦克斯的手臂，同时用另一只手拔出匕首，准备刺向瓦克斯。绝望之际，瓦克斯增加体重，甩开肩膀撞向对方胸口。

可惜这一下也在迈尔斯的预料之中。他顺势往车顶上一滚，给瓦克斯来了个记堂腿。

一眨眼的工夫，瓦克斯已经歪歪斜斜地飞上了天，朝着轨道旁边的碎石沙砾撞去。他体内的原始本能知道如何应对钢推手中的匕首，将它径直插入下方的地面上。在剧减体重的同时，利用这记钢推的力量高高飞起。他随着狂风打着旋儿，彻底失去方向感。

他翻滚着落下，砸在某个坚硬的物体上。身体停了下来，但眼前仍旧天旋地转。

一切都安静了，他的视野也慢慢恢复正常。他独自一人躺在一片杂草丛生的旷野中央。列车沿着轨道渐行渐远。

他呻吟着翻过身，摇摇晃晃地爬起来，自觉到了这个岁数不该再做这种事了。他是在最近几年才感到岁月不饶人，毕竟已经年过四旬。按照蛮苦之地的标准，已经算得上古稀。

他凝视着呼啸而去的列车，肩膀处阵阵发痛。关键是，迈尔斯说对了一件事。

一日为执法者，终身是执法者。

瓦克斯咬紧牙关，向前冲去。他捡起落地时脱手的那把枪——利用镕金术很容易就找到了——然后毫不迟疑地大步跃起，落在轨道上。

他将自己射向空中，抵达理想的高度后，再钢推身后的轨道，往前飞窜。就这样小心翼翼地交替钢推下方和后方。狂风在耳畔呼啸，他的衣袂翻飞作响，腰间的伤口还在渗血。

射币的飞行其实很刺激。这是其他镕金术师无法体会的自由感。当与空气融为一体时，他再次感觉到了多年前的那种兴奋，仿佛回到初到蛮苦之地谋求未来的日子。要是现在身上穿着迷雾外套就好了，据说那衣服能保护正义之士。

没过多久，瓦克斯便追上火车，接着让自己划出一道大大的弧线。一个小小的身影正沿着车顶往前，朝韦恩和玛拉茜进发。

瓦克斯钢推下方，减弱下落的冲势，同时增加体重，在车顶上砸出一个大坑来。他站直身体，掏出转轮手枪，像是要装填子弹。空弹壳和未用完的子弹飞入空中，他抓住一枚。

迈尔斯转过身，瓦克斯把弹壳抛向他。

对方一脸震惊地下意识抓住了它。

"再见。"瓦克斯说着，使尽全力钢推那枚弹壳。

迈尔斯双眼大睁。他的手猛地缩回胸口上，下一刻，他整个人飞出列车，钢推弹壳的力量完全转移到他身上。列车在迈尔斯飞上天的同时转了个弯，他重重地砸在远处的岩地上。

瓦克斯先是坐下，向后倒去，仰望天空。他深吸一口气，感受到剧痛，于是用一只手按住了腰间的伤口。他在车顶上一直躺到列车停靠在下一站，这才爬了下来。

#

"我们有命令，大人。"轨道工程师说，"就算听见车厢里发生了枪战，我们也不能停车。一旦停下，隐匪就会得手。"

"没关系。"瓦克斯利姆愉快地从一位身穿学徒工程师背心的年轻人手里接过一杯水，"要是你停下了，说不定就是我的死期。"

他坐在车站的一个小房间里，按照惯例，车站由拥有附近土地之家族的低阶成员经营管理。管理者本人外出了，但乘务员立即派人找来了当地的医疗人员。

瓦克斯利姆脱下外套、背心和衬衫，用一块绷带按住腰上的伤口。他不知道还有没有时间等医生赶到。迈尔斯跑到这一站大约需要一个小时。幸好他不是能加快速度的钢藏金术师。

应该是一个小时，但这是最乐观的估计。如果迈尔斯找到一匹马的话，就用不了这么久。而且瓦克斯利姆不确定迈尔斯的愈合力能否对他的耐力产生影响。说不定能让他超出常理地长距离奔跑。

"我们快把您的人救出来了，大人。"另一名学徒走进来说，"也不知那些锁怎么那么难开！"

瓦克斯利姆喝着水。迈尔斯下了个套儿。韦恩和玛拉茜被困在车厢里了——同时被困的还有恰好在那里的其他乘客——迈尔斯把长条金属插进了外门的锁眼里。迈尔斯等到瓦克斯利姆走出房间后，便悄无声息地把他们关在里面，然后才去追杀他。

至少还算走运。迈尔斯没有干脆把他们杀死。但这也在情理之中。贸然闯入对韦恩下杀手的风险很大，他能自我疗伤，而且很有可能会把瓦克斯利姆给引回来，让自己腹背受敌。迈尔斯谨慎得很，瓦克斯利姆才是他真正的目标，不如先把其他人锁起来，等解决掉这条大鱼之后才动手。

"你得继续开车。"瓦克斯利姆对工程师说。那工程师体格魁梧，留着深棕色的胡须，头戴平顶工作帽，"隐匪不会罢休。我们得让列车尽快驶进城中心,不能耽搁。"

"但是您受了伤啊,大人!"

"不要紧。"瓦克斯利姆说。在蛮苦之地,他经常带伤度过数日乃至数周,才会有医生帮他治疗。

"我们——"

门被大力推开,玛拉茜跌跌撞撞地冲进来。她蓝色长裙的底边仍带有那场爆炸留下的焦黑痕迹,但穿在身上仍然得体,只是外边那层闪闪发亮的蕾丝皱了点。紧身蓝色上衣少了最下方的一粒纽扣,可能是摔落时被扯掉了。他之前并没有留意。

她一看见血淋淋的绷带就立刻用双手捂住嘴,然后才发现他上身赤裸,顿时羞得满脸通红。这个反应让他产生了片刻的骄傲,虽然他头发已经有些灰白,但身材可不输年轻人。

"噢,和谐之主啊!"她大叫,"您还好吗?那是您的血吗?我是不是不该闯进来?我还是走吧……我或许应该离开,对不对?您确定您还好吗?"

"他死不掉。"韦恩说着从她身后探出头,"你干吗了,瓦克斯?出洗手间摔了一跤?"

"迈尔斯找到我了。"瓦克斯利姆取下绷带。伤口看上去几乎不再流血。他从学徒手里接过另一条绷带,准备裹在原处。

"他死了吗?"玛拉茜问。

"我杀了他好几次。"瓦克斯利姆说,"跟所有人之前尝试过的一样,无一奏效。"

"你得把他的金属意识库弄掉。"韦恩说,"只有这一个办法。"

"总共有三十个。"瓦克斯利姆说,"每个都穿透皮肤,不管他受多重的伤都能转危为安。"对于白镴臂,甚至像韦恩这样的制血者来说,头部中弹就意味着死亡。迈尔斯的疗伤速度极快,因此连那样的伤势都不会让他送命。据说他能让那治疗力永续无竭。以瓦克斯利姆对复合力的了解，一旦开始使用，若想再停下来是非常危险的。

"听起来是个挑战！"韦恩说。

玛拉茜在门口徘徊了一会儿，然后像是作出了决定，快步走进来。"让我看看伤口。"她在瓦克斯利姆的长凳旁边跪下。

他皱眉，但停下了包扎的动作，让她将布条解开，检查伤口。

"您有处理外伤的经验吗，贵女？"工程师左右移步，像是对她的突然出现感到有些焦虑。

"我上过大学。"她回答。

啊，对。瓦克斯利姆心想。

"所以呢？"韦恩问。

玛拉茜戳了戳伤口："根据和谐之主本人设下的规章，大学必须做到有教无类，一视同仁。"

"是的，我知道他们必须得招收女生。"韦恩说。

玛拉茜停下："呃……我说的一视同仁不是那个意思，韦恩。"

"学生必须什么都学一点儿。"瓦克斯利姆说，"然后才能选择专业。"

"包括治疗和粗浅的外伤处理知识。"玛拉茜说，"还必须完成解剖学课程。"

韦恩皱起眉头："等等，你说解剖学的意思是……所有器官的解剖吗？"

玛拉茜脸红着说："是的。"

"所以——"

"所以在课堂上大家很喜欢观察我的反应。"她脸颊绯红地继续说道，"而我此刻不想再聊这个话题了，韦恩。谢谢。您的伤口需要缝几针，瓦克斯利姆大人。"

"你能吗？"

"呃……我还从没在活人身上试过……"

"嗨，"韦恩说，"我在第一次跟真人交手前，头几个月也是用决斗杖在假人身上练习。两者打上去没差多少。"

"我不会有事的,玛拉茜。"瓦克斯利姆说。

"这么多伤疤。"她幽幽地说,仿佛没听见他说的话。她凝视着他的胸口和身侧,像是在数弹痕的数量。

"总共七处。"他轻声回答,重新将绷带系好。

"您被射中过七次?"她问。

"如果你知道如何处理,许多枪伤不会致命。"瓦克斯利姆说,"它们其实不会——"

"噢。"她说着用一只手捂住嘴唇,"我是说,在记录里只写了五次,改天真想听您讲讲另外两次是怎么回事。"

"没问题。"他表情痛苦地站起身,招手示意把衬衫拿来。

"噢,对不起。"她说,"我那么说不太合适对吧……我只是没想到您被击中过这么多次。真的。"

"被击中没什么意想不到的。"韦恩在一旁插话,"挨枪又不需要什么本事,躲子弹才难呢。"

瓦克斯利姆哼了一声,把一只胳膊从袖管里伸出。

玛拉茜站了起来:"我转过身去,您穿衣吧。"说完开始转身。

"转身?"瓦克斯利姆淡淡地说。

"呃,是。"

"让我穿衣?"

"好像有点傻。"

"是有点。"他微笑着将另一只手臂也穿过衣袖,开始系纽扣。韦恩被这对话逗得前仰后合了。

"好吧。"她双手捂住脸颊,"我知道自己有时会举止失当。我只是还不适应爆炸和中枪这种事,还有一进门就看见我的朋友们上身赤裸地坐在那,而且还在流血!这些事情我以前想都没想到。"

"没关系。"瓦克斯利姆将一只手放在她的肩膀上,"真情流露算不得什么坏事。何况韦恩当年刚接触这些事情时的表现没比你好到哪里去。知道吗,他曾经紧张得开始——"

"嘿!"韦恩打断他,"没必要提这个。"

"开始什么?"玛拉茜放下双手。

"什么都没有。"韦恩回答,"好了,我们该动身了吧?要是杀手迈尔斯先生还活着的话,他肯定会想来追杀我们对吧?就算瓦克斯擅长中枪——他确实练过好多次——我想今天还是尽量避免的好。"

"他说得对。"瓦克斯利姆说着穿上马甲背心,将肩套固定好,伤口疼得他眉头一紧。

"您确定没事吗?"玛拉茜问。

"他没事。"韦恩说着帮二人将门打开,"如果你还有点印象的话,或许记得我整张后背都差点被炸掉,当时可没见你流露出半点同情啊。"

"那不一样。"玛拉茜说着从他身边走过。

"什么?为什么?因为我会疗伤?"

"不。"她说,"因为——在跟你相识不久时我就相当确定,从某种程度上来说,你隔三岔五就应该被炸上一次。"

"天哪,"韦恩说,"这话太刻薄了。"

"难道不是这样?"瓦克斯利姆穿上外套,那衣服看起来相当破烂了。

"我没否认啊,对不对?"韦恩说着打了个喷嚏,"快走吧,慢吞吞的。铁锈啊,中枪难道就要耽搁整个下午吗?快走!"

瓦克斯利姆走过他身边。他强迫自己微笑,心里却跟破烂的外套一样乱糟糟的。时间所剩不多。迈尔斯摘掉了面具,但他显然是想杀死瓦克斯利姆。他现在暴露了身份,这只会让他更加危险。

如果迈尔斯和他的手下打算再抢一批铝的话,应该很快就会动手。要是有货运在途,很可能今夜就会采取行动。瓦克斯利姆知道用不了多久就有货物抵达,他在报纸上看见了关于太齐尔家族吹嘘新式装甲列车的新闻报导。

"我们回去后怎么做?"韦恩小声问,他们正在朝车厢走去,"我们得找个安全的地方计划一下,对吧?"

瓦克斯利姆叹口气,对韦恩的暗示心中了然。"你可能说对了。"

韦恩微笑。

"你知道,"瓦克斯利姆说,"我认为拉奈特附近的任何地方都不'安全',尤其是你在的时候。"

"总比被炸飞好吧,"韦恩愉快地说,"起码好一点点。"

第十四章

瓦克斯利姆敲击这间寓所的大门。附近是典型的依蓝戴居住区，鹅卵石铺就的街道两侧整齐地排布着鲜活茂密的胡桃树。即便已经回城七个月，这些树仍然能吸引他的目光。在蛮苦之地，这么雄伟的大树非常罕见，这里却一整条街上都是，住民们早已对其熟视无睹。

他、韦恩和玛拉茜站在这座砖石结构的小屋门前。还没等瓦克斯利姆放下手，房门便应声开启。一位身材窈窕的长腿女子站在门内，乌黑的头发在脑后束成齐肩马尾，下身套条棕色长裤，上身穿着干练的蕾丝衬衫，外面一件蛮苦之地风格的长皮衣。她看了瓦克斯利姆和韦恩一眼，接着不发一语地把门重重关上。

瓦克斯利姆朝韦恩投去目光，二人各往侧面迈出一步。玛拉茜困惑不解地看着他俩，直到瓦克斯利姆把她拽到身边。

房门重重开启，那女人手里端上了一把霰弹枪。她扫视着站在角落里的二人，眯起眼睛。

"我数到十。"她说，"一。"

"好了，拉奈特。"瓦克斯利姆开口。

"二三四五。"她连续快数。

"我们难道非得——"

"六七八。"她举起枪,瞄准他们。

"那好吧……"瓦克斯利姆说着匆匆走下台阶,韦恩紧随其后,手里紧紧握着他的车夫帽。

"她不会真开枪吧?"玛拉茜低声问道,"会吗?"

"九!"

他们跑到大树旁边的人行道上,只听见房门又在身后关上了。

瓦克斯利姆深吸一口气,转过身看着那座房子。韦恩靠在一棵树干上,面带微笑。

"看来还算顺利。"瓦克斯利姆说。

"是啊。"韦恩回答。

"什么意思?"玛拉茜追问。

"我们谁也没中枪啊,"瓦克斯利姆说,"拉奈特的性情捉摸不定,尤其是在韦恩也在场时。"

"喂,这么说真不公平,"韦恩抗议,"她只开枪打过我三次。"

"你忘记考林菲尔那次了。"

"那次是脚上中枪,"韦恩说,"不算。"

玛拉茜抿起嘴唇,端详那座建筑:"你们俩的朋友还真有意思。"

"有意思?不,她只是脾气不好。"韦恩微笑着说,"这是她表达亲近的方式。"

"用开枪来表达?"

"别理韦恩,"瓦克斯利姆说,"拉奈特或许是有些无礼,但除了韦恩之外,她很少会开枪打人。"

玛拉茜点点头。"所以……我们走吗?"

"等一下。"瓦克斯利姆说。这时韦恩在他身边吹起口哨,又掏出怀表看了看。

房门再度打开,拉奈特把霰弹枪搭在肩膀上。"你们还没走!"她大喊。

"我需要你帮忙。"瓦克斯利姆回喊。

"先把脑袋钻进水桶里，慢慢数到一千！"

"人命关天啊，拉奈特。"瓦克斯利姆喊道，"都是无辜的人。"

拉奈特再次举起枪，瞄准。

"别担心。"韦恩对玛拉茜说，"距离这么远，鸟枪应该不会致命。但记得把眼睛闭上。"

"别帮倒忙，韦恩。"瓦克斯利姆平静地说。他有把握拉奈特不会开枪。好吧，算是比较有把握吧。

"噢，所以你其实是要我帮正忙吗？"韦恩问，"好吧。我给你的那把铝枪在你身上吗？"

"塞在背后了。"瓦克斯利姆回答，"枪里没有子弹。"

"嘿，拉奈特！"韦恩大喊，"我给你找了把好枪！"

她迟疑着。

"等等，"瓦克斯利姆说，"我要用那把——"

"别耍小孩子脾气。"韦恩对他说，又接着朝另一边喊道："拉奈特，那可是一把完全用铝制成的转轮手枪！"

她放下霰弹枪。"真的吗？"

"拿出来。"韦恩小声命令瓦克斯利姆。

瓦克斯利姆叹口气，把手伸进外套里摸索。然后举起手枪，引得街上的路人纷纷侧目。几个人慌忙转身往回跑。

拉奈特向前一步。她是扯手，只需燃烧铁就能分辨出大多数金属。"那好吧。"她喊道，"要贿赂我还不早说。这玩意儿应该能让我原谅你们！"她把霰弹枪扛在肩上，慢悠悠地走下门廊。

"你知道吗，"瓦克斯利姆低声对韦恩说，"这把手枪足够买下一屋子的枪，我觉得我应该开枪打死你。"

"别人笑我太疯癫，我笑他人看不穿。"韦恩说，"舍得舍得，有舍才有得。写下来以后慢慢琢磨吧。"

"等我一拳打扁你的脸，你再慢慢琢磨吧。"瓦克斯利姆看到拉奈特走过来，连忙装出笑容，无奈地把手枪递了过去。

她用专业的目光把枪检查了一遍。"轻型枪。"她说，"枪管和握柄上都没有铸造者的铭款。打哪弄来的？"

"从隐匿手里。"瓦克斯利姆回答。

"谁？"

瓦克斯利姆叹了口气。*问得好。*

"你怎么会不知道隐匿是什么人？"玛拉茜脱口而出，"最近两个月城里大大小小的报纸上都是他们的消息，所有人都在谈论这个话题。"

"人就是蠢。"拉奈特说着把手枪的弹膛打开，查看内里，"我觉得他们很麻烦——即便是我喜欢的人。这把枪有铝弹吗？"

瓦克斯利姆点点头："铝，我们没有手枪子弹，只有几发来福枪子弹了。"

"效果怎么样？"她问，"比铅硬，但是轻得多。即使阻力显然会小一些，但还是能在击中目标时碎裂开来。如果打中要害，是会致命的，前提是风不会在它们飞行途中造成太大阻力。这样一来有效射程必定大幅缩短，枪管也极易磨损。"

"我还没用过。"瓦克斯利姆看了似笑非笑的韦恩一眼，"我们……呃，我们特意留给你的。我确定子弹是用比手枪密度更大的合金制成的，不过还没找到机会试试看。它们比铅弹要轻，但比纯铝要重。虽然铝的含量仍然很高，但那种合金一定解决了你刚才提到的大部分问题。"

拉奈特哼了一声。她漫不经心地举着枪指了指玛拉茜："这小摆设是谁？"

"一个朋友。"瓦克斯利姆说，"拉奈特，有人在找我们，对方很危险。能让我们进去吗？"

她把手枪塞进腰带里："好吧。可如果韦恩敢碰任何东西——我说的是任何——我就把他惹事的手指头给炸掉。"

#

玛拉茜默不作声地跟着他们走进房子。她特别不喜欢"摆设"这个叫法，但再怎么说也比挨枪要好，而且沉默的做法看来很是保险。

她擅长保持沉默，在过去二十年里一直在接受沉默训练。

拉奈特在他们身后关上门，然后转身走开。令人惊讶的是，门锁都是自动的，咔嗒一声之后旋即锁好。总共差不多有十二道锁，同时发出响声，吓得玛拉茜跳了起来。**以幸存者的致命之名啊，这些到底是什么玩意儿！**

拉奈特把霰弹枪放进门边的篮子里——跟普通人存放雨伞的方式如出一辙——然后侧身挤过被他们堵住的狭窄走廊。她将手一挥，内门边上的某个控制杆似的东西被扯动，门随之猛然弹开，她走了进去。

拉奈特是一位镕金术师，正因为如此她才能分辨出铝。他们来到门前，玛拉茜仔细查看那个自动开门的装置。那里有个可以拉动的控制杆，连着一根绳索和滑轮，在门的另一侧也装有同样的拉杆。

原来门的两侧各有一个，玛拉茜迈步走过门口，心里暗想。**拉奈特连手都不用动，就能从任何一侧把门打开。真是奢侈啊**……可玛拉茜有什么资格对别人使用镕金术的举动评头论足？要是你手上拿着东西，不便开门时，这个装置肯定非常有用。

客厅被改成了工作室。房间四面摆满了大大的工作台，墙上满是钉子，挂着各式各样的工具。堆在台面上的那些设备，玛拉茜一个都不认识，但除了那些之外，还有许多夹钳和齿轮。电线密密麻麻地蜿蜒在地板上，让人有些不安。

玛拉茜小心翼翼地迈着步子。电能被包裹在电线里，应该就不会特别危险了吧？她听过有人因距离电能设备过近而被灼伤的事故，那感觉就像遭到雷击。还有人曾经说起过，电能可以应用到方方面面——比如说用电车取代马车，制造出自动研磨谷粒的电磨，还有电能升降机等等。太令人不安了……反正她宁可与之保持距离。

大门在拉奈特镕金术的作用下在他们身后关闭。她对控制杆使用了铁拉，所以那意味着她是扯手，与身为射币的瓦克斯利姆不同。韦恩已经开始动手翻弄桌上的东西，完全无视拉奈特对他手指发出的警告。

瓦克斯利姆环视房间，细看那些电线和被百叶窗遮蔽的窗户，以及各种工具。"我想还算符合你的期望吧？"

"你指什么？"拉奈特问，"城市？就是个破坑而已，在我看来还没蛮苦之地一半安全。"

"我还是无法相信，你就这样丢下我们。"韦恩用受伤的口吻说道。

"你们没电。"拉奈特说着在桌前坐下，那张椅子底下有转轮。她若无其事地一挥手，一样纤细的工具从墙上的工具架上飞了出来，她伸手抓住，开始对瓦克斯利姆给她的那把枪戳来戳去。按照玛拉茜的理解，在使用钢推或铁拉的力量时用不着作出姿势，但很多人还是会这么做。

拉奈特在工作时完全无视屋内的访客。她连头都没抬，又从架子上拉出另外几样工具，让它们从另一侧飞到她面前。其中一样工具险些砸中玛拉茜的肩膀。

很少有人会这么漫不经心地使用镕金术，玛拉茜不知道对此该做何感想。一方面，这么做很拉风；另一方面，又像是一种玷污。拥有这么有用的力量是什么感觉呢？哈姆斯大人坚持要玛拉茜保守有关她能力的秘密，说那很不得体。她能看穿他的想法。与其说他是在为有个会镕金术的女儿感到尴尬，倒不如说是忌讳她私生女的身份。他不会让玛拉茜在任何方面胜过史特芮丝。

这些念头会让人心生怨怼，她这么对自己说，于是刻意把它们从脑海中抹去。怨恨会把人活活吞噬，最好不要让它侵入内心。

"这把枪做得很好。"拉奈特嘴上这么说，语气听起来却很勉强。她戴上了一副有放大作用的眼镜仔细端详，借助微弱的电灯光源查看枪管。"你们是想让我弄清楚是谁制作的？"

瓦克斯利姆转过身去，看着摆在其中一张桌上的那一排尚未完工的枪。"事实上，"他说，"我们来这里，是因为我们需要找个安全的地方思考几个小时。"

"你的宅邸不安全？"

"我的管家想毒死我，未遂之后又朝我开枪，后来还在我的书房里引爆了炸药。"

"呵。"她又拉动了几下枪栓，"你以后找人要更仔细点，瓦克斯。"

"我接受你的建议。"他拿起一把手枪，压低枪管，"我需要一把新的史特里昂。"

"这是什么话，"拉奈特说，"你原先那把怎么了？"

"交给我刚才说的那个管家了。"瓦克斯利姆回答，"很可能被他丢到运河里去了。"

"那你的安博萨呢？我不是还给你做过一把？"

"是做过，我今天跟迈尔斯·达古特交手时弄丢了。"

拉奈特听后停了下来。她放下那把铝枪，转过椅子："你说什么？"

瓦克斯利姆把嘴唇抿成一条线："我们躲的人就是他。"

"为什么，"拉奈特尖锐地问，"'百命'迈尔斯想要杀你？"

韦恩悠闲地走上前："他是想要把城市搅个底朝天啊，宝贝儿。出于某种原因，他认为最好的办法就是抢劫和炸豪宅。"

"不要叫我宝贝儿。"

"如你所愿，甜心。"

玛拉茜好奇地看着他们，不发一语。韦恩似乎很喜欢戏弄这个女人。事实上，虽然他努力装出满不在乎的样子，暗地里却时不时地瞄她几眼，而且表面上是在屋里绕圈，其实离她的座椅越来越近。

"随便了。"拉奈特说着又转过身去工作，"我无所谓。但你不会得到一把新的史特里昂。"

"别人制作的枪都没你的准，拉奈特。"

她没有回答，而是瞪着韦恩，后者已经走到她身边，越过她的肩膀看着她手里的那把枪。

瓦克斯利姆微笑，回头继续看桌上那些未完工的枪。玛拉茜走到他边上，不确定自己应该做什么。他们来这里难道不是为了计划下一步行动吗？可瓦克斯利姆和韦恩却都表现得这么不紧不慢。

"他们是不是有什么事？"玛拉茜小声问，把头朝韦恩和拉奈特歪了歪，"她怎么像是被他甩过一样。"

"韦恩做梦去吧。"瓦克斯利姆同样小声回答，"拉奈特对他没那种兴趣，又或者说也许她对任何男人都没兴趣。但韦恩还是屡败屡试。"他摇摇头。"我甚至怀疑所有这一切——他跑来依蓝戴调查隐匪，还有来找我——都是为了说服我带他来找拉奈特。他知道除非有我同行，而且有要紧事，否则拉奈特绝不会让他进门。"

"知道吗，你们俩真是一对让人匪夷所思的搭档。"

"那就对了。"

"所以我们下一步怎么做？"

"我正在考虑。就眼下来说，如果我们在这里逗留得够久，她也许会给我一把新手枪。"

"抑或是因为被你惹恼而朝你开枪。"

"不会。据我所知，她只要放人进门，就不会再朝他们开枪。就算对方是韦恩也不例外。"他略作迟疑，"要是你愿意的话，她可能会让你留下。这里安全，我敢打赌附近一定有栋建筑里有红铜云轮流值守。拉奈特讨厌被人感知到她的镕金术。我怀疑依蓝戴市里知道她住在这的人不会超过五六个。只有和谐之主知道韦恩是怎么找到她的。"

"我宁可不要留下。拜托了，不管你们在做什么，我都想要帮忙。"

他从桌上拿起一样东西，那是一小盒子弹。"我真是看不懂你啊，玛拉茜·科尔姆斯。"

"您解决过蛮苦之地有史以来几桩最棘手的案子，瓦克斯利姆大人。我有什么看不懂的。"

"你的父亲身家丰厚，"瓦克斯利姆说，"根据我对他的了解，他肯定有能力给你一笔巨款，让你一生衣食无忧。结果，你却选择读大学，选的还是最难的一门学科。"

"您不是也放弃了相当舒适的地位，"她说，"选择远离便利于现代化的生活方式吗？"

"是。"

她从盒子里拿起一枚子弹，举在手里仔细端详，却怎么也看不出有何异常之处。"您有过觉得自己没用的时候吗，瓦克斯利姆大人？"

"有过。"

"真难想像您这样成就斐然的人，也会有这种感觉。"

"有时候，"他说，"成就和感觉是互不相关的。"

"这话不假。好吧，大人，我从小到大几乎都在听别人礼貌地告诉我，我一无是处。我的出身对我的父亲毫无用处；作为这样一个镕金术师毫无用处；对史特芮丝毫无用处，因为我会让她尴尬。有时候，成就能影响感觉，或者说我希望如此。"

他点点头。"我有事情交给你去做，但很危险。"

她把子弹丢回盒里。"哪怕在火光冲天的爆炸中被炸死，也比一辈子庸碌有价值得多。"

他凝视她的目光，判断她的诚意。

"您有计划了？"她问。

"没多少时间做计划，只不过有个大方向。"他举起那盒子弹，提高音量，"拉奈特，这些是什么？"

"杀雾者子弹。"

"杀雾者？"玛拉茜问。

"是个古老的术语。"瓦克斯利姆回答，"用来形容被训练成可与镕金术师交手的普通人。"

"我正在制作一种子弹，用来对付各种基本类型的镕金术师。"拉奈特心不在焉地说。她拆开手枪的握柄："这些是用来对付射币的子弹，弹头是陶瓷做的。当他们对着飞来的子弹使用钢推时，后面的金属部分会脱离，但陶瓷弹头依然有杀伤力。这比铝弹要好——镕金术师感觉不到铝弹，所以不会钢推，而是会躲到掩护物后面。这些子弹能被射币感觉到，以为能将它们推开，但最终只会害自己倒在血泊里。"

韦恩轻轻吹了声口哨。

"铁锈灭绝啊，拉奈特！"瓦克斯利姆说，"我从来没这么庆幸过我们是一头的。"他顿了顿。"或者说，至少你自成一派，我们用不着频频和你交手。"

"你打算怎么用这些子弹呢？"玛拉茜问。

"用？"拉奈特反问。

"你是打算拿去卖？"玛拉茜说，"申请专利，再授权给别人出售？"

"要是我这么做，岂不是人人都能用上了！"拉奈特一脸苦相地摇了摇头，"城里半数住民都会上门来骚扰我。"

"那对付扯手的子弹呢？"瓦克斯利姆举起另一盒问。

"原理近似。"拉奈特回答，"只不过陶瓷位于侧面。效果不如前一种强大，至少远程杀伤力不足。大多数扯手自保的方式，是对子弹进行铁拉，使其击中胸前的护甲板。那些子弹被拉拽时会爆炸，陶瓷碎片会向外溅射。有效范围在十步左右，但或许不足以致命。我建议瞄准头部开枪。另外，我还在尽量延长射程。"

"对付锡眼的子弹呢？"

"开枪时会发出额外的噪声。"拉奈特说，"击中目标时也会。在他们附近开上几枪，他们被强化过的感官会让他们捂着耳朵在地上打滚。在你想活捉对方时相当有效，不过要想对付锡眼，光是找到他们就很不容易了。"

"还有白镴臂子弹。"瓦克斯利姆说着，拿起了最后一盒。

"没什么特别。"拉奈特说，"加大号子弹，多装火药粉，弹头宽且中空，使用软金属——目的是提高杀伤力。白镴臂在身中几枪之后还能持续战斗，所以你得把他们打倒在地，让他们的身体意识到自己正在死去，无力作战。当然，撂倒目标最好的办法还是一上来就击中头部。"

白镴臂不会像迈尔斯那样，能立即治疗自己。他们耐力过人，能够无视伤口，但那些伤口最终仍能杀死他们。

"呵，"瓦克斯利姆举起一枚狭长的子弹，"这些全都不是标准口径，你得需要特殊的枪才能用得上这些。"

拉奈特没有回答。"干得好，拉奈特，"瓦克斯利姆说，"即便早就知道你的本事，我还是很佩服。"

玛拉茜本以为这个性情粗暴的女人会对这样的恭维不屑一顾，但拉奈特却回以微笑——尽管她显然在努力掩藏内心的得意。她继续埋头工作，甚至都没看韦恩一眼。"那么，你们说有危险的是些什么人？"

"人质。"瓦克斯利姆说，"都是女人，包括玛拉茜的表姐。有人想用她们来繁衍新的镕金术师。"

"迈尔斯也卷进来了？"

"没错。"瓦克斯利姆的声音听起来严肃而焦虑。

拉奈特愣了愣，但仍然低头看着那把拆卸开来的手枪。"往上数第三格，"她好半天才说，"最里面。"

瓦克斯利姆走过去，伸手进去摸索。他掏出一把亮闪闪的银色转轮手枪，握柄上嵌有玛瑙和象牙旋绕而成的波浪条纹，由银边分隔开来。这把枪的枪管很长，银色金属被打磨得锃亮，在电灯均一的光线下仍熠熠发光。

"那不是史特里昂，"拉奈特说，"比那还好。"

"八个弹巢。"瓦克斯利姆拨开手枪的弹膛，挑了挑眉。

"材质是因伐利安钢，"拉奈特说，"更坚硬，更轻巧，能让弹巢之间的间隔变薄，增加装填子弹的数量，枪又不会变得太过笨重。看见后方的拨杆了吗，就在击锤底下？"

他点点头。

"往下按,然后旋转轮轴。"

他照做。轮轴卡在一个特定的弹巢上。

"如果正常开枪,它会跳过那个和旁边的一格弹巢。"拉奈特说,"只有当你按下拨杆时,才能射出这两格弹巢中的子弹。"

"杀雾者子弹。"瓦克斯利姆说。

"正是。装填六发普通子弹,两发特殊子弹。当你需要时再射出。你在燃烧钢吗?"

"正在燃烧。"

"握把有金属线。"

"看见了。"

"钢推左边那一根。"

枪里咔嗒一响。瓦克斯利姆轻轻吹了声口哨。

"什么?"韦恩问。

"是镕金术师专用的保险栓。"瓦克斯利姆回答,"只有射币或扯手才能开关。"

"开关嵌在握柄里。"拉奈特说,"从外面看不出来。这样一来,你任何时候都无须担心有人会拿你的枪来朝你开火。"

"拉奈特,"瓦克斯利姆惊叹地说,"你真是天才。"

"我给这把枪起名叫'辩罪'。"她说,"纪念升华战士。"她略作停顿,"如果你能交给我一份实地测试报告的话,我可以把它借给你用。"

瓦克斯利姆微笑。

"顺便说一句,这是诺西尔的作品。"拉奈特指了指桌子。

"那把铝枪?"瓦克斯利姆问。

拉奈特点点头。"从枪管的形状我就猜想是他,何况里面的结构如此独一无二。"

"他是谁?"韦恩的身体弯得更低。

拉奈特毫不留情地给了韦恩的前额推一下,把他推开。"是个制枪师。大约一年前失踪了。我们之前偶尔会通信,在那之后,没人知道他的下落。"她从枪的握柄里取出一片金属:"这里有人看得懂高皇语吗?"

瓦克斯利姆摇摇头。

"我听着都头疼。"韦恩说。

"我略懂一点。"玛拉茜说着拿起那块方形的金属片。金属上刻着几个字母。"需用之处……"她读着那些陌生的词句。这些晦涩的字眼在起源之初的古老文件中才会使用,偶尔用在皇家仪式上,"是在请求帮助。"

"好吧,我们知道迈尔斯是从哪里弄来的枪了。"瓦克斯利姆说着拿过金属片,仔细看起来。

"瓦克斯,"拉奈特说,"迈尔斯向来都有黑暗面,这我是知道的。可这……你确定吗?"

"确定极了。"他把"辩罪"举到头边,"我跟他面对面交过手,拉奈特。他还在企图杀我时,说出了一番关于拯救城市的高谈阔论。"

"用这把枪对付不了他。"拉奈特扬起下巴指了指"辩罪","我一直在设计针对制血者的枪,才做完一半。"

"就这把就行。"瓦克斯利姆平静地说,"我必须争取一切可用的优势。"他的眼神如锃亮的钢铁般炯炯发光。

"传闻说你退休了。"拉奈特说。

"原本是的。"

"发生了什么变数?"

他将"辩罪"塞进肩套中。"我有责任,"他轻声说,"迈尔斯曾经是执法者。当自己人里有人误入歧途时,你必须亲自将他绳之以法,不能假借他人之手。韦恩,我需要船运单。你能从轨道管理局给我借一些来吗?"

"当然。一小时内搞定。"

"很好。你还有炸药吗?"

"当然，就在我外套口袋里。"

"你疯了。"瓦克斯利姆波澜不惊地说，"你把压力引爆器也带在身上了？"

"带了。"

"尽量不要误炸别的东西。"瓦克斯利姆说，"不过记得随时带好炸药。玛拉茜，我需要你去买一些渔网，最结实的那种。"

她点点头。

"拉奈特，"瓦克斯利姆继续说，"我——"

"我可不是给你跑腿的，瓦克斯。"拉奈特打断了他的话，"别把我扯进来。"

"我只是想借个房间，再借几张纸。"瓦克斯利姆说，"我得把计划整理出来。"

"可以。"她说，"只要保持安静就行。但是瓦克斯……你真觉得你能打赢迈尔斯吗？那家伙可是永生不死的。要想制止他，需要动用一支小型军队。"

"很好。"瓦克斯利姆回答，"因为我正是打算带军队去。"

第十五章

"瓦克斯太狡猾了。"迈尔斯与西装先生并肩走在幽暗的通道里,这条通道连接着住宿区和他们新巢穴的锻造大厅,"他能活这么多年,靠的就是运气和滑头。"

"你不应该暴露身份。"西装先生严厉斥责。

"我不会暗地里开枪去打瓦克斯,西装。"迈尔斯说,"他是个值得尊重的对手。"这些话说出口时,仿佛在啃噬着他。他没有提起对瓦克斯开的第一枪,当时后者正背对着他。他也没有提起他的面罩,被瓦克斯的子弹射进皮肉之中,使眼伤难以愈合,结果他不得不把面罩扯下来。

西装先生哼了一声,"据说蛮苦之地是最能扼杀荣辱心的地方。"

"荣辱心在那里会被吊打、被凌迟,然后放下来扔进沙漠里暴晒。要是它在经受过那些之后还能活下来,会变得无比强悍。比你们这些出入依蓝戴宴会派对的人所拥有的荣辱心强悍得多。"

"这话是从一个迫不及待想要杀死朋友的人嘴里说出来的?"西装先生问。语调仍充满怀疑。他认为迈尔斯是故意放瓦克斯走的。

他根本不理解。这再也无关抢劫案本身。瓦克斯与迈尔斯所选择的道路彼此交错,而未来只有一条路。

要么瓦克斯死,要么迈尔斯亡。只有这样,问题才能解决。这是蛮苦之地的正义。蛮苦之地不是个简单的地方，但凡事却奉行简单的解决办法。

"瓦克斯不是朋友。"迈尔斯真诚地说，"我们之间从来没有友谊——一山不容二虎。我们相互尊重，我们肩负着相似的使命，我们会携手合作。仅此而已。我会阻止他的，西装先生。"

两人走进铸造间，顺着楼梯爬上位于这间宽敞大厅北边的阳台。他们走到尽头，在门廊旁边停下脚步，前面就是升降梯。"你在拖我们的后腿，执法者。"西装先生说，"组织不喜欢你，但直到目前为止我都在为你的效率做担保。别让我为此后悔。我很多同事都确信，你一定会转过头来对付我们。"

迈尔斯不知道自己是否会这样做。他还没决定。他基本上只有一个目的，那就是复仇。所有冠冕堂皇的动机其实都是为了满足这一种强烈的情感。

为了在蛮苦之地被荒废的十五年而复仇。如果这座城市燃烧起来，那么也许，蛮苦之地总算能看到些许正义。也许迈尔斯能看见依蓝戴成立一个未被腐化的政府。但他必须承认的是，看到那些大权在握的领主、溜须逢迎的警察和夸夸其谈的参议员逐一下台，才是最令人心满意足的部分。

"组织"是那些利益群体的一份子。但他们也想要革新。或许他不会背叛他们。或许吧。

"我不喜欢在这里，西装先生。"迈尔斯说着对着隐匪新设立的据点扬了扬下巴，"距离市中心太近了。我的人进进出出会被发现的。"

"我们很快就把你们搬走。"西装先生说，"'组织'正在争取一处轨道车站。你们还是决定今夜行动？"

"没错。我们需要更多资源。"

"我的同事们对此表示怀疑。"西装先生说，"他们想不通为什么我们要费这么大力气给你的人装备铝制武器。有的人只打一场就弄丢了武器,连个跟他面对面交手的镕金术师都没能杀死。"

重要的是,我打算用那些铝来给我自己的行动提供资金,迈尔斯暗想。现在他几乎到了穷困潦倒的地步,又回到最初的一穷二白。你可真该死啊,瓦克斯,真他妈的该滚进铁眼的坟墓里去。

"你的那些同事是质疑我为他们做的贡献吗?"迈尔斯说着挺直脊背,"他们要求抓来的五个女人都在你们手里,没有留下任何指向你和组织的疑点。要是你希望一切继续顺利进行,就得给我的手下提供适当的装备。只要有一名煽动者,就能挑起所有人窝里反。"

西装先生打量着他。这位瘦削的男子虽然年长,但走路却不用手杖,而且脊背挺得笔直。尽管上了年纪,且生活优渥,可他并非弱不禁风。这时升降梯的门打开了。两名身着黑西装白衬衫的年轻男子从里面走了出来。

"'组织'同意了今晚的行动。"西装先生说,"在那之后,你必须转入地下六个月,专心从事招募。我们会给你提供另一份名单,上面有新的目标。等你重新出山时,我们再讨论作为'隐匪'用不用那么浮夸。"

"浮夸才能让那些警察——"

"到时再讨论吧。瓦克斯今晚会插手吗?"

"我就等着他呢。"迈尔斯回答,"就算我们想躲,他也会把我们给挖出来。不过用不着这么麻烦——他会知道我们的目的,会候在那里守株待兔。"

"看来你打算做个了结。"西装先生说着指了指另外两个人,"你昨晚抓来的那个女人留在这,在必要的时候拿她当诱饵。我们不想在那家伙有她线索时把她给挪走。至于这两人,他们负责帮你确保一切顺利进行。"

迈尔斯咬着牙。"我不需要帮忙——"

"你得带上他们。"西装冷冷地说,"在瓦克斯利姆这件事上,你已经用行动证明了自己的无能。不要再争辩了。"

"很好。"

西装先生靠上前来，拍打着迈尔斯的胸口，柔声说："'组织'很紧张，迈尔斯。眼下我们的现金十分有限。你可以抢劫列车，但不用再抓人质。我们会把你今晚弄来的一半铝拿走，给一些你无须知道的行动提供资金。剩下一半你拿去做武器。"

"这两个人跟镕金术师交过手吗？"

"他们是最优秀的手下。"西装先生回答，"我想一定能让你满意。"

他们两人都知道任务是什么。没错，他们会对瓦克斯出手，但同时也会留意迈尔斯的一举一动。真是太棒了，还嫌搅局的人不够多吗？

"我要出城了。"西装先生说，"瓦克斯离得太近。如果你今晚活下来，记得派人来跟我说一声。"他说出最后半句话时，嘴角带着狡黠的笑意。

这浑蛋真是让人忍无可忍，迈尔斯在西装先生走向升降梯时暗想，升降梯边上等着四名保镖。他会乘坐专属列车离开，回来时也会乘坐同一列车。他可能没有发现迈尔斯在暗地里留意这些。

西装先生走了，把迈尔斯和那两名身穿黑衣的男子留在原地。好吧，他会给他们找点事做。

他回到主室，两名新保姆跟在身后。隐匪——如今还剩下三十几名成员——正在为今夜的行动做准备。机器通过远处的平台被运了进来，作业的是一架巨大的工业升降梯，真是宏伟的电能奇迹。

这个世界正在改变，迈尔斯倚靠在栏杆上想。先是轨道，再是电能。人类再过多久，就能像《创始箴言录》里写的那样，在天空里翱翔呢？也许有一天，每一个人都能享受到原本只归射币享有的自由。

迈尔斯怕的不是改变。改变暗藏着机遇，暗藏着改变自己的机会。没有哪个占兆者会被改变困扰。

占兆者。他总会忽视自己的这一面。藏金术是他赖以保命的关键所在——这些日子以来，除了在行动期间能带给他聊胜于无的额外能量，其他时候都没什么存在感，他从来不会头疼，从来不会感到疲累，从来不知道什么是肌肉酸痛，从来不会因寒冷或疼痛而感到不适。

他心念一动，抓住栏杆翻了过去，落在距离大约二十尺的地面上。在那短暂的一瞬间，他感觉到了自由。在落地时，其中一条腿险些折断——他听见了关节发出的轻微咔嗒声。但骨头复原的速度与断裂一样快，所以并未完全断开，一侧刚刚出现裂缝，另一侧便开始愈合。

他安然无恙地站起。身穿黑衣的两位保姆也在他旁边落地，其中一人掷出少许金属，略微减缓了降落的速度。原来是射币。好吧，这还有点用。另一人令他很是惊讶，他悄无声息地着地，但却没有扔出任何金属。房顶上有金属横梁。看来这个人是扯手，他对那些横梁使用了铁拉，从而让速度减慢。

迈尔斯大步走过房间，查看隐匪准备装备的情况。他们把剩余的每一丁点铝都用在了枪支和子弹上。这次他们从一开始就会用铝制武器。在婚宴那场交锋中，换武器浪费了他们不少时间。他们的人数虽然变少了，但知道了对手是谁，自然准备得更加充分。

他朝监管众人的夹钳点了点头。那个疤痕累累的男人也对他点头致意。尽管他加入的理由只是为了抢劫的快感，没有任何实际性的目的，但却足够忠诚。在他们所有人当中，只有塔森——亲爱而凶残的塔森——才具有真正的忠诚。

夹钳声称自己忠心耿耿，但迈尔斯知道事实并非如此。好吧，夹钳并不是在上一场混战中开出第一枪的人。虽然迈尔斯想要改变一切，但最终起主导作用的还是他的脾气，而非理智。

他不应该表现成这样，他理应是个手法沉稳、心智更加沉稳的人。他由特雷创造，接受幸存者的祝福，但却仍然软弱。迈尔斯经常质问自己。这是不够虔诚的表现吗？他这辈子不管做什么，都无法不去置疑。

他转过身，端详着自己的地盘。小偷、杀人犯、大言不惭的骗子。他深吸一口气，然后燃烧金。

金被视作镕金术中最少用到的金属之一，比它的合金没用得多，但就连合金都没有主要战斗金属用处大。在大多数情况下，身为金迷雾人只比铝迷雾人好一点点而已——拥有那么没用的力量，从都知道他们不会有所作为。

但金只是在大多数情况下没用，并非彻底一无是处。在燃烧的同时，迈尔斯制造出了分身。这种改变只有他自己察觉得到，但在一瞬间，他变成了两个人，两个不同的自己。一个是从前的他，那个凶神恶煞般的执法者，一天比一天更加怨念深重。他破破烂烂的衣服外面套着一件白色长衣，有色眼镜遮挡着刺眼的太阳光。深色短发服帖地向后梳拢。没戴帽子。他向来不喜欢那玩意儿。

另一个是现在的他。身穿城市工人的衣服——纽扣衬衫、脏兮兮的背带裤，裤脚磨损得不像样。走路时懒懒散散。这变化是什么时候发生的？

他用两双眼睛看着彼此，用两套价值观想着彼此。他同时是两个人，这两个人又相互厌恶。执法者偏执、愤怒、失意。他憎恨破坏律法的一切，毫不留情地对其施以严苛的惩罚。他对那些曾经遵从于律法，但却背叛它的人尤其憎恨。

但身为隐匿的他，则憎恨执法者将选择权拱手相让。律法本身并不神圣，不过是由大权在握的人所创设的武断条款，帮助他们维持权力。罪犯知道，执法者在内心深处也明白。他对罪犯之所以严厉，是因为他感到如此无能。每一天，好人的日子都变得更加难过，那些不断努力的人却没有从律法里得到一丁点的帮助。他就像是个用力扑杀蚊子，却无视腿上的伤口的人，鲜血正从被割开的动脉里汩汩流出，流淌到地板上。

迈尔斯喘了口气，熄灭了金。他突然感到很疲倦，重重地倚在墙上。他的两个跟随者面无表情地看着他。

"去吧。"迈尔斯对他们无力地挥挥手，"去看看我的人。用你们的镕金术检查下有没有人误把金属留在了身上。他们必须得是干干净净的。"

两人交换了一个眼神。他们似乎不打算听从他的命令。

"快去。"迈尔斯更加坚定地说,"只要你们在这,就得发挥用处。"

再一次的犹豫之后,两人才奉命离开。迈尔斯的身体又往下滑了滑,后背抵住墙,大口呼吸。

我为什么要对自己做这种事?

关于金迷雾人在燃烧金属时能看见什么,向来有各种各样的推测。可以确定的是能看见过去的自己。那真是从前的他吗?还是如果他选择了另一条人生道路,原本可以成为的那个人?这种可能性总让他觉得像是在燃烧失落的神秘金属——天金。

无论如何,他都愿意认为偶尔燃烧金能帮到自己——每当他这么做的时候,它都能让他抽离出从前最好的自己,跟可能成为的那个最好的自己合二为一。然后形成他自己的合金。

他对于那两个自己如此憎恨对方而感到不安。那恨意灼热得就像是从烤炉的煤炭和石头上散发出来似的。

他再次站起身。有些人在盯着他看,但他不在乎。他跟他过往在蛮苦之地拘捕的罪犯头子很不一样。那些人总想在手下面前表现得强大,生怕遭到某个意图不轨者杀害。

迈尔斯是杀不死的,他的手下也都清楚。他曾经当着他们的面朝自己脑袋开了一枪来证明这一点。

他走到一堆箱子旁边。几个箱子里装的是西装先生命人从瓦克斯的宅邸里偷来的东西,他希望能帮他们打败——或是陷害那个前任执法者。出于某种原因,西装先生起初并不想杀死瓦克斯。

迈尔斯走到后方,从上一个藏身处匆忙撤离后,他自己那些箱子就被堆在这里。他翻看了几个,然后打开其中之一。那件白色的长袍就在里面。他把它取出来抚平,接着又拿出一条结实的蛮苦之地长裤和一件配套的衬衫。他把有色眼镜塞进口袋,接着去换装。

他一直在担心身份的问题,担心自己会被人认出来,打上不法之徒的标签。好吧,他确实已经变成了不法之徒。如果这就是他所选择的道路,他至少可以骄傲地往前走。

让他们看看我究竟是什么人。

他不会偏转路线。当击锤落下之后,再想改变瞄准目标就太迟了。但挺直脊背却不迟。

#

瓦克斯利姆凝视着拉奈特客厅的墙壁。家具都堆在一侧,好让她能畅通无阻地往返于工作间和卧室之间。另外半间屋子里堆满了箱子,里面装着各式各样的弹药、报废的金属碎块和制枪用的模具。到处都是灰尘。不愧是她的风格。他问过她有没有办法把纸板挂起来,期待她能帮忙找个画架,结果她却心不在焉地递给他几枚钉子,伸手指了指一把锤头。于是瓦克斯只好把纸板钉在墙上,钉子扎进精致的木墙里时他一脸惋惜。

他上前一步,用一支铅笔在纸板角落里写下注记。韦恩带来的那一叠货运单被放在一旁。显然,韦恩留下了一把他从拉奈特那里借来的枪来作为交换,认为这笔交易公平合理。他恐怕永远都不会想到一群列车工程师会被货运单消失不见,原处出现一把手枪这件事惊得目瞪口呆。

迈尔斯会攻击卡罗湾,瓦克斯敲打着纸板,心中有了计较。

找到运铝的列车很容易。太齐尔家族因为屡屡遭劫,确实为他们的新式保险柜车厢大张旗鼓地宣扬了一番。瓦克斯理解他们这么做的原因——太齐尔家族多出银行家,他们的业务依赖于安全和资产保护。抢劫案已经成为了让整个家族蒙羞的大丑闻。他们打算以破釜沉舟的方式来挽回声誉。

这简直就像是在向迈尔斯和他的隐匪宣战。瓦克斯又在纸上写下另一处注记。太齐尔货运车会沿着一条非常直接的路线朝多克森纳前进。他画出了路线图,标明了轨道的哪些位置距离运河最近。

*我不能随时留意列车行进的情况,*瓦克斯心想,又写下另一个注记。*我需要确切地知道,上一站距离卡罗湾有多远……*

没多少时间做准备了。他抚摸着拿在左手里的耳环，一边思考一边用大拇指抚过它那光滑的侧面。

门开了。瓦克斯没有抬头，光凭脚步声就判断出是玛拉茜。她的鞋底很软。拉奈特和韦恩两人穿的都是皮靴。

玛拉茜清了清喉咙。

"网呢？"瓦克斯心烦意乱地在纸上写下35.17这个数字。

"总算找到了几张。"她走到他旁边，抬头看着注记，"您能看懂吗？"

"大多数吧。除了韦恩的涂鸦。"

"那些……似乎都是您的肖像。丑得要命。"

"所以我才看不懂。"瓦克斯利姆说，"所有人都知道我帅得无可救药。"他自顾自地笑起来。那是蕾西经常说的一句话，说他帅得无可救药。她总说他脸上有好看的疤痕时更帅气，那才符合蛮苦之地的潮流。

玛拉茜也报以微笑，但目光仍然停留在他的注记和涂鸦上。"这是幽灵轨道车？"她指着他画的一列沿着轨道驶来的鬼影车问，旁边有个图表，写明了它大致的构造。

"对。"他回答，"大多数袭击案发生在多雾的夜晚，显然是为了刻意掩盖所谓幽灵'车'其实就是个假车头，上面装着巨大的前灯，后面是移动式轨道站台。"

"您确定？"

"相当确定。"瓦克斯利姆说，"他们利用运河发起攻击，所以他们需要一些障眼法来使别人不会注意到后面的东西。"

她抿起嘴唇，若有所思。

"韦恩在外面吗？"瓦克斯利姆问。

"在，他在骚扰拉奈特。我……其实就是怕她会朝他开枪才离开房间的。"

瓦克斯利姆微笑。

"我出去时买了份报纸。"她说，"警方找到匪徒原先的藏身处了。"

"这么快?"瓦克斯利姆问,"韦恩说留给我们的时间是到天黑前。"

"已经天黑了。"

"啊?该死。"瓦克斯利姆看了看手表。他们的时间比他想的还要少,"但也不该这么快就上报。警察提早查出了藏身处的位置。"

玛拉茜朝他画的草图点点头:"这表明您知道隐匪下一步要攻击哪里。瓦克斯利姆大人,我不想哪块金属易碎就敲哪块,可是我们真应该对警察们道出实情。"

"我想我知道他们的目标。如果我们告诉警察的话,他们会一拥而上,把迈尔斯吓跑。"

"瓦克斯,"她说着又靠前几步,"我明白独立的精神,那正是您与众不同的地方。可我们现在不在蛮苦之地。您用不着凡事都一个人扛着。"

"我并没打算一个人摆平,我保证会让警方介入。可是迈尔斯不是普通的罪犯。他懂反侦查,会提早做出防范。要想抓捕他,必须要选对时机,找准方式。"瓦克斯利姆轻敲墙上的注记板,"我了解迈尔斯。我知道他的想法。他跟我很像。"

几乎一模一样。

"那就是说,他也预料得到您的行动。"

"毫无疑问。我会做好更充分的准备。"

自从瓦克斯利姆掏出枪,对隐匪发起反击时,他就已经踏上了这条路。一旦他的利齿咬住什么,就绝不会松口。

"你对于我的看法是对的。"他说。

"对的?我不认为我说过什么关于您的话啊,瓦克斯利姆大人。"

"你正在想?"他说,"我太傲慢自大,一意孤行,不肯转交给警察。我不寻求帮助,只知道蛮干。你是对的。"

"我可没想得这么过分。"她说。

"一点都不过分。"他说,"我就是傲慢,喜欢蛮干,还跟在蛮苦之地时一个样。但我也是对的。"他抬起手,在纸上画了一个小方框,接着在里面画了一个箭头,直指警局那栋建筑。

"我写了一封信,请拉奈特帮忙送到警察手上。"他继续说,"上面详细列出了所有的发现,还有我对迈尔斯下一步行动的猜测,以防此次行动失败。今夜,我会等到我们远离轨道和所有乘客后,才去采取行动。隐匪今晚不会劫走人质。他们会尽可能地速战速决。"

"但还是很危险。也许会死人,无辜的人。我会尽自己所能保护他们不受伤害,并且我坚信在与迈尔斯交手时,自己比警察的胜算更大。我知道你想在学成之后成为律师或法官,你所接受的教育会让你得出求助警方的判断。想想我的计划,还有我的承诺,你愿意转而帮助我吗?"

"愿意。"

和谐之主啊,他想,*她信任我*。也许信任过头了。他抬手把一处注记框起来:"这是你要负责的部分。"

"我不跟您一起在车厢里?"她听起来很是担心。

"不。"瓦克斯利姆说,"你和韦恩在山顶上监视。"

"您一个人行动。"

"对。"

她陷入沉默。"您知道我对您的担心,那您对我怎么想呢,瓦克斯利姆大人?"

他微笑:"游戏讲求公平,我不能告诉你我的想法,你得自己猜。"

"你在想我有多年轻,"她说,"您生怕把我卷进来,怕我受伤。"

"一点都不难嘛。到目前为止,我总共给了你……三次抽身的机会去寻求安全?"

"您同时也在想,"她说,"您很高兴我坚持要留下来,因为我会有用。生活教育您要善于利用资源。"

"猜得更像样了。"

"您认为我很聪明,您之前提过这一点。但您也很担心我大惊小怪,担心会因此坏事。"

"在你读过的那些记录里,有提到尘染者帕克罗吗?"

"当然。在您遇见韦恩之前,他是您的助手之一。"

"他是我的好朋友。"瓦克斯利姆说,"也是个可靠的执法者。可我从来没见过像帕克罗那么容易受惊的人。轻轻一关门都能吓得他尖叫出声。"

她皱起眉头。

"看来那些记录里没写过这些。"瓦克斯利姆说。

"他们把他描述得非常勇敢。"

"他是很勇敢,玛拉茜贵女。你瞧,许多人都会把容易受惊跟懦弱混为一谈。没错,枪声是会吓得帕克罗跳起脚来。但接着他会去找枪声的源头。我有一次看见他直面六个拿枪指着他的人,连汗都没流一滴。"

他转身面对她:"你只是经验不足。我也有过这个阶段,人人都是如此。衡量一个人的价值,不是看他活了多长时间,更不是看他多容易受到惊吓,或是多情绪化,而是如何利用好生活展现给他们的一切。"

她的脸色红得更甚:"我还认为您很喜欢说教。"

"这是随着执法者徽章一道形成的。"

"您……已经不再佩戴了。"

"一个人可以取下徽章,玛拉茜贵女。但他永远也不会停止佩戴它。"

他迎上她的目光。她的眼神深邃而清澈,如同蛮苦之地里不期而遇的一汪清泉。他稳住心神。他会带给她麻烦,很大的麻烦。而对蕾西时他也曾这么想过,后来证明他是对的。

"我对您还有另一个想法。"她轻声说,"您猜得出来吗?"

再清楚不过了。

他强迫自己避开她的目光,扭头看向纸板。"是的。你认为我应该劝拉奈特借给你一把来福枪。我同意。虽然我认为你最好能尽快开始手枪的训练,但这次情况特殊,你还是拿上一把惯用的武器比较好。说不定我们能找到一把合适的来福枪,刚好能用上韦恩找来的那些铝弹。"

"噢。当然。"

瓦克斯利姆假装没有注意到她的尴尬。

"我想,"玛拉茜说,"我还是去看看韦恩和拉奈特吧。"

"好主意。希望她没有发现被他拿走了一把枪去做交易。"

玛拉茜步履匆匆地朝房门走去。

"玛拉茜贵女?"瓦克斯利姆喊道。

她犹豫着在门口停下,满怀期望地转过身。

"你对我了解得很透彻。"他尊敬地点点头,"没多少人能做到这一点。我向来不太表露情绪。"

"我上过高级审讯技巧课,"她说,"而且……呃,我读过您的心理分析报告。"

"还有我的心理分析报告?"

"恐怕是的。是蒙布鲁医生在造访过抗风镇之后写成的。"

"蒙布鲁那小子是心理医生?"瓦克斯利姆大感惊讶,"我原本肯定那家伙是个投机分子,穿街过巷一心只为发财的机会。"

"呃,是的。那也在报告里写明了。您,那个,您倾向于认为喜欢穿红色的人都是惯性投机者。"

"我吗?"

她点点头。

"可恶。"*我还真得读读那玩意儿。*

她走出去,然后把门关上。他再次转过身来对着自己的计划。他抬起手,戴上耳环。他在祈祷或是做格外重要的事情时就会戴上它。

今晚,这两件事都不会少。

第十六章

　　韦恩跛着脚走过火车站,靠棕色手杖支撑住身体,步履缓慢且故作弱不禁风的样子。有不少人正在那推推搡搡、争前恐后地看着前方的火车。一群人背朝侧面挤过来,差点把他撞倒在地。

　　每个人都把腰板挺得笔直。这让因年老而弓腰驼背的韦恩没希望看清楚前面的热闹。"没人体谅下我这个可怜的老太婆。"韦恩抱怨着。他那沙哑的声音与平日里大相径庭,还带着浓浓的鼻音,语调高亢,还混有标准的玛格斯区口音。玛格斯区已经不复存在,至少已不是从前的样子,它被八分区里的工业区吞并,住户也陆续搬走了。这个行将消亡的口音就这么从这风烛残年的老女人口中说了出来。"一点都不懂礼貌。简直是世风日下,世风日下啊。"

　　站在前头的几个年轻人回头看了他一眼,注意到他那件长及脚踝的老旧外套,沟壑纵横的老脸,还有毡帽底下的满头银发。"对不起,夫人。"好半天,其中一个人才开口道歉,并给他让出路来。

　　好吧,这是个好孩子,韦恩暗想,拍了拍他的胳膊,继续摇摇晃晃地往前走。人们一个接一个地纷纷让路。有时候他不得不稍微咳嗽两声,让人害怕被传上什么毛病。韦恩小心不让自己看起来像个乞丐,那会引来警察的注意,当他在物色扒窃的目标。

不，她不是乞丐。她是雅布莉甘，来看热闹的老妇人。雅布莉甘虽然不富裕，但也不穷。她很节俭，外套缝补得很精致，头上戴着最心爱的帽子，当年也是时尚货。眼镜跟码头工人的头脑一样笨重。几个很小的男孩子给她让路，雅布莉甘给了他们一人一块糖，还拍了拍他们的头。真是一群乖孩子。看见他们，雅布莉甘不禁想起了她的孙子们。

韦恩终于挤到了前面。防暴号正趾高气昂地停在那里。那是一辆堡垒般的列车，装有厚厚的精钢盔甲，亮闪闪的圆角，侧面一扇大大的车门。那扇门看上去倒像是巨型保险柜的大门，外面还有个能转动的轮盘锁。

门敞开着，里面几乎是空的。车厢正中央，一个巨大的钢制货物箱被牢牢地焊在地上。其实他透过车厢门能看见那个货箱其余各面也都被焊死了的样子。

"噢，我的神！"韦恩叹道，"这真了不起。"

一名守卫站在附近，身上戴着太齐尔家族私家安全护卫队军官的徽章。他微笑着，骄傲地挺起胸膛。"这标志着一个新纪元的开始。"他说，"标志着劫匪与轨道抢劫案的终结。"

"噢，这很了不起，年轻人。"韦恩说，"但你肯定是在吹牛。我以前见过轨道车——甚至还坐过一次呢，那天真是倒霉透顶。我孙子查瑞特非要我跟他坐火车去柯文塔见他的新娘，而且只有这一个办法，其实我觉得马车向来都很安全。他管那叫进步。看来所谓进步就是把人锁进铁皮箱子里，头顶上看不见太阳，也没法领略沿途的美景。反正那列车就跟这个差不多，只不过没这么闪亮。"

"我向您保证。"守卫说，"这车厢可说是铜墙铁壁，它能改变一切。您看见那扇门没有？"

"上了锁。"韦恩回答，"我看见了。但就连保险箱也能被撬开啊，年轻人。"

"这个不行。"他说，"强盗撬不开它，那没用，别说他们了，就连我们都做不到。那扇门一旦关上，就会启动门内的计时装置。必须等到十二小时才能开启，哪怕知道密码也打不开。"

"炸药呢，"韦恩说，"强盗总喜欢炸东西。人人都知道。"

"那钢板有六寸厚。"守卫说，"要想把它炸开必须用到大量炸药，那样一来里面的东西也保不住了。"

"可是镕金术师肯定能进去。"韦恩继续说。

"怎么进？他们随便怎么钢推都行。这家伙太重了，只会把他们往后弹飞。就算设法进去了，车厢里还会安排八名卫兵随行看守。"

"天哪！"韦恩故作惊叹道，"那可太了不起了。给卫兵们配了什么武器？"

"全套四样……"那人刚要开口说，突然停下来仔细端详起韦恩。"四样……"他怀疑地眯起眼睛。

"噢，我差点错过我的下午茶！"韦恩大叫一声，转过身开始跛着脚往人群外面走。

"拦住那女人！"守卫说道。

韦恩不再伪装，挺直腰板，加大力气从人群中往外挤。他回头瞄了一眼，那名守卫正在身后猛追。"站住！"那守卫大叫，"站住！你个该死的！"

韦恩举起手杖，扣动扳机。每当使用枪时，他的手都会开始发抖，但这把枪里只有空包弹，所以问题不大。那声响像极了手枪开火的声音，人群随即乱作一团，人们开始像被疾风猛吹的麦穗那样纷纷俯倒。

韦恩在屈膝弯腰的人群中疾奔，甚至从他们身上跳过，终于跑到后方。那卫兵此时举起枪，韦恩绕到车站建筑的拐角后面，然后让时间停止。

他扔掉外套，撕掉里面的女式衬衫，露出绅士套装——黑外套、白衬衫、红领结。瓦克斯对这套装束的评价是"过分刻意的无趣"，谁知道那是什么意思。他把藏在衬衫底下用来冒充老女人胸部的东西拽出来——一个小包，一顶可折叠的绅士礼帽，还有一块湿布。他把礼帽展开，把女衬衫塞进帽子里，拿掉假发，把礼帽戴在头上。

他把手杖的外层剥除，露出里面的黑色。接着将假发丢到一旁，又把女用手袋扔到墙边。最后，他用湿布擦掉脸上的妆容，把布扔掉，这才撤掉速度场。

他从建筑的拐角处跌出来，装作被人推了一把的样子，嘴里咒骂着，扶正礼帽，举着黑色手杖愤怒地甩动。

那守卫气喘吁吁地跑到他旁边："您还好吗，大人？"

"不好！"韦恩大吼，竭尽所能地让声音里充满贵族特有的高贵傲慢。那是迈迪恩大道的口音——第一八分区最富庶的区域，大部分土地都归太齐尔家族所有。"刚才那是什么流氓啊，队长！启运仪式本该要优雅谨慎地进行！"

守卫僵在原地，韦恩看出他正在转动脑筋。眼前这个人看起来不过是个普通贵族，可说话的口气却像太齐尔家族成员——也就是这守卫的雇主。

"对不起，大人！"守卫说，"可我把他赶走了。"

"他是什么人？"韦恩说着朝假发走过去，"他跑过去时把假发扔下了。"

"打扮得像个老太太。"守卫挠了挠头，"问了我不少关于防暴号的问题。"

"该死，那家伙肯定跟隐匪是一伙儿的！"

守卫脸色变得煞白。

"如果这趟出了什么意外的话，你知不知道我们家族要蒙受多大耻辱？"韦恩晃着手杖走上前来，"我们的声誉本就快要不保，脑袋都快要从脖子上掉下去了，队长。你手里有多少卫兵？"

"三十六人，大人，还有——"

"不够！根本不够！去多叫些人来！"

"我——"

"算了！"韦恩说，"交给我吧。这里有几名私人卫兵，我再去调一队来。你的人已经加强戒备，确保不会再有那样的家伙跑来捣乱吧？"

"这个，我还没跟他们交代过，大人。您瞧，我原本想亲手抓住他，而且——"

"你擅离职守？"韦恩尖叫，抬起双手抱住头，手杖垂在指间摇晃，"这是调虎离山！白痴！快回去啊，快！给其他人发出警告！噢，幸存者在上，要是出差错我们就全都死定了，死定了！"

守卫队长手忙脚乱地朝列车跑去，旁观的人群则恐慌地散开。韦恩背靠墙壁，掏出怀表看了看时间，等了好一会儿才利用足够的空间搭设出速度场。他要确保没人注意到他。

他摘掉帽子，丢下手杖，把外套反过来，变成一件棕黄两色的军装外套，跟那些守卫们身上穿的一样。他扯下假鼻子，从丢在墙边的手袋里取出一顶三角形的布帽。

他将这顶帽子戴上，取代刚刚的绅士礼帽。不管什么时候，戴对帽子是关键。他在脱掉裤子，露出里面的士兵制服下装之后，往外套上系了把手枪。接着他解除速度场，小跑着绕过街角，朝轨道跑去。他发现队长正在组织卫兵，大声发号施令。几个愤怒的贵族正在附近争吵。

货物没被卸下来。很好。韦恩认为他们会在这番闹剧发生后放弃这趟货运，但瓦克斯却不认同他的看法。他说太齐尔家族这么大张旗鼓地宣传防暴号，区区一点小麻烦无法阻止他们。

简直蠢到家了，韦恩摇摇头。法恩斯华德不同意他们的决定。他在太齐尔私家卫兵队里效力十年了，尽管大多数时间他都在外城区为身患慢性病的领主效力。法恩斯华德一生中经历过不少大风大浪，他早已领悟到有时候必须要冒险。比如说为了救人，为了赢得战斗，或是保护家族的名誉。可难道要为了冒险而冒险吗？简直愚不可及。

他小跑到之前说过话的队长面前，敬了个礼。"长官，"他说，"我是法恩斯华德·达布斯——伊凡史托姆·太齐尔大人说我应该向您报到。"他操着外城区口音,带着点贵族口吻,一听就是跟他们生活久了才学会的。

队长看起来有些疲惫。"非常好。我想我们要用上所有人手。"

"对不起,长官。"韦恩靠近他说,"伊凡史托姆大人有时容易激动。我知道是怎么回事,这已经不是他第一次派我多管闲事了。布伦和我不会碍您的事。"

"布伦?"

"噢,他就在我后面。"韦恩说着一脸迷惑地转过身。

瓦克斯从站台里走出来,穿着和韦恩类似的制服。还顶着个不小的假肚子,里面藏着些晚上行动时要用到的材料。

"他来了。"韦恩说,"他是个一根筋的蠢蛋,长官。他是从父亲手里继承这个职位的,您可以整晚对着他使用打火石,连个火星都冒不出来,您明白我的意思吧?"

"好吧,待在这别动。"队长说,"守好这里,别让任何人靠近车厢,不管对方长什么样。"他说完便跑向那群贵族。

"你好啊,瓦克斯。"韦恩说着朝他的同伴扬了扬帽子,"准备好被吞掉了吗?"

瓦克斯回头朝车站那座建筑看了看。平民们仍在四散逃命,地上到处都散落着帽子和手帕。"你得确保他们还会让列车出发,韦恩。不管怎么样,列车必须开出去。"

"我还以为你会说他们因为怕丢人,无论如何都会发车呢。"

"前半部分很成功,接下来的部分就不确定了。靠你了,韦恩。"

"没问题,老兄。"韦恩又看了看怀表,"她来晚了——"

空中突然劈啪作响,是枪声。尽管韦恩有心理准备,但还是被惊得跳起脚来。附近的卫兵大喊大叫,寻找着枪声的源头。瓦克斯利姆尖叫着倒地,肩膀处鲜血四溅。韦恩扶住了他,另一名卫兵则发现歹徒是从房顶上出击的。

卫兵们开火还击,韦恩则把瓦克斯利姆拖到安全地带。他环顾四周,接着装出惊慌失措的样子,把瓦克斯利姆往敞开的车厢门里推。几名卫兵看着他,但谁都没说话。瓦克斯利姆双眼无神地看着空气。其他卫兵曾经在跟匪徒交手或是家族内乱中失去过同伴,他们明白在激烈的战火中,最重要的是把伤员转移到安全处,管那是什么地方。

建筑物顶端的攻击停了下来,但枪声又从附近的一处屋顶上响起。几发子弹击中附近的横梁,火星四溅。**有点太近了,玛拉茜……**韦恩暗自不满道。为什么他遇见的每个女人都想朝他开枪呢?只因为他能自愈?那感觉就像因为某人会续杯,就把他杯里的啤酒喝光。

韦恩装出一副担忧的表情。"他们来抢货了!"他大喊一声。接着,他拽开大车厢的门,朝侧面的平衡控制杆踢了一脚,往前疾奔,接着将防暴号的门重重关上——瓦克斯利姆在车厢里,韦恩自己站在外面——周围没任何人来得及阻止他。

枪声停了下来。附近那些躲在掩护物背后的卫兵纷纷用惊恐的表情看着韦恩。车厢门咔嗒一声关了起来。

"铁锈灭绝啊,老兄!"旁边一个士兵说,"你都干了什么!"

"把货物锁好啊!"韦恩回答,"瞧,他们停手了。"

"可里面应该有士兵!"队长朝他跑了过来。

"他们想趁我们锁门之前攻进去。"韦恩说,"你瞧见他们在干什么了。"他朝车门看了一眼。"这下他们抢不到货了,我们赢了!"

队长看起来忧心忡忡。他瞥了从地上踉跄起身的贵族们一眼,只见他们朝队长一涌而来,韦恩连大气也没出。而队长则把韦恩的话又对那些人重复了一遍。

"但是我们阻止了他们。"队长解释道,他知道倘若那是个错误的决定,承担责任的必定是他,而绝不会是韦恩,"他们停止攻击了。我们赢了!"

韦恩后退一步，靠在一根柱子上休息，看着士兵们被派去调查刚才是什么人开火。他们从地上各处找到许多用过的弹壳，不过大多数"子弹"原本就是空的。几个小乞丐被人花钱雇佣朝天上射空包弹，出钱的人还让他们谎称看见有人钻进马车里匆忙逃走。

不到一个小时，列车已经出发——太齐尔家族的所有人都相信他们刚刚击退了大股隐匪的抢劫。他们甚至说要给韦恩颁发奖章，不过他把这项殊荣让给了队长，在有人开始盘问他是哪位领主的保镖之前就溜走了。

第十七章

瓦克斯利姆孤身一人待在冰冷的车厢里，肩膀上湿漉漉地沾满了血浆，他倾听着车轮在轨道上颠簸的声音。他在天花板角落处的挂钩上挂了一盏油灯，随着列车的行进摇摇晃晃。他还在天花板上固定了几张网，用特殊的钩子和工业胶带粘住。这些玩意儿原本都藏在他的裤管和假肚子里，解下来的感觉真好。他那件穿在身上太过宽松的卫兵制服堆在墙角处，转而换上了一条实用性强的长裤和一件轻便的黑夹克衫。

他坐在地上，背靠着货物集装箱的侧面，伸直双腿。他手里拿着"辩罪"，心不在焉地拨弄着转轮，按下开关，将其卡在特殊的弹巢上。他口袋里有两种不同的杀雾者子弹，而且在特殊的弹巢里各装填了一发针对射币和白镴臂的子弹。

他仍然戴着耳环。

是您想让我这么做的，他在心里对和谐之主说道。指控能算是祈祷吗？管它呢，反正我来了。如果这对您不朽的计划来说是可以接受的话，那就稍微帮我一点小忙。

货物箱就在他身边。他可以理解为什么太齐尔家族对他们的成果感到如此骄傲，焊接过的保险箱对窃贼来说绝对是牢不可破的。要想把它从车厢里搬走，得用气焊枪或大型电锯，花上好几个小时才能把它锯开。再加上那道带有智能机关的车门和本应守在车厢中的卫兵，无疑会让抢劫变得比登天还难。

是的，太齐尔家族确实很聪明。问题是，他们的考虑完全错了。

瓦克斯利姆从外套底下掏出一个包裹，那是韦恩找到的炸药和引爆器。他把包裹放在身旁的地板上，又看了看怀表。**差不多就是这时间……**

火车突然开始减速。

#

"对。"韦恩蹲在山腰上，透过望远镜往远处看，"他说得很对。想瞧瞧吗？"

玛拉茜紧张地接过望远镜。他们两人是在飞奔出城之后在这里就位的。她穿了拉奈特的裤子，感觉如同赤身裸体，这打扮太不得体了。每个沿途经过的男人都会盯着她的腿看。

也许这会让隐匪停止射击吧，她愁眉苦脸地想，**至少分散他们的注意力**。她将望远镜举起来。此刻她和韦恩位于城外轨道沿线上的一座小山上。当列车终于哐啷哐啷地驶进视线时，时间已近午夜。

现在列车开始减速了，刹车让车轮在夜色中发出刺耳的摩擦声与火花。在列车前方，一个鬼影似的东西从反方向靠了过来，正前方亮着一盏明晃晃的大灯。她不禁浑身发抖。是幽灵列车。

"瓦克斯会很高兴的。"韦恩说。

"什么？"玛拉茜问，"因为幽灵列车吗？"

"不。今晚有迷雾。"

她这才意识到迷雾正在渐渐形成。迷雾不同于普通的雾，不是从海面上来的。迷雾形成于空气中，如同一块块冰冷金属上凝结出的冰霜。随着迷雾开始包围他们，玛拉茜看着幽灵列车的前灯，不禁战栗得更加剧烈。

她透过望远镜凝视着渐行渐近的列车。因为她事先被告知过要注意看什么,加上角度合适,她很容易就看清了真相。那其实是个伪装,前面是木制的火车头,后面则是一辆人工驱动的轨道货车。

"他们是怎么让灯亮起来的?"她问。

"我也不知道。魔法?"

她哼了一声,想仔细看看框架后面的运作原理。"肯定是用了某种化学电池,我曾经读到过……但是铁锈灭绝啊,那灯也太亮了!我怀疑它过不了多久就会熄灭。"

当真正的货运列车停下来时,几个人从侧面跳下。他们是太齐尔家族派出的守卫。这些人对玛拉茜笑了笑。也许抢劫案今晚不会发生。

幽灵车前面的部分掉了下来。

"啊,见鬼。"韦恩说。

"那是——"

她的话被突如其来的枪声打断。她本能地往后一跳,缩了起来,但其实并没有人在瞄准他们开火。韦恩抢过望远镜,举了起来。

在黑暗与迷雾里,玛拉茜看不清发生了什么。而且她很庆幸自己看不清。枪声还在继续,她听见有人在尖叫。

"是旋转式机关枪。"韦恩轻声说,"该死,这些人来真的。"

"我得帮忙。"玛拉茜说着把拉奈特借给她的来福枪解了下来。她并不熟悉这种枪的构造,但拉奈特却发誓说这枪一定能比她用过的都要精准。玛拉茜举起来福枪。如果她能击中隐匪的话……

韦恩用一只手抓住她的来福枪管,轻轻按下。旋转式机关枪不再开火,夜晚又重归寂静。

"你没什么忙可帮的,大姐,而且我们也不想把那该死机关枪的火力给引过来。再说,你真觉得能从这么远之外打中他们吗?"

"我曾经在五百步以外打中过红心。"

"夜晚吗?"韦恩问,"还是在迷雾中?"

玛拉茜沉默不语。接着,她伸出手,不耐烦地示意韦恩把望远镜递过来。韦恩交到她手里,她看见六个人从幽灵车上跳下。他们贴着正牌列车的侧面往前走,枪端在手里,环视四周。

"这是要声东击西?"韦恩看着他们问。

"瓦克斯利姆大人是这么认为的。他说让我们……"她停了下来。

他说让我们监视运河。

于是玛拉茜转过身,透过望远镜扫视起运河来。河面上漂浮着一团又大又黑的东西。四周环绕着迷雾,看上去像某种巨兽——在水中静静游动的海怪。它游到列车中部的位置上停了下来,伸出一条模糊的黑腿。幸存者在上啊,玛拉茜颤抖着想,那东西真是活的!

可是不太对劲……那条腿太僵硬了。它往上抬起,转了个圈,然后又放下。当那条腿扎进岸上时,河里的黑影也停了下来。玛拉茜意识到那是为了稳固。我们之前在地上看见的凹坑就是这么形成的。

等到那家伙……那台机器……稳定住之后,几个人穿过黑暗摸到车厢边。他们忙碌了一会儿,只见从河面上那个黑家伙上伸出一条巨臂,朝着轨道径直伸过来,然后往下,整节车厢就这么被抓了起来。

玛拉茜惊呼。车厢虽然只被抓起了几尺高,但已经足够了。那台机器原来是起重机。

负责拆卸车厢连接器的隐匪们开始帮忙把车厢沿着狭窄的路段往运河方向推。至于那团黑影,肯定是艘驳船。玛拉茜脑子里飞速计算着数字。要想抓起那样一节车厢,驳船一定很重,另一侧必须装有相当多的压舱物。

她举起望远镜,果然看见还有一条起重机的巨臂朝另一个方向伸出,上面吊着某种重物。随着车厢被抓起,驳船的吃水线也往水下没入了几分,但并没有像玛拉茜预想中没入得那么深。也许是用了某种手段让驳船在运河中缓慢下降,说不定在船底加装了什么可延伸的装置,再加上那条用来稳定位置的腿,应该足够了。

"天哪,天哪……"韦恩小声说,"那太厉害了。"

机器把整节车厢丢到驳船上，然后吊起了另一样东西。那东西是节庞大的长方体。她已经想到那会是什么了——是那节车厢的复制品。

玛拉茜看着冒牌车厢被放到轨道上。连接的部分很难处理，事关整个计划的成败。如果安放错误导致连接器损坏，等列车行驶后，后半段就会脱节。那样一来，作案手法就有可能暴露。地面上的隐匪在指导整个过程。

另外几名隐匪正朝几步之外客运车厢的窗户方向开枪，似乎是想阻止有人往外看。但此处的轨道刚好绕过这座长满树的小山，里面的人很难看清楚外面的情况。幽灵车的灯光在片刻之前熄灭了，她知道那车很快就会沿着轨道反向加速。他们要把它藏在哪？也许会在驶出人们的视野后，被装到另一艘驳船上运走？

这时，原本忙着操纵驳船的隐匪忙不迭地跑回船上，驳船往宽广运河的中央驶去，在有迷雾的夜晚中很难看清，只隐约有个移动的黑影。

"韦恩！"玛拉茜迅速起身，"我们得走了。"

他叹着气站起来："行，行。"

"瓦克斯利姆在那节车厢里！"

"没错啊。不知你注意到没有，舒舒服服歇着的总是他，跟在后面跑来跑去的总是我！这不太公平。"

她把来福枪往肩头一扛，急急忙忙跑下山。"听着，我研究那些报告的时候，可没想到你是这么爱抱怨的人。"

"这话说的，我会让你知道我对自己积极乐观的态度是多么引以为豪。"

她停下，转身看着他，挑起眉毛："你还引以为豪？"

他一只手按住胸口，用类似祭司的口吻说："是的，但你要知道，傲慢是原罪之一。我近来努力让自己变得更加谦逊。快走快走，我们快要跟丢了。难道你想让瓦克斯孤零零地被逼入绝境吗？哎，女人啊。"

玛拉茜摇摇头，转身继续往山下跑去，他们的马匹被拴在山脚下。

#

迈尔斯站在机器前方,双手扣在背后,看着它安静地沿着运河而下。当他跟西装先生解释他的计划时,并没预想到起重机和驳船,但也没差多少。

他对自己的成就感到骄傲——不只成为了窃贼,还突破了人们的想象力。如此戏剧性肯定又会引得西装先生不满,但是奏效才是硬道理。警察们根本想不明白他是如何得手的。

"他们把六名太齐尔卫兵全部检查过了,头儿。"塔森说着靠近他。他手臂上的夹板拆掉了。白镴臂复原的速度很快,虽然比不上迈尔斯,但还是很了不起。当然,由于从来不会感觉到筋疲力尽,白镴臂也很容易把自己给耗死。像镕金术师燃烧金属那样过快地燃烧身体,是一门非常危险的艺术。

"还有那些工程师。"塔森继续说,"弟兄们在最后一节客运车厢里又抓住了几名卫兵,他们想溜出去偷看我们怎样抢劫货物。我们朝他们开了几枪,所以应该都处理干净了。"

"还没有。"迈尔斯看着驳船穿过黑暗中的迷雾,轻声说道。驳船底部装着一对缓慢转动的螺旋桨,靠螺旋桨的动力前进。"瓦克斯利姆知道我们是怎么办到的。"

塔森迟疑了下。"呃……你确定?"

"对。"迈尔斯回答得漫不经心,"他就在车厢里。"

"什么!"塔森转过身,看着驳船中央那个巨大的车厢。迈尔斯听见手下们正在用防水布把它罩住,以防进城时被人发现。这看上去不像是一艘普通的驳船,在另外几块防水布底下还藏着机械臂和压舱物,他们将整艘船伪装成从外地的采石场运输石料的船只。迈尔斯甚至准备了一份运货单和入港授权书,还有几块防水布盖着一堆堆切割整齐的石料。

"我不知道他用了什么方法。"迈尔斯说,"但他就是进去了。瓦克斯有着执法者的思路。这是找到我们藏身处最好的办法——跟罪犯的目标待在一起，即便你不确定对方要如何下手。"他顿了顿。"不。他能猜得出我们的手法。当像他那样出色的人就是有这个风险，我也一样。你会开始用罪犯的思路思考问题。"

事实上，比罪犯思考得还要周详。

但更多的执法者最终并没有变成罪犯。如果你看到别人频频把某件事做错，你会本能地想要看它最终被做对一次。当迈尔斯早在十年前就意识到轨道安全措施都是围绕车厢部署时，他就在策划这些抢劫案了。起初只是在脑子里做实验，那是另一件让他感到骄傲的事。后来他付诸实践，并且很成功，非常成功。而且人们……他还特地跑到城市各处去打探消息，百姓们提起隐匪都满是敬畏。

在蛮苦之地，人们从来不会这样看待他，通常是一边接受他的保护，一边憎恨他。现在呢，别看他在偷他们的东西，那些人却开始喜欢他了。人心真是难测啊，但不被人憎恨总是好的。被人惧怕可以，憎恨不行。

"那我们该怎么做？"塔森问。

"什么都不做。"迈尔斯说，"瓦克斯可能还没意识到被我识破了。这让我们占了先机。"

"可是……"

"我们不能在这打开车厢。"迈尔斯说，"这是整件事情的重点。我们需要工作间。"他略作停顿。"不过我想我们可以把整节车厢扔进运河里。这里的水足够深，能让它整个沉下去。要是发生这样的事，不知瓦克斯有没有办法把门打开？"

"我不认为西装先生会愿意让我们弄沉车厢啊，头儿。"塔森说，"为制造那个赝品他可是花了大价钱。"

"对，可惜运河只有十四尺深。如果我们把车厢扔进去，它很可能被另一艘船撞上，还没等我们把它捞上来，秘密就暴露了。真遗憾。"

瓦克斯利姆的死这件事几乎和货物的价值相当。西装先生没有意识到这个人有多危险。噢，他表现得像是意识到了。可如果他真觉得瓦克斯利姆危险而又难对付的话……好吧，他就绝不会同意实施这次抢劫。他会阻止所有行动，从城里撤出去。要不是考虑到某件事，迈尔斯可能也会同意他的做法。

那样一来，他们两人就没有交手的机会了。

驳船漂进城里，船上载着车厢和货物，以及里面的乘客——瓦克斯仿佛是乘坐在他专属豪华车厢里的贵族。这节车厢如同一座刀枪不入的堡垒，船上那十几个欲杀他而后快的人完全无法得手。

西装先生派来的那两个帮手——他们自称为"钢推"和"铁拉"——跟迈尔斯一同站在驳船前部，但他并没有与他们交谈。三人一同随着船在依蓝戴城的水面上漂流。运河两岸的街灯排成一条线，发出明亮的白光，如同迷雾中的火焰。天空中还有其他的光源一闪一闪，是那些被迷雾笼罩的建筑物窗户里漏出的灯光。

他的几名手下正在附近嘀咕着。尽管至少有两大主要宗教将迷雾视作神明显灵，但在大多数情况下它还是被认为象征着厄运。迈尔斯也不确定到底应该怎样看待迷雾。据某些人称，它会增强镕金术的威力，但他的能力原本已经强大到极致了。

幸存者教会的教义里宣扬着迷雾属于迷雾之主卡西尔。他会在浓雾弥漫的夜晚出现，为独立者赐福。不管他们是盗贼、学者、无政府主义者，还是居住在自己土地上的农夫。任何自力更生，或是能够独立思考的人都是幸存者的追随者，不论他内心是否清楚这一点。

这是让当今政府成为笑料的另一件事，迈尔斯心想。他们当中有很多人宣称归属于幸存者教会，但却不允许雇员们独立思考。迈尔斯摇了摇头。好吧，反正他不再追随幸存者了。他拥有了更好的信仰，能让他感到更加真实。

他们的驳船驶过第四和第五八分区的外围。两座巍峨的建筑面对面矗立在运河两岸。楼顶消失在迷雾中。一边是太齐尔高塔，另一边则是铁脊大楼。

铁脊大楼的货运码头就在运河的支流旁边。他们将驳船开进去，滑行停靠，然后利用码头的固定式起重机将隐藏的车厢卸下船，毕竟他们对外声称那是一大堆石块。他们慢慢将车厢吊起，轻轻地放在卸货平台上。

迈尔斯从驳船跳到岸上，走向平台。"钢推"和"铁拉"也不离他左右。其他人陆续围拢过来，看上去很是满意。一些人还在三五成群地开着玩笑，琢磨着能为这一票买卖赚到多少赏金。

夹钳看上去非常不安，他挠了挠脖子上的疤痕。他是幸存者教徒，那些伤疤正是虔诚的印记。塔森张大灰色的嘴唇打了个哈欠，然后掰了掰指关节。

整个平台摇晃起来，接着开始移动，下降一层，进入铸造厅。通过之后，上方的门便合了起来。升降机微微倾斜着停下。迈尔斯看向一旁，看向西装先生声称某一天能让列车在城市底下畅通无阻的狭长隧道。它看起来空空荡荡的毫无生气。

"把铁链钩上。"西装说着从平台上跳下，"把车厢固定住。"

"不能等等吗？"塔森皱着眉问，"反正要过十二小时才会打开，对吧？"

"我打算在十二小时内消失。"迈尔斯说，"瓦克斯和他的人追得太紧了。我们得把车厢撬开，里面的人不留活口，拿上铝就走。快点动手，把门拆了。"

他的手下匆匆依言而行，用一大堆夹钳和链条把那节巨大的车厢固定在墙上。防暴号的车门上也被钩上了锁链，与控制平台升降的强大电动绞盘装置相连。

平台晃动着被拆下来，引擎开始拽动铁链轮盘。

迈尔斯走到枪架边，选了两把跟他枪套里一模一样的铝枪。他不安地注意到枪架上就剩下一把枪了。他们在武器上浪费了不少钱。好吧，他会让瓦克斯利姆作出相应的赔偿。迈尔斯在房间里迈着大步,链条在地上叮当作响,弟兄们低声喊着号子。空气里充斥着久置不用的熔炉散发的焦炭味。

"举起武器!"迈尔斯下令,"门一开就朝里面的人开火!"

隐匪们面面相觑,但还是把枪掏了出来。他身边有十几名弟兄,还藏有后手,以防万一。当瓦克斯利姆在周围时,绝对不要把所有子弹都装进同一把枪里。

"可是头儿,"其中一名隐匪说,"报告说列车出站时里面没有卫兵啊!"

迈尔斯拉动保险栓:"如果你发现一幢建筑里没有老鼠,那只能说明里面有更危险的东西把它们吓跑了,小子。"

"你觉得他在里面?""钢推"紧挨着他,干巴巴地问道。显然,他在船上没听见迈尔斯他们的对话。

迈尔斯点了点头。

"你还把他带到这儿来了。"

迈尔斯再次点头。

"钢推"脸色一沉:"你应该提前告诉我们。"

"你们是负责帮忙对付他的。"迈尔斯说,"我只是想给你们创造机会。"他说完转过身:"发动引擎!"

一名手下猛拉控制杆,锁链瞬间绷紧,猛力绞动那扇门,发出嘎吱声响。车厢剧烈晃动,但由于被后面的锁链固定住,无法移动位置。

"准备好!"迈尔斯大喊,"等门移开,朝车厢里全力射击!枪里只装铝弹,不要节省弹药。之后再把子弹收集起来重铸。"

车厢门开始弯曲,金属发出痛苦的呻吟。迈尔斯和他的手下退到两侧,避开锁链运动的方向。其中三个人跑去架设旋转式机关枪,但迈尔斯挥手制止了他们。他们没有供机关枪使用的铝弹,贸然开火的话只会被一个有备而来的射币利用,从而酿成灾难。

迈尔斯重新将注意力击中在车厢上。他从金属意识库中提取更多力量，屏住呼吸，身体渐渐燥热起来。他不需要呼吸。他的身体每一刻都在焕发新的活力。如果可以的话，他甚至想让心跳停止。在他全神贯注的时候，心跳声听起来很让人恼火。

就算不呼吸，他的枪法也比不上瓦克斯。当然了，没人能跟他比。那家伙对枪械有种与生俱来的直觉。迈尔斯看他击中过自己绝无可能命中的目标。杀死这样的对手简直可耻，就像是烧掉一幅独举世无双的名画。

可是他别无选择。迈尔斯抬起手臂，用手枪瞄准。车门继续弯曲变形，锁链上的几处扣环都快断开了。但错综交缠的扣环有许多，引擎也足够强力，车门的连接轴终于开始断裂。金属碎片朝四面八方飞弹，螺栓啪啪折断。一片飞来的金属还刮破了迈尔斯的脸颊，伤口瞬间愈合了，一点不痛。疼痛在他脑海里只剩下模糊的记忆。

车门发出最后一声垂死的尖叫，被撕扯下来，飞到房间另一侧，继而落在地上，溅起火花，又往前滑行了一段。操纵控制杆的那名手下手忙脚乱地制动引擎。车门停在隐匪脚下，他们一脸紧张地端着枪，对准黑洞洞的车厢。

*来吧，瓦克斯，*迈尔斯心想。*有什么招尽管使出来。你来到了我的地盘上，进入我的老巢。你现在是我的了。*

可怜的傻瓜。每当有女人遇险，瓦克斯就乱了方寸。

就在这时，迈尔斯注意到了一条细线，细到难以察觉，一头连着掉落的车门，其余的松松地团在车厢内部。肯定是被绑在了车门上，里面则是松松的一团。当他们把车门扯下来之后，线没有断，而是被拽着往前走。这是什么……

迈尔斯再次朝掉落的车门看了一眼。胶带。炸药。

啊，该死。

车厢里的某个人——藏在装满铝的集装箱后面——把那条线猛地一拽。

第十八章

外面,整个房间都在震动;里面,车厢猛地一斜——正好有个好心人把车厢给固定住了,这才没让瓦克斯利姆被狠狠地摔下来。他抓住事先拴在保险柜上的绳索,低下头,将"辩罪"举到耳侧。

等爆炸结束,他立即翻过箱子,闪身跃进房里。屋内浓烟滚滚,碎石块与金属散落了一地。大多数灯都被爆炸弄灭,剩下的几盏也摇摇欲坠,让房间里充满了令人眼花缭乱的光影。

瓦克斯利姆快速扫视现场,至少干掉了四个人。如果他能早点引爆炸药的话,说不定还能多干掉几个,但他怕伤到无辜者。他必须确保史特芮丝或其他人不在附近,才能动手。

瓦克斯利姆对一块金属使用钢推,在所有隐匪都还没来得及对他瞄准之前飞上空中。"辩罪"开火,打中了一名摇着头起身的敌人。瓦克斯利姆落在车厢顶上,接着又准确地连射两枪,两名隐匪应声倒地。

在房间另一侧又站起一个破破烂烂的人影,瓦克斯朝他射击之后才看出那人正是迈尔斯。他外套的左半边连同衬衫都已经面目全非,可他的皮肉已经长好,手里正端着枪。

糟糕,瓦克斯利姆一惊,再次躲到损毁的车厢后面。他本想给自己找个更保险的藏身处,有狭长的通道和隐秘的角落之类的,而不是这么开阔的石头房间。在这种场地，很难不被围困。

他往车厢侧面探出头，立即招致来自四面八方的火力。他迅速缩回来，匆忙往"辩罪"里装填普通弹药。他已经被敌人压制住了，情况不太妙。

屋内另一盏灯忽闪两下，熄灭了。爆炸引燃的火焰让屋内呈现出了原始的红光。瓦克斯利姆蹲下，"辩罪"早已举在手上。他用不着使用钢圈——所有人都在用铝弹射击。

他要么选择坐以待毙，等敌人包围车厢之后被他们杀死；要么选择冒着中枪的危险突围。既然如此那就来吧！他踢飞一块金属，接着对其使用钢推。金属吸引了火力，他则冲在后面，一边往身后钢推，朝空中飞去。他侧转身子，边飞边开枪，迫使敌人无法抬头。他还射中了其中一个，然后落在地上，滑进几个翻倒的箱子所形成的阴影里。

他蹲直身体，急忙装填子弹。他的身侧很疼，血又渗出了绷带。车厢被固定在房间的北边，他往西面突围，现在落在堆满箱子的西北角里。西南的位置上有条隧道，也许他能从那逃走。

他闪到箱子侧面，射中一名隐匪的额头。接着又躲到更大一堆箱子后面寻求掩护。

有人正绕到箱子左边想要偷袭他，他能听见他们踩在爆炸碎屑上的脚步声。瓦克斯利姆举起枪，迈到侧面，开火射击。

那个身穿黑色西装的男人随手一扬。瓦克斯利姆利用镕金术师的蓝线追踪子弹的去向，看到它被甩到身后，击中了上方的墙壁。*真好。是个射币。*

他转动"辩罪"的枪管，锁定弹巢。可惜还没等他射出特殊子弹，其他隐匪的炮火就逼得他不得不伏低身子。

那名射币离他很近。瓦克斯利姆必须尽快行动。他从口袋里抓出几块绑着金属砝码的手帕，把它们推出去吸引火力，然后躲到箱子右侧。他必须不断移动——

他跟另一个绕过箱子前来包抄他的人撞了个正着。那名经手的男人肤色灰白，头上戴着韦恩的帽子。是塔森，他在之前的战斗里听到别人喊他的名字。

塔森惊讶地睁大双眼，下意识出拳——全然忘了手里还握着枪。这人有着克罗司血统，从他枪伤复原的速度来看，可能还是个白镴臂。这样的人总爱先挥拳头，然后才想到枪。

瓦克斯利姆及时往后一躲，感觉到拳头贴着他的鼻尖掠过，重重落在一个箱子上。他举起"辩罪"，但是塔森——手法快到了超凡的地步——一把将枪从他手里打掉。没错，肯定是白镴臂。克罗司血统的男人都很强壮，但身手绝对没这么快。

瓦克斯利姆条件反射般地把自己向后推去。跟这个男人徒手战斗无异于自杀。必须——

屋顶爆炸了。

好吧，不是整个屋顶，只是瓦克斯利姆头上的那一块，车厢似乎是被放至某种机械平台上降下来的。金属碎片从天而降，瓦克斯利姆连忙闪避开，还用钢推挡掉了一些。上方枪声大作，那个白镴臂躲得飞快，几发子弹打中了他旁边的箱子。

一个身影从天而降，身穿长衣，手持两柄决斗杖。韦恩重重落在瓦克斯利姆身边，痛苦地呻吟了一声，速度场的微光在两人身边亮起。

"哎哟。"韦恩说着翻过身，伸直一条腿，让断裂的骨头愈合。

"你用不着这么快跳下来。"瓦克斯利姆说。

"噢，是吗？抬头往上看看吧，松饼脑袋。"

瓦克斯利姆抬眼看去。在他与那名白镴臂打斗的同时，黑衣射币已经悄悄逼近。只见那人动作缓慢地落在货箱顶上，手里拿着枪，一发子弹徐徐飞离枪管，枪口还在冒烟，正指着瓦克斯利姆的脑袋。

瓦克斯利姆打了个冷战，然后刻意往旁边挪了一步。"谢谢你。还有……松饼脑袋是什么梗？"

"骂人的新词。"韦恩说着站起身,"这件新外套怎么样?"

"你耽搁这么久就是为了这个?你不会在我舍命战斗时还跑去购物了吧?"

"我得先解决掉在上面守门的三个笨蛋。"韦恩转动着决斗杖,"其中一人身上穿着这件体面的衣服。"他略作迟疑。"我之所以晚了一会儿,是因为得想办法打倒他,又不能弄坏衣服。"

"非常好。"

"我让玛拉茜射他的脚。"韦恩笑着说,"你准备好了吗?我们这位有着克罗司血统的朋友就交给我吧。"

"小心点。"瓦克斯利姆说,"他是白镴臂。"

"真迷人。你总能给我引荐这么可爱的人啊,瓦克斯。玛拉茜会在上面掩护我们,压制那些枪手。你能解决掉那个射币吗?"

"如果我做不到,就真该退休了。"

"噢,人们现在喜欢这么形容'中枪'吗?我记住了。准备好没有?"

"上。"

韦恩解除速度场,往前一滚,从箱子侧面给那白镴臂来了个突然袭击。射币的子弹击中了地面。瓦克斯利姆纵身跳起去捡"辩罪",那把枪从他手里飞出去后落在了附近的箱子上。

那射币反射性地移动脚步,在下跳的同时钢推那把枪。拉奈特或许有很多优点,但有钱并不算在内——所以"辩罪"不是用铝做的。随着那射币的钢推,枪冲瓦克斯利姆的头飞了过来。他咒骂着避开,"辩罪"扑了个空。他当然还有其他武器可用,但里面只有普通的子弹。

他猜到那射币是想要把枪砸到墙上弄坏,瓦克斯利姆使出全身力气向上钢推,让枪穿过屋顶的洞,飞了出去。

瓦克斯利姆抛出一枚子弹,紧随武器向上飞去。那射币试图朝他开火,但玛拉茜精准的枪法——她使用的是铝弹——险些打中他的头,那男人不得不闪身躲避。

瓦克斯利姆穿过一道像瀑布般落进屋里的迷雾。他冲进黑暗多雾的夜空，从半空中抓住"辩罪"。他钢推路灯让自己朝侧面飞去，子弹雨点般袭来，在迷雾中留下尾迹。

他撞上旁边的建筑物，伸手抓住。从洞里又窜出个黑影，飞到空中。是那个射币。跟他一起出现的还有另一个身穿黑衣的男人，也是某种镕金术师，从他飞行的轨道判断，应该是个扯手。

太好了。瓦克斯利姆把枪压低，扔下一发普通子弹，在向下钢推的同时减轻体重，让自己飞上天。另外两人优雅地跃起，紧随其后，瓦克斯利姆转动"辩罪"的枪管，将转轮卡在特殊的弹巢上。

再见了，他朝那射币的脑袋开了一枪。

但那人偏巧在那一瞬间把自己朝侧面推去。这不是有意的躲闪，只是走运而已。子弹徒劳无功地射入迷雾，从那人身边擦过，对方举起枪就是一通乱射，其中一发子弹擦破了瓦克斯利姆的手臂。

鲜血洒进黑夜里，瓦克斯利姆咒骂着，朝侧面钢推，胡乱地躲避枪弹。太蠢了！他愤怒地想。**如果不能小心瞄准的话，给你再好的子弹又有什么用！**

他集中精神让自己位于另外两人前方，同时在巍峨的铁脊大楼侧面来回跳跃攀爬。那射币在他身后跳出优雅的弧线，扯手则更加直接，铁拉建筑物的金属框架往上飞蹿。他先向外跳，再朝上铁拉，从而再次靠近建筑物，像是诡异地把绳降动作倒转了过来。

两人都在节约子弹，等待合适的开火时机。瓦克斯利姆也是一样，但原因却不尽相同——他不确定对他们开火能带来任何好处。他需要装填另一发杀雾者子弹。而且如果可能的话，他还需要把那两名镕金术师分开，一个一个地解决。

他不断往上，对落脚平台石料下方的钢铁支架使用钢推，可是没过多久，第一次攀爬这座建筑物时遇到的问题又出现了。建筑物越往高处越窄，可他利用钢推向上跳时只能偏外，不能往内。这一次没有霰弹枪。他把霰弹枪交给提洛米了。

不过他还有另一发杀雾者子弹，针对白镴臂的大杀伤力子弹。他犹豫着——应该省下来对付下面的那个白镴臂吗？

不对。如果他现在死了，也就不用提什么下来了。瓦克斯利姆伸出手，扣动扳机，利用后冲力让自己往后飞。这一下虽说没有霰弹枪威力大，但由于他现在体重很轻，足以让他朝建筑物飞了回去。

射币与他凌空交错，一脸的惊讶。那人举起枪，但瓦克斯利姆抢先开火，射出一发普通子弹——那射币不得不钢推来把子弹推开。瓦克斯利姆与他同时钢推，身体朝建筑物飞去。那个不幸的射币则飞上了天。

很好，瓦克斯利姆心想。现在距离地面足有百尺，他攀住建筑物的表面，朝那名扯手射击，那人却在小心地使用铁拉。瓦克斯利姆的子弹划出一道弧线，击中了扯手胸前的护板。

瓦克斯利姆犹豫片刻，然后松开墙壁，在维持平衡的同时从另一边的肩套里拽出第二把手枪。

他快速地将六发子弹连射。扯手转过身，改用正面对着瓦克斯利姆，子弹击中他胸前的护板，火星四溅。幸运并没有降临到瓦克斯利姆头上——有时你能通过那种方式杀死扯手，比如说一发子弹会弹到他脸上，或是能把他胸前的护板击落之类。可惜今夜他没这么走运。

瓦克斯利姆咒骂着让自己往上，再从那人身边落下。扯手紧跟着他跳入空中，二人双双穿过迷雾。

瓦克斯利姆朝下方开了一枪，在落地前及时减速。他需要找准角度射中那扯手，才能——

第二声枪响划破空气，扯手尖叫一声。瓦克斯利姆举着枪转过身，只见那扯手已经脸朝下砸在地上，血流了一地。

玛拉茜从他旁边的灌木丛里跳出来。"噢！这下肯定很疼。"她皱着眉，仿佛对刚刚被她用铝弹射中的男人很是关切。

"就是要让他疼啊，玛拉茜。"

"枪靶就不会尖叫。"

"严格说来，他也是枪靶。"幸亏韦恩在婚宴过后抓错了子弹。他忽然一愣，好像忘记了什么？

那个射币。

瓦克斯利姆咒骂着，扔下那把子弹耗尽的普通手枪，拽起玛拉茜，从洞开的缺口跳了进去，同时一波子弹穿过迷雾，与他们擦身而过。瓦克斯利姆抱着她跳进屋里，稳稳落地。

下面的房间里一片混乱。不少人东倒西歪地躺在地上，有些被当场炸死，另一些人则是被瓦克斯利姆开枪击毙的。一大群隐匪围聚在西边的隧道边上，朝韦恩射击——韦恩正疯狂地全力燃烧弯管合金。他的套路是先现身，吸引火力，然后消失，再出现在旁边。当子弹悉数落空时，他会出言辱骂对方的蹩脚枪法，然后再次移动。

枪手们一直在努力猜测他下一瞬会出现在哪，可这不过是徒劳。韦恩能让时间减慢，看清楚子弹的来势，然后移动到他们无法命中的位置上。要想击中早有准备的滑行者，只能寄希望于极好的运气与枪法。

但虽然他躲闪的身法可圈可点，也只能跟敌人拖延时间。面对这么多敌人同时开火，韦恩根本不敢往前移动半步。他在撤掉一个速度场之后必须等上片刻才能再搭设一个出来，如果他距离枪手太近的话，那些人便有机会瞄准、射击，然后在他毫无防备那几秒钟里命中。韦恩躲闪的时间越久，他们对韦恩现身时间的预判也就越准确。要是他一直这么磨蹭下去，迟早会被子弹射中。

瓦克斯利姆朝那边看了一眼，然后朝玛拉茜伸出一只手："炸药。"

她把炸药递给他。

"找地方掩护，等那射币来追我们时，尽量打中他。"瓦克斯利姆冲进房间，冲着人群胡乱扫射。他们尖叫着到处躲闪。瓦克斯利姆在一道新的速度场搭设起来的同时，赶到韦恩身边。

"多谢。"韦恩说。汗水从他脸颊两侧向下流淌，但脸上仍旧带着笑。

"那个白镴臂呢?"瓦克斯利姆问。

"我们旗鼓相当。"韦恩回答,"那浑蛋可真快。"

瓦克斯利姆点点头。白镴燃烧者向来都很让韦恩头痛。韦恩能快速疗伤,但白镴臂却是力量大速度快。在肉搏战中,韦恩根本占不了上风。

"我的幸运帽还在他头上。"韦恩朝站在那群隐匪背后的灰皮肤男子点了点头,后者正在组织手下进攻,"这最后一队人是从隧道里出来的。我想里面应该还藏着更多人手。不知道迈尔斯怎么没把他们叫进来。"

"在这样大小的房间里,如果太多人同时开火,不利的反而是他们。"瓦克斯利姆环视四周,"他想要保留实力,想把我们耗死。话说迈尔斯去哪儿了?"

"他想绕道偷袭我。"韦恩说,"我想他藏在车厢侧面了。"

韦恩跟瓦克斯利姆此时站在房间中央,车厢在左后方,货箱在右后方,隧道则在右侧。

瓦克斯利姆很容易就能够到车厢。"好极了,"他说,"还是照原计划先解决掉迈尔斯。"

"我觉得不会成功。"

"所以我们才需要备用方案。不过还是盼着首选计划能成功吧。我可不想让玛拉茜陷入更多危险。"瓦克斯利姆举起炸药,上面没有引线——要拉动引爆器来将让它爆炸。"你对付那些人,我搞定迈尔斯,准备好了吗?"

"嗯。"

瓦克斯利姆抛出炸药,韦恩在炸药接触到边缘的一瞬间把速度场解除。任何物体——尤其是小东西——在离开速度场的一瞬间都会朝不可预知的方向略微偏斜,正因为如此,从速度场里往外开枪才是不可能的。

那些隐匪从藏身处抬头往上看。炸药朝他们飞了过去。瓦克斯利姆举起"辩罪",朝着它射出了最后一发子弹。

爆炸震得房间直晃,瓦克斯利姆的耳朵也嗡嗡作响。他顾不上在意,飞速转过身,看见迈尔斯正从破损车厢的旁边走出来。瓦克斯利姆抓起一把子弹,朝车厢跑去,急急忙忙躲进去,这才给枪装填弹药。

片刻之后,一个人影出现在门口。"你好啊,瓦克斯。"迈尔斯说着走进车厢。

"你好啊,迈尔斯。"瓦克斯利姆深吸一口气,钢推上方用来固定渔网的金属钩。铁钩瞬间被推落,迈尔斯被罩在了网里。

趁着迈尔斯惊慌地挣扎时,瓦克斯利姆又钢推渔网底部的爪钩,把它们从在车门原先位置形成的大洞里射了出去,渔网立即收紧,拖住迈尔斯的双脚往外拽。

迈尔斯倒在车厢的地板上,头砸中装有铝的货箱。这一下恐怕不足以让他晕厥,但没头没脑地这么一摔,他手里的枪还是被撞掉了。瓦克斯利姆纵身向前跳去,抓住枪,把它从网里拽出来,然后站起身,急促地喘着气。

迈尔斯还在跟渔网搏斗。除了难以置信的自愈能力之外,他并不比普通人强壮多少。但这个把戏杀不死他,只能限制他的行动。瓦克斯利姆迈步上前,此刻终于有机会包扎手臂上的伤口了。伤势并不严重,但还是流了不少血。

迈尔斯抬头看着他,渐渐平静下来。接着,他把手伸进口袋里,掏出雪茄盒,从里面拿出一支细巧的炸药棒。

瓦克斯利姆愣住了,随即恍然大悟,接着就陷入了恐慌。

*啊,真该死!*他越过迈尔斯,跑出车厢,胡乱地一跳——甚至让自己在空中转起圈来。他瞥见迈尔斯扯掉了炸药的起爆盖,整个人瞬间被一团明亮而威力巨大的火球吞噬。

瓦克斯利姆被余波掀起,如同被狂风吹掠的树叶。他砸在地上,眼冒金星,一时失去了意识。

等他头晕目眩、血流不止地恢复知觉,这才停止了翻滚。脑袋仍然昏沉沉的,他动弹不得,甚至无法思考,心脏跳得无比用力。

一个身影从车厢里站了起来。瓦克斯利姆的眼前一片模糊,看不分明,但他知道那人一定是迈尔斯。他全身衣不蔽体,但整个人安然无恙。他引爆了手里的炸药,从渔网里脱身。

铁锈灭绝啊……瓦克斯利姆咳嗽起来,自己伤得究竟有多重?他翻了个身,毫无知觉。这可不是好兆头。

"你现在还怀疑我是天选之人吗?"迈尔斯咆哮着。瓦克斯利姆几乎听不清他说什么,他的耳朵听力还没从爆炸中恢复过来。"否则为什么我会拥有这种力量,瓦克斯利姆?否则我们为什么是这样的人?可我们却让别人成为统治者,任由他们把我们的世界搞得一团糟,自己却置身事外,光顾着追击那些卑微的罪犯。"

迈尔斯从车厢跳下,大步上前。他上身赤裸,下身的裤子也只剩几块布条。"我已经厌倦执行这座城市的命令。我应该救人,而不是对那群腐化冷漠的官僚唯命是从,进行那些毫无意义的战斗。"

他走到瓦克斯利姆身边,低下头。"你还不明白吗?你不明白我们应该肩负多么重要的工作吗?你不明白这些理应由我们来做,甚至连统治权也应归我们所有。就像是……拥有如此力量,我们理应成为神。"他似乎是在乞求瓦克斯利姆认可他的剖白。

但瓦克斯利姆只是咳嗽。

"我呸。"迈尔斯说着直起身,转转手,"你不觉得我早就知道限制行动是唯一能阻止我的办法吗?但我发现区区一次爆炸就能解决这个问题。我把炸药藏在雪茄盒里,神不知鬼不觉。你应该跟那些被我在蛮苦之地里抓捕的罪犯去打听打听,他们当中有几个人曾经想用绳子捆住我。"

"我……"瓦克斯利姆还在咳嗽,连他自己的声音听起来都很诡异,"我不可能跟被你抓捕过的任何罪犯说话,你把他们全都杀死了,迈尔斯。"

"那倒是。"迈尔斯抓住瓦克斯利姆的肩膀,拽着他站起身,"我看见你在跳出车厢时把我的枪给弄掉了，干得真棒。"他朝瓦克斯利姆的肚子打了一拳——男人痛苦地哼了一声——接着又把他往地上一丢，走向附近的一把枪。

虽然头晕目眩，但瓦克斯利姆还记得应该寻求掩护，他踉跄着站起身，钢推某个机器，让自己飞到屋子的另一侧，落在货箱旁边。爆炸把那些货箱冲击得七零八落，可仍旧能拿来作掩体。

他一边咳嗽，一边流着血，一边往货箱后面爬去。然后倒地不起。

#

韦恩在两名隐匪之间转了个身，他把决斗杖拿在身侧，朝其中一人的后背打了一下，随即听见令人满意的嘎吱声。那人应声倒地。

韦恩笑着解除速度场。另一个人原本跟他一起被困在里面，这时转过身，想朝韦恩开枪——但随着速度猛然加快，他偏巧移动到几名同伴子弹的弹道上。

那隐匪被数发子弹击倒。韦恩向后一跳，在他和一名吓蒙的隐匪身边设起另一道速度场。

圈外的一切都慢了下来——子弹在空中静止，喊叫声消失了，声波也在接触到速度场时散佚。速度场对声音会产生奇怪的作用。韦恩转身把背后那名隐匪的枪打掉，果断往前一跃，用决斗杖的一端直捣那人的脖子。对手吓得发出咯咯怪声，韦恩重击他脑袋的侧面，把他撂倒。

韦恩后退一步，舞弄着一柄决斗杖。他的弯管合金快不够用了，所以他又吃了一点，那是他仅存的余量。更让人担心的是他的金属意识库，几乎已消耗殆尽。他讨厌这样战斗。一发子弹就能把他结果。他太脆弱了……和所有人一样脆弱。这才是最让人不安的。

韦恩来到速度场的边缘处，真希望它能随自己一同移动。那白镴臂还戴着韦恩的幸运帽，在瓦克斯掷出炸药的当儿躲了起来，直到此时才现身。他看起来伤得并不重，脸上有几处擦挂，根本不值一提。真是太糟糕了。但至少那帽子还完好无损。

那人朝韦恩冲过来,速度依然缓慢,但跟其他隐匪相比还是快了许多。说起来很泄气,可韦恩知道自己必须远离这家伙。在没有储备好大量健康的情况下,他从来没有打赢过白镴臂。最好继续跳来跳去,让那人摸不着头脑,等玛拉茜或瓦克斯多打中他几次。

韦恩转过身,环视四周,选择应该站在哪里解除速度场。这么多子弹在空中飞,他可不想……

那是瓦克斯吗?

韦恩目瞪口呆地看到血流不止的瓦克斯利姆正在朝房间的另一端飞去,好像是被钢推过去的。他的目标位置是房间西北角的那堆箱子,就在韦恩左边。他的外套破破烂烂,还有烧焦的痕迹。又爆炸了?韦恩觉得刚才听见了什么声音,但在速度场里跳进跳出,很难听清楚外面的声响。

瓦克斯需要他。那么是时候结束这场战斗了。韦恩解除速度场,往前冲去。他数了两下,然后设起另一个速度场,往右一闪。他撤下速度场继续奔跑,子弹雨点般地落在他刚刚的位置上。在那些追踪他行迹的人看来,他刚才模糊成了一团,然后立即出现在原先位置的右边。他重复刚刚的动作,往另一个方向躲闪,然后解除速度场。

快到了,再设一个速度场,就能——

有东西击中了韦恩的手臂。在感觉到疼痛之前血先流出来了,这可真奇怪。他咒骂一声,踉跄着又立即设起一道速度场。

他握住手臂,温热的鲜血从指间涌出,他慌乱地从金属意识库里把最后一点健康提取出来。那不足以让枪伤愈合,只能减缓失血的速度。他转过身,注意到另一发子弹快要命中他的速度场。他在子弹接触到速度场边缘的前一瞬跳到侧面,子弹飞快地穿过空气,打到另一侧,又慢了下来,偏斜着朝屋顶飞去。

真是该死啊,韦恩一边想,一边胡乱包扎着受伤的手臂。这群人里有个神射手。他打量着四周,发现那个身穿黑衣的射币单膝跪在墙边,手里拿着一把眼熟的来福枪,正在瞄准韦恩。那把来福枪正是拉奈特借给玛拉茜的。**好吧,看来他们完蛋的速度比弯管合金燃烧还要快。**

他犹豫了片刻。瓦克斯倒下了,可是玛拉茜……她出了什么事?韦恩到处都找不到她,只看见那射币躲在某架机器边上,手里拿着她的枪。这就足够了。

瓦克斯肯定希望他去帮帮那个姑娘。

韦恩咬紧牙关,转身朝那射币疾奔过去。

#

瓦克斯利姆呻吟着,忍痛从脚踝的枪套里取出那把小手枪。他在爆炸中把"辩罪"丢了——拉奈特肯定会跟他拼命——而且在拽玛拉茜时把另一把枪也落在上面了。现在就只剩下这么一把。

他颤抖着想要拉下小手枪的保险栓。他完全不敢去想自己的伤势有多严重,只感觉胳膊和手臂的皮被扒掉了。

迷雾继续顺着头顶上方的洞往里涌,几乎把房间的这一侧给包围了起来。瓦克斯利姆绝望地发现手里这把小手枪也在爆炸中损坏了,击锤已经卡死。反正拿它对付迈尔斯也是不可能的。

他再次呻吟,仰倒在地板上。*我明明请求和谐之主给我点帮助的。*

这时一个清晰而出乎意料的声音对他说,*我想你已经得到一点帮助了。*

瓦克斯利姆一惊。*那……能再多帮我一点吗?拜托?*

*我不能厚此薄彼,*他脑海中的声音回答,*这样会打破平衡。*

可您是神啊,神办事不就是爱厚此薄彼吗?

*不,*那声音继续回答。*重点在于均衡,让尽可能多的人有权作出自己的选择。*

瓦克斯利姆躺着凝视盘旋的迷雾。爆炸对他的冲击远比想象中严重得多。

*你是神赐之人吗?*那声音问他,*迈尔斯声称镕金术师都是神赐*

之人？

我……瓦克斯利姆心想。如果我是神赐之人的话，就不会遭受这么多痛苦了。

那你是什么？

这真是异常古怪的对话啊，瓦克斯利姆想。

没错。

您怎么能眼睁睁地看着那些隐匪犯下恶行，却不出手帮忙呢？瓦克斯利姆问。

我帮了。我把你派来了啊。

瓦克斯利姆吐出口气，吹开眼前的迷雾。迈尔斯说的话让他很是不安——我们被赐予这般力量，难道不是有理由的吗？

瓦克斯利姆一咬牙，强迫自己站起来。他在迷雾中感觉好多了。伤势显得没那么严重，疼痛感也没那么撕心裂肺。但他仍然手无寸铁，仍然被逼到了墙角里，仍然……

他突然认出了前面的箱子。那是他自己的箱子，是他在二十年前出发前往蛮苦之地时，随身携带的那一个。那箱子虽然如今已是破旧不堪，但的确是被他带回城里的那一个。

是他在几个月前的那个夜晚，把枪放到里面去的那一个，侧面还露出了迷雾外套的流苏。

不客气，那个声音小声对他说。

#

玛拉茜躲在破损车厢背后的阴影里，紧张得心脏狂跳。那射币在她解决掉他的朋友之后，就来追击她了。尽管四周漆黑，迷雾缭绕，但凭借镕金术的力量，无论她跑到哪里，他都能看得见，于是她只好把来福枪藏在几个箱子后面，自己躲到别处。

这感觉有点懦弱，但是奏效了。他朝箱子开了几枪，然后走过去把来福枪拾了起来，一脸困惑。他显然以为能在那后面找到她流血的尸体。

其实她只是失去了武器。她得再找一把枪来，必须做点什么才行。韦恩被击中了，他把射币引开了，可她却也看见他在流血。

房间里乱作一团，让她晕头转向。韦恩告诉过她，他们携带的炸药棒相对小巧，但如果在近距离引爆的话还是能发出震耳欲聋的声响。枪声就已经响得够让人难受了，空气里浓烟滚滚，在没有枪响的间隙，她能模糊地听见人们呻吟、咒骂和垂死的声音。

在隐匪出现在婚宴上之前，她从来没参与过任何战斗。现在她不知道该怎么做，甚至连方向都搞不明白。屋里一片漆黑，只有零星的火焰时隐时现，还有迷雾在她身边形成各种幻影。

几名隐匪缩在一处，跟一个有着克罗司血统的男人一起守卫着隧道的入口。当她从藏身处往外探头看时，几乎看不清他们，只能看见他们手里举着枪。她不能往那个方向跑。

一个身影从附近的黑暗中走出来，吓得她险些叫出声。她从人们对"百命"迈尔斯的描述中认出了这个人。脸颊窄长，一头深色短发。他上半身赤裸，露出结实的胸膛，腿上的裤子也是破烂不堪。他正数着手枪里的子弹，而且还是屋里唯一没有趴着或躲藏的人。他的双腿踢打着覆满地面的迷雾。

他在隧道口那群隐匪旁边停下，她听不清他们说了些什么。那些人迅速散开，钻进隧道里。迈尔斯没有跟上他们，而是大步走过房间，朝玛拉茜走来。她屏住呼吸，希望他能走到距离她藏身处足够近的位置，让她……

这时响起布料的摩擎声，那射币落在迈尔斯身边。迈尔斯停下来，挑了挑眉。

"铁拉死了。"那射币说。玛拉茜听不清他说什么，可能听出他的声音很是愤怒，"我一直想干掉那个矮个子，他不断地引我绕着屋子跑。"

"我相信我之前已经说过了。"迈尔斯的声音响亮而冷酷，"韦恩和瓦克斯利姆像老鼠一样，追着跑是没用的，得把他们引过来才行。"

玛拉茜身体前倾，浅浅地呼吸，尽量不弄出动静。迈尔斯几乎近在咫尺，只要他再往前迈几步……

迈尔斯把手枪的弹膛合上。"瓦克斯利姆爬到别处去了。我跟丢了，但他受了伤，而且手无寸铁。"接着迈尔斯转过身，端起手枪瞄准玛拉茜的藏身处："愿意的话，就喊他出来吧，玛拉茜贵女。"

她僵在原地，感到彻骨的惧意。迈尔斯脸色平静而冰冷，不带一丝感情。他完全能毫不犹豫地杀死她。

"喊他出来。"迈尔斯用更坚定地口吻说，"尖叫吧。"

玛拉茜张开嘴，却没有作声。她只是凝视着那把枪。她曾经在大学的训练课上学到过，照敌人的命令去做，然后趁对方扭头时拔腿就跑。可是她动不了。

房间角落里被迷雾裹住的阴影开始移动。她把目光从迈尔斯身上移开。迷雾里有个黑的东西在动。那是个人，站得笔直。

迷雾仿佛被抽走了一般。瓦克斯利姆站在那，身披一件宽大的外袍，腰部以下被割成条状。腰间一左一右插着两把闪闪发亮的手枪，双肩还各扛着一把霰弹枪。他的脸上沾着鲜血，但却在微笑。

他一语不发地将霰弹枪平举，朝迈尔斯的腰间开火。

第十九章

朝迈尔斯开枪当然是没用的,即便近距离被炸药袭击,那人也能活下来,被霰弹枪扫几下又算得了什么。

可是这几枪却引得那射币惊慌地把自己给推开了,还溅得迈尔斯身上都是金属。瓦克斯增加体重,使用钢推,不过要想推中那些子弹很有难度。任何穿过人类身体或接触到血液的金属,都很难受到镕金术的影响。

幸好迈尔斯的身体帮了大忙,他在疗伤的同时把子弹给弹了出来。还没等它们落地,瓦克斯的钢推就找到了着力点,他把迈尔斯推得飞过房间,砸到对面的墙上。

那射币则落在房间的另一侧。瓦克斯利姆快步急冲,迷雾外套的衣摆拍打着身体。该死,但再次穿上这身衣服感觉真是不错。他在玛拉茜身边刹车停下,贴近车厢一侧。

"我差点就打中他了。"玛拉茜说。

"瓦克斯利姆!"迈尔斯怒吼,声音在房间里回荡,"听着,你所做的一切都是在拖延时间!我的人已经去干掉你想救的那个女人了。如果你想让她活着,就给我滚出来。我们——"

他的声音突然奇怪地被打断。瓦克斯皱着眉,看见有个东西在玛拉茜身后移动。她跳起来,瓦克斯也举起霰弹枪,结果发现那人是韦恩。

"嘿,"他气喘吁吁地说,"枪不错。"

"谢了。"瓦克斯说着又把枪扛在肩上,发现了他们周围的速度场,正是它挡住了迈尔斯的声音。"你的手臂?"

韦恩朝左臂上鲜红的绷带看了一眼:"情况不太好。我的健康耗尽了,还流了些血。我速度变慢了,瓦克斯,慢了很多。你自己也挺邋遢的。"

"我死不了。"瓦克斯一条腿在抽痛,脸也被刮掉一层皮,但他却感觉出奇的好。他在迷雾里总能有这种感觉。

"他说的那些话。"玛拉茜说,"你觉得是真的吗?"

"有可能,瓦克斯。"韦恩焦急地说,"隧道前头的那群小子刚才突然全都跑了,好像有什么要紧事。"

"迈尔斯确实跟他们说了点什么。"玛拉茜补充道。

"该死的。"瓦克斯把头探出车厢看了一眼,迈尔斯也许是在吓唬他……但也可能不是。瓦克斯不敢冒这样的风险。"那个射币很麻烦,我们得先把他干掉。"

"拉奈特那把拉风的枪哪去了?"韦恩问。

"不知道。"瓦克斯愁眉苦脸地回答。

"哇噢,这下她会把你给宰了的,伙计。"

"我肯定会把这件事怪到你头上。"瓦克斯仍然看着那射币,"他很厉害,是个危险的对手。除非先杀死那个镕金术师,否则永远都解决不掉迈尔斯。"

"但是你有那些特殊的子弹啊。"玛拉茜说。

"只有一枚。"瓦克斯把霰弹枪插回外套内的枪套里。他拿出另一枚射币子弹,"我不认为普通手枪能把它射出去。我……"

他停下,看了看玛拉茜,女孩正冲他挑眉。

"对啊,"瓦克斯说,"你们能牵制住迈尔斯吗?"

"没问题。"韦恩回答。

"那就走吧。"瓦克斯深吸一口气,"再试最后一次。"

韦恩迎上他的视线,点了点头。瓦克斯在他朋友的脸上看见了紧张。两人都衣衫破烂,浑身浴血,金属不足,金属意识库已经耗尽。

但他们曾经也到过这个地步,而且往往在这时才能爆发出最强的力量。

在速度场被解除的一瞬间,瓦克斯从车厢后面跑出来。他把子弹高高抛起,猛力钢推。射币轻松自信地抬起手,将子弹朝瓦克斯反推。

弹壳朝瓦克斯飞去,他轻而易举地躲开,然而陶瓷弹头却继续前进,直直射入射币的眼睛。

托你的福啊,拉奈特! 瓦克斯暗叹。他随即跳起,钢推某个倒地隐匿口袋里的钱币,借着那股力量往前冲,蹿进隧道。那里铺着轨道,像是为行驶列车而建造的。

瓦克斯迷惑地皱起眉,但还是钢推轨道,一头扎进黑暗之中,一直来到通往上方的楼梯跟前。这里的屋顶是木制的,隧道上层似乎还有某种建筑物。他冲上楼梯,进到木制建筑里面,那也许是间营房或宿舍。

瓦克斯微笑,随着他渐渐焕发出活力,伤口也没那么疼了。楼梯顶端的木制地板上有脚步声。他们做好了迎接的准备。那当然是个陷阱。

不过那又如何,他拿上两把霰弹枪,然后钢推楼梯上的钉子,一跃而上。他经过一楼,继续前往二楼——打算从楼上找起。如果史特芮丝真被关在这里的话,很可能在顶楼。

让我们来点刺激的,瓦克斯想,燃烧金属,能量激增。他甩开肩膀撞向楼梯顶端的那道门,进入二楼的走廊。重重的脚步声从他身后响起,一群人从附近的房间里冲了出来,个个全副武装,身上没有任何金属。

瓦克斯微笑着举起霰弹枪。*好吧,让我们做个了断。*

瓦克斯大力钢推端着铝枪对准他的那群人脚下的钉子,木板被掀翻，地面都在颤动，让隐匪无法瞄准。他往右一滚，从走廊翻进侧面的房间里。接着就地站起转身，对着门口举起两把霰弹枪。

沿着楼梯上来的隐匪跟随他冲进走廊，瓦克斯利姆手中双枪同时开火，把那些人向后钢推，自己则飞出窗外。这座建筑更像是一处老旧的仓库，窗户上没有玻璃，只有百叶窗。

瓦克斯飞到空中，黑暗的街道上有盏路灯，就在他左侧不远处。他钢推路灯，同时把体重减轻到几乎为零。镕金术把他推回到建筑物的侧面。他落地后，连跑带跳地贴着墙壁往前冲。

等他跑进另一间屋子后，立即钢推另一盏路灯，从窗户一跃而入，碎片飞散四溅。他站起身，面对隔间的墙壁。

他把霰弹枪收回到枪套里，拿起转轮手枪交叉在身前。这是拉奈特制作的史特瑞恩，是他所用过最称手的两把枪。他将枪举起，增加体重，然后大力钢推墙上的钉子。

廉价的木头炸裂开来，墙壁碎成了木片，钉子刺穿隔壁房间里的人，犹如致命的子弹。瓦克斯随即开火，往有幸躲过钉子的敌人身上补枪，一时间，木片、钢铁和子弹交织成网。

左边响起咔嗒一声。在瓦克斯转身的瞬间，有人转动门把手。他想也不想就钢推，让它从门框上弹了出去，不偏不倚砸中门外那个隐匪的胸口。房门砰地打开，那个倒霉的男人撞破走廊的墙壁跌了下去——另一侧没有房间，只有这栋狭窄建筑的墙壁——飞进多雾的黑夜里消失了。

瓦克斯把史特瑞恩收好，枪口还在冒烟，子弹已经空了。他拔出霰弹枪，一骨碌滚进走廊，稳稳蹲好。手里两把霰弹枪对准前后两边。右边有几个落单的隐匪正在上楼梯，左边的另外一群端着武器。

他钢推霰弹枪侧面的两个金属控制杆，上膛。用过的弹壳飞入空中，瓦克斯利姆一边钢推一边开火，让弹头和弹壳一起飞向在两边等候的隐匪身上。

这时，瓦克斯利姆脚下的地板突然爆炸。

子弹打穿破烂的地板，瓦克斯利姆一边怒骂一边滚到左侧。敌人变聪明了，学会了从下方出击。他朝反方向奔跑，手持霰弹枪朝楼下开火，迷雾透过破损的墙壁涌了进来。

底下肯定还有十几个隐匪，想在不暴露自己的情况下消灭这么多人太难了。一发子弹擦过他的大腿，他旋身躲过，接着跳过尸体堆，沿着走廊疾奔。子弹在身后猛追，地板被打成了筛子，那群人在楼下大喊大叫，抄起所有家伙朝他开火。

他跑到走廊尽头的门前。门锁住了，但他增重，靠着奔跑的惯性和大力甩肩撞了进去，继而发现这是一间狭小的房间，既没有窗户，也没有其他的门。

一个身材矮小的秃顶男人缩在角落里，房间后方的长凳上还坐着个金发女子，身上的礼服皱巴巴的，双眼红肿，脸色憔悴。是史特芮丝。她看上去已经被瓦克斯破门而入的举动惊呆了，迷雾外套的布穗在他身边飘扬。他钢推走廊地板上的钉子，翘起地板，吸引了不少火力。

"瓦克斯利姆大人？"史特芮丝惊讶地问。

"算是我吧，"他皱着眉说，"我可能把一两根脚趾头丢在走廊里了。"他朝角落里的男人看了一眼："你是谁？"

"诺西尔。"

"制枪师。"瓦克斯说着扔给他一把霰弹枪。

"我枪法不怎么样。"那男人似乎吓坏了。几发子弹打在他们之间的地板上，隐匪意识到自己上当了，他们知道他在找什么。

"枪法好不好不要紧。"瓦克斯说着抬起手，增加体重，推裂了后墙，"关键是你会不会游泳。"

"什么？当然会。可为什么——"

"抓紧了。"在瓦克斯说话的当儿又有好多发子弹错身而过，他钢推制枪师手里的霰弹枪，让他从裂口飞出去，在空中画出一道弧线，朝着外面的运河飞了大约三十尺远。

瓦克斯转过身，扶起史特芮丝。"其他女孩呢？"他问。

"我没看见别的人质。"她回答说，"隐匪们暗示过把她们送往别处了。"

这可真该死啊，他想。好吧，找到史特芮丝就算是万幸了。他轻轻钢推地板上的钉子，两人飞上天花板。在他们往上飞的同时，他利用了重量不会影响物体下落速度的自由落体定律——那意味着不管把体重增加多少倍，都不会影响向上的冲势。

他举起霰弹枪，集中火力轰击天花板，接着猛力钢推，体重的增加意味着钢推并不会让他移动多少——体重减轻时，钢推则能对他加倍奏效。

结果就是他继续保持着向上的冲势——用钢推在天花板上弄出了个洞来。接着，他把体重减轻到难以置信的程度，然后发力地猛推下方的钉子。两人从天花板上的缺口飞了出去，冲入四五十尺的高空。他在黑夜中转身，迷雾外套的布穗迎风飞展，一只手臂紧紧地夹着仍在冒烟的霰弹枪，另一手揽着史特芮丝。从下方袭来的子弹在四周环绕的迷雾里留下一道道痕迹。

史特芮丝惊呼着紧紧抓住他。瓦克斯把金属意识库里剩余的所有体重全都提取了出来，那是他储存了成百上千小时的重量，如果他在石板路上行走的话，就连石板都会碎裂。虽然按照藏金术的古怪原理，重量的增加并不会增加他的密度——子弹如果命中，还是能轻易射穿他的身体。但在把体重增加到惊人的地步之后，他钢推的力量也会变得惊人。

他利用增加的体重钢推下方的一切物体，底下密密麻麻布满了金属线，着力点有钉子、门把手、枪支还有私人物品。

墙体框架上的每一个钉子都在被向下猛推，像是从机关枪里飞出去的子弹，整座建筑都随之晃动颠簸起来，接着轰然倒塌，砸在下方的隧道上。

他的体重瞬间恢复正常，金属意识库瞬间被掏空了。瓦克斯任由地心引力带着他在迷雾里下坠,史特芮丝仍然紧抓着他。他们落在隧道底部的残骸区中央。破碎的木材和家具碎片七零八落地散在地上。

三名隐匿目瞪口呆地站在隧道口。瓦克斯举起霰弹枪,用镕金术上膛,然后用霰弹轰击他们。地上只剩这三个人了,其他的都被砸进了隧道深处。

一个灯笼掉在角落里,燃起了一团小火焰。借着这点微光,他打量着史特芮丝,迷雾已经灌进隧道里,弥漫在他们身边。

"噢,迷雾幸存者啊!"史特芮丝两颊绯红地喘着气,双眼大睁,朱唇微启,死死抓着他不放。她看起来并不害怕,反而显得有些激动。

你可真是个古怪的女人,史特芮丝。瓦克斯心想。

"你知道你辜负了你的使命吗,瓦克斯利姆?"一个声音从黑暗的隧道里响起,是迈尔斯。"你一个就好比一支军队,可你却选择在庸碌的生命里浪费时间。"

"拿好这个。"瓦克斯轻声对史特芮丝说,把霰弹枪递给她。他给枪上过膛了,里面还剩下一发子弹。

"抓紧了。我要你往警局跑。就在十五街和鲁曼街的交口。要是有隐匪跑来追你,就开枪。"

"可是——"

"我没指望你打中他。"瓦克斯说,"我会留意枪响。"

她还想多说什么,但瓦克斯已经蹲下,把重心落在下方,然后小心地用霰弹枪钢推,将她推出大坑。虽然姿势尴尬,但总算安全落地。她犹豫了一瞬,接着跑进迷雾。

瓦克斯闪到侧面,确保自己不会暴露在火光下。他从肩套里拔出一把史特瑞恩,又掏出几发子弹,蹲下身子装填弹药。

"瓦克斯利姆?"迈尔斯在隧道深处高喊,"要是你玩够了,也许我们该做个了断。"

瓦克斯爬到隧道口,然后走了进去。隧道里充满了迷雾,视物困难——这对迈尔斯也一样。他谨慎地往里走,直到看见尽头大工作间里的光亮,那里燃着火堆。

借着火光,他模模糊糊地看见隧道里站着个人影,拿枪指着一个纤瘦女子的头。是玛拉茜。

瓦克斯僵住了,感到脉搏在加速。不对啊,计划不该是这样的,一切都很完美,除了……

"我知道你在那。"迈尔斯说。另一个人影一动,往黑暗里掷出几个临时的火把。

迈尔斯感到数九寒天般的恐惧,意识到抓着玛拉茜的那个人并不是迈尔斯。

他站得太后面。控制玛拉茜的是那个名叫塔森的人,有着克罗司血统的白镴臂。

玛拉茜的脸被晃动的火光照亮,看上去很害怕。瓦克斯利姆的手指摩挲着手枪的握柄。白镴臂小心地把玛拉茜推到他和瓦克斯利姆中间,用枪指着她的后脑勺。他矮胖结实,个子不算太高,年纪只有二十几岁——跟所有拥有克罗司血统的人一样,随着年龄的增加他还会长高。

无论如何,此时此刻,瓦克斯利姆都没法朝他开枪。噢,和谐之主啊,他想,这一幕又上演了。

附近的黑暗中响起沙沙声。他吓了一跳,险些开枪,幸好出现的是韦恩的脸。

"抱歉。"韦恩小声说,"她被抓住时,我以为那人是迈尔斯。所以我——"

"没关系。"瓦克斯利姆轻声回答。

"现在怎么办?"韦恩问。

"我不知道。"

"你向来都知道。"

瓦克斯利姆陷入沉默。

"你们俩嘀咕什么呢!"迈尔斯大喊。他上前几步,又扔出一根火把。

再往前走几步就够了,瓦克斯利姆想。

迈尔斯停在原处,狐疑地看着蔓延的迷雾。玛拉茜发出一声呜咽,然后试图使出婚宴上的那一招。

"别白费力气了。"塔森小心地抓着她,冲前方开了一枪,然后再次压住她的后脑勺。她僵住了。

瓦克斯利姆举起手枪。

不行,我不能眼睁睁地看着另一个人在我手里死去。

"好吧。"迈尔斯大喊,"很好。你想试探我对吗,瓦克斯?我数三下。等我数到三时,塔森就开枪,决不含糊。一。"

他会开枪的。瓦克斯利姆意识到这一点,顿觉无助又内疚,差点把他压垮。他会那么做的。迈尔斯不需要人质。如果威胁她也无法引出瓦克斯利姆的话,那留着她也没用了。

"二。"

鲜血溅在墙砖上。微笑的脸。

"瓦克斯?"韦恩小声问道,听起来很急迫。

噢,和谐之主啊,我从来没这么需要过你……

迷雾缠绕他的双腿。

"三……"

"韦恩!"瓦克斯利姆大喊着起身。

速度场形成。塔森瞬间就会开火,迈尔斯在他身后,愤怒地指着前方。火光凝固了。这就像是用慢镜头观看爆炸一样。瓦克斯利姆举起史特瑞恩,发现他的手臂稳得出奇。

在他打中蕾西那天,也是这种感觉。

他就是用手里这把枪打中她的。

他额头冒汗,想把那画面从脑海里抹去,试图找到击杀塔森的位置。

找不到。噢,他可以打中塔森,却没有办法让他立即倒地。而如果瓦克斯利姆的枪法稍有偏差，那人一下子就能打死玛拉茜。

头部中弹是干掉白镴臂的绝佳方法。可瓦克斯利姆却看不见他的头。他能开枪吗？玛拉茜的脸挡在中间。要不射膝盖？他也许能打中他一边的膝盖。不行啊，大多数枪伤对白镴臂而言都是不痛不痒，除非是一击毙命，否则他才不会倒下，只是会继续开火。

只能射头。瓦克斯利姆屏住呼吸。*这是我所用过最精准的一把枪，我不能站在这等死，必须采取行动，必须做些什么！*

汗水顺着他的下巴滴落。他飞快地把手举到身前，用史特瑞恩对准侧面，偏离玛拉茜和史特瑞恩，扣动扳机。

子弹瞬间射出速度场，进入外部缓慢的时间中。跟所有从速度场里射出的子弹一样，这发子弹也发生了偏斜。他看着它在空中飞行，判断新的飞行轨道。子弹慢吞吞地往前飞，旋转着穿破空气。

瓦克斯利姆再次小心瞄准，在等待了磨人的片刻之后，准备好钢。

"听我命令，解除速度场。"他小声说。

韦恩点点头。

"撤。"

瓦克斯开枪，立即钢推。

速度场随之消失。

"——三！"迈尔斯还在喊。

瓦克斯的第二发子弹在他钢推力量的作用下，以极快的速度往前飞行，在半空中追上前一发子弹，将它弹向一侧，绕过玛拉茜，打中了塔森的头，降下一场小小的火花雨。

白镴臂倒地不起，眼神空洞地看着天，枪也摔掉了。迈尔斯惊呼。玛拉茜眨眨眼，然后转过身，双手按住胸口。

"啊，你个松饼脑袋！"韦恩说，"非得打他头不可吗？他还戴着我的幸运帽呢！"

迈尔斯这才回过神，举起手枪对准瓦克斯。瓦克斯抢先开火，打中了迈尔斯的手,短枪脱手。瓦克斯再次射击,将它弹进另一个房间。

"够了!"迈尔斯尖叫,"你这浑——"

瓦克斯打中他的嘴,打得他后退一步,吐出一口碎牙。迈尔斯全身上下只有那条破烂的裤子。

"早该有人这么做了。"韦恩嘟囔着。

"撑不了多久。"瓦克斯继续朝迈尔斯的脸开枪,让他晕头转向,"你该走了,韦恩,还要执行备用计划。"

"你确定他们都死光了吗,老兄?"

"塔森是最后一个。"*希望我没搞错……*

"有机会的话帮我把帽子拿回来。"韦恩说罢匆匆离开,瓦克斯又朝迈尔斯的脸开了一枪。这枪几乎没能阻碍到他,这个半裸的男人朝玛拉茜冲了过去。迈尔斯赤手空拳,眼里却杀意腾腾。

瓦克斯冲上前,朝迈尔斯掷出空枪,接着掏出一把子弹,朝这位曾经的执法者钢推过去。一发割破了他的手臂,一发击穿了他的肚子,但仍然没能把迈尔斯击退。

瓦克斯在迈尔斯碰到玛拉茜的前一瞬撞到他身上,两人在肮脏的地面上滚作一团,地上迷雾缭绕。

瓦克斯抓着迈尔斯的肩膀,一通乱揍。*让他……疲于应付……就好……*

尽管迈尔斯不堪其扰,却也觉得有趣。他挨了好几拳,瓦克斯的拳头也好不到哪里去。就算他一直打到指关节断裂,手掌血肉模糊,迈尔斯的情况也不会糟糕到哪里去。

"我知道你会对那女孩下手。"瓦克斯仍在吸引迈尔斯的注意力,"你大言不惭地标榜什么正义,可是到头来,还是个可鄙的罪犯。"

迈尔斯哼了一声,把瓦克斯踢开。瓦克斯飞到隧道的泥地上,胸口一阵剧痛,身边溅起冰冷的水花,外套都湿透了。

迈尔斯站起身,擦掉唇边的血渍,伤口早已复原。"你知道最悲哀的是什么吗,瓦克斯?我理解你。你的坚持我也曾感同身受,可我心里总有股难以触及的郁闷。就像地平线上风雨欲来。"

瓦克斯站了起来,一拳打在迈尔斯的肾脏上,对方一声不吭。迈尔斯抓住他的肩膀,用力一拧,他只觉钻心地痛。瓦克斯大口喘气,迈尔斯对着他的膝盖后方一脚,他再次跌倒在地。

瓦克斯未及转身,又被迈尔斯抓住前襟拖了起来,然一拳正中脸上。玛拉茜失声惊呼,但还是乖乖地待在原处。

那一拳把瓦克斯打倒在地,嘴里尝到了血腥味。铁锈灭绝的……下巴没骨折就算走运,此外肩膀上的肌肉好像也被撕裂了。

伤口的剧痛好像突然变得难以忍受。他不知道之前是迷雾的作用,是和谐之主的仁慈,或者纯粹是肾上腺素让他无暇顾及痛楚。但他的伤口并没有愈合,腰部中弹的位置还是那么触目惊心,腿和胳膊也被爆炸烧掉了一层皮。大腿和手臂上中了枪,现在又被迈尔斯打了几拳。

疼痛感排山倒海地涌来,他呻吟着,瘫倒在地,竭力保持清醒。迈尔斯再次拽起他,瓦克斯拼命挥出一拳,可却无济于事。跟一个根本不怕痛的人交手实在太难太难了。

瓦克斯又被一拳击倒,脑袋嗡嗡作响,眼前金星直冒。

迈尔斯弯下腰,在他耳边低语:"问题是,瓦克斯利姆,我知道你也感觉到了。你内心知道自己是在被人利用,没人在意被压迫者的死活。你只是个傀儡。在这座城市里每天都有人被屠杀,一天至少一个。你明白吗?"

"我……"*继续让他说话*。瓦克斯忍着疼痛翻过身,背面朝上,和迈尔斯对视。

"每天都有人被屠杀。"迈尔斯又重复了一遍,"而且是什么原因让你决定重新出山?是因为我打死了一个自称是贵族的老猎犬吗?你有没有想过街上其他那些被杀死的人?那些乞丐、妓女,还有孤儿?他们死,是因为缺少食物,或是待错了地方,或者只是因为他们做了傻事。"

"你这是在假托幸存者的指示。"瓦克斯小声说,"可这没用,迈尔斯。这不是传说中的最后帝国。一个富人不可能只凭个人好恶而杀死穷人。我们的社会比那时进步多了。"

"呸!"迈尔斯说,"只不过是他们伪装和欺骗的本事更加高明而已。"

"不。"瓦克斯利姆说,"他们是出于好心,制定法律的初衷也是为了防止暴政。大多数法律还不健全,并非他们故意作恶。"

迈尔斯一脚朝他踹去。"我才不在乎什么幸存者的指示,我找到了更好的信仰。那对你来说无所谓。你只不过是一把剑,是个工具,别人指哪你就打哪。这让你疲于奔命,明知道是错的也停不下来,难道不是吗?"

他们四目对望。奇怪的是,虽然疼痛难忍,瓦克斯利姆却发现自己在点头。是真心的点头。他感觉到了。这就是迈尔斯让他感到害怕的地方。

"既然如此,总得有人做些什么。"迈尔斯说。

和谐之主啊,瓦克斯利姆心想。要是迈尔斯生在过去,肯定会成为英雄。"我会开始帮助他们的,迈尔斯。"瓦克斯利姆说,"我向你保证。"

迈尔斯摇摇头:"你活不了那么久了,瓦克斯。对不起。"他又踢了一脚,跟着接二连三。

瓦克斯利姆缩成一团,双手捂住脸。他不能跟他打,只需要忍耐。可疼痛连绵不绝越来越难以忍受。

"住手!"是玛拉茜的声音,"住手,你这魔鬼!"

踢打停了下来。瓦克斯利姆感觉到她跪在自己身边,手放在他的肩膀上。

蠢女人啊,离我远点,不要引人注意,这才是你该做的。

迈尔斯把指关节拗得劈啪作响。"我觉得我应该把你送到西装先生那去,姑娘。他那份名单上有你的名字,你可以代替被瓦克斯利姆放跑的那一个。我恐怕还是得把她追回来。"

"究竟为什么,"玛拉茜愤怒地说,"心胸狭隘的人总是要毁掉那些比他们更优秀、更伟大的人呢?"

"比我优秀?"迈尔斯反问,"你说他吗?他可不伟大,孩子。"

"最伟大的人也会被最简单的东西打倒。一发微不足道的子弹能杀死最强大、最能干、最稳重的人。"

"不会是我。"迈尔斯说,"子弹对我没有作用。"

"当然,"她说,"你只会被更加微不足道的东西给打倒。"

"是什么呢?"他感到很有趣,声音听起来更近了。

"我。"玛拉茜回答。

迈尔斯大笑。"我倒想看看……"他的话音消失了。

瓦克斯利姆睁开眼睛,朝隧道深处望去,远处是建筑物原先所在的位置。光从上方洒下来,以极快的速度变亮。

"你搬来了什么救兵?"迈尔斯不为所动地问,"他们赶不及的。"他停下,瓦克斯利姆转过头,在迈尔斯的脸上看见了突如其来的恐惧。他终于看见了——在不远处有道亮闪闪的边界,在空气里显得稍有不同。就像在街面上升起热浪时,看东西会略微变形。

是速度场。

迈尔斯转身看向玛拉茜,接着朝速度场的边缘跑去,远离光线,想要逃跑。

隧道另一端的光线变得明亮起来,一团模糊的影子正在往前移动,速度之快让人根本无法分辨清楚。

玛拉茜解除速度场。明晃晃的太阳光从远处的洞口射进来,将隧道照亮,而就在速度场原本所在位置的外面,一百多名身穿制服的警察比肩站立。韦恩也穿着警察的制服,戴着警帽,微笑着站在他们前头,脸上还粘着假胡子。

"弟兄们,抓住他!"他往前一指。

他们没用枪，而是手持棍棒上前。迈尔斯先是躲开了前几个人的攻击，尖叫着想要喝止他们，随即向那些对他动手的人挥拳反击。可他不够快，警察人数太多了。没过几分钟，他就被他们按在地上，五花大绑地绑了起来。

瓦克斯利姆小心地坐起来，一只眼睛肿得睁不开，嘴唇在流血，腰侧疼痛不已。玛拉茜紧张地跪在他旁边。

"你不该跟他硬碰硬。"瓦克斯说，嘴里有鲜血的味道，"如果他把你打晕，就全完了。"

"嘘。"她说，"并不是只有你一个人敢冒险。"

备用计划直接明了，只是很困难。必须先解决掉迈尔斯所有的手下。哪怕只剩下一个，都可能会注意到速度场的出现，从外面朝瓦克斯利姆和玛拉茜开枪，他们在里面根本阻止不了。

但如果手下都被干掉了，而且迈尔斯的注意力被分散得足够久，让玛拉茜把速度场设起来，韦恩就来得及找来一大群人马，包围猝不及防的迈尔斯。迈尔斯一旦起疑，他绝不会容许发生这种事，可是在速度场里……

"不！"迈尔斯尖叫，"放开我。我反对你们的镇压！"

"你太蠢了，"瓦克斯利姆对他说，朝旁边啐了口鲜血，"是你害得自己孤立无援，精力分散。你忘了蛮苦之地的第一条法则。"迈尔斯继续尖叫，一名警察往他嘴里塞了块破布，他浑身被绑得结结实实。"你越是孤身一人，"瓦克斯利姆小声说，"就越需要找个可信的人在你身边。"

第二十章

"关于您的同伴冒充警官的事,治安总长决定不予追究他的法律责任。"雷迪说。

瓦克斯利姆用手帕擦了擦嘴唇。他现在坐在距离隐匪老巢最近的警局办公室里,感觉糟透了,肋骨断裂,半个身体都裹着绷带。肯定会留下疤痕。

"治安总长,"玛拉茜声音犀利地说,"应该为瓦克斯利姆大人的协助感到高兴,他早就应该请瓦克斯利姆大人出手了。"她跟他一同坐在长凳上,寸步不离地保护他。

"他看上去确实挺高兴的。"雷迪回答。瓦克斯利姆仔细一看,发现那警察一直在偷瞄朝坐在另一端的治安总长布雷廷。雷迪的眼睛微微眯起,嘴唇下撇,上级如此平静的反应让他很是困惑。

瓦克斯利姆此刻筋疲力尽,顾不上深究对方反常的原因。事实上,总算听到点对他有利的事,挺让人欣慰。

雷迪被另一名警察叫走了。玛拉茜把一只手放在瓦克斯利姆没受伤的手臂上。他从她迟疑的动作还有皱眉的表情中感受到了她的关切。

"你做得很好。"瓦克斯利姆说,"迈尔斯是你抓住的,玛拉茜贵女。"

"我又不是被打得浑身是血的那个人。"

"别看我老了，"瓦克斯利姆说，"伤总会好的。看着他揍我，却什么都做不了……那种感觉肯定很难受。如果我俩互换位置，我不认为我能忍得住。"

"您一定可以，您就是那样的人，您跟我想象中一模一样，却又更真实。"她睁大眼睛看着他，抿着嘴唇，欲言又止。他能从她的眼神里看出她的想法。

"这不行，玛拉茜贵女。"他温柔地说，"我很感谢你的帮助，非常感谢。但我们的关系不能像你想的那样，对不起。"

如他所料，她脸红了。"当然，我也没在往那方面暗示。"她强迫自己哈哈笑了两声，"您怎么会这么想——我是说，这太傻了！"

"那我道歉。"他说。但他们两人都知道刚才的对话是什么意思。他感觉到了深深的遗憾。*如果我年轻十岁的话……*

问题不是出在年纪本身，而是那些年对他造成的影响。当你看着心爱的女人死在你自己的枪口之下，当你看着曾经的老搭档，一个备受尊敬的执法者走上歧路，这些事情会影响到你，会从内心深处把你给撕裂。而那些伤口，可没有身体上的伤口容易愈合……

这个女人还年轻，充满生命力。一个裹着被太阳晒干的厚皮囊，浑身从里到外都是伤痕的人，根本配不上她。

终于，治安总长布雷廷朝他们走了过来。他还和以前一样，后背挺得笔直，胳膊底下夹着警帽。"瓦克斯利姆大人。"他语调平平地说。

"治安队长。"

"对于您今天所做的努力，我已经向参议员提出申请，向您授予城市治安代表的身份。"

瓦克斯利姆惊讶地眨眼。

"请容我说明一下，"布雷廷继续说道，"这会让您拥有调查和拘捕的权力，您如同警队的一员，能在昨晚的那类行动中调派人手。"

"这真是……考虑得太周到了。"瓦克斯利姆说。

"只有这样,您的行动才不会给警方带来尴尬。我把提出申请的日期往前改了几天,如果运气好的话,没人会发现您昨天晚上是私自行动。同时,我也不希望让您觉得需要独立行动。您的专长对这座城市大有用处。"

"恕我直言,长官。"瓦克斯利姆说,"您的态度跟之前相比真是判若两人。"

"我正好有了改变想法的契机。"布雷廷说,"您应该知道,我很快就要退休了,会有新的治安总长来接替我的位置。如果我提出的申请能被通过的话,他也必须接受参议员对您的授权。"

"我……"瓦克斯利姆不确定该如何回答,"谢谢。"

"这是为了城市好。当然,要是您滥用这项权力的话,它也会被收回。"布雷廷尴尬地点了点头,转身离开。

瓦克斯利姆看着他的背影,抓了抓下巴。眼下的情形太奇怪了,这家伙几乎变了个人。韦恩从他身边走过,扬了扬半边沾血的幸运帽,笑着朝瓦克斯利姆和玛拉茜走来。

"给。"韦恩偷偷地把裹在手帕里的一样东西递给瓦克斯利姆,没想到还挺重的。"又给你找来一把那样的枪。"

瓦克斯利姆叹了口气。

"别担心。"韦恩说,"我用一块特别好的围巾换来的。"

"那围巾又是从哪来的?"

"从被你打死的某个家伙身上。"韦恩说,"所以不算偷,反正他也用不着了。"他似乎对自己颇为骄傲。

瓦克斯利姆把枪塞进空枪套里,另一个枪套里装着"辩罪"。在迈尔斯被带走后,玛拉茜从他们的藏身处把它找回来了。真是帮了他大忙。不然活着挺过昨夜的战斗,最后却死在拉奈特手里,也太不值……

"所以,"玛拉茜说,"你是拿一个死人的围巾,换了另一个死人的枪。可是……那枪原本属于另一个死人,那么按照同样的逻辑——"

"省省吧。"瓦克斯利姆说,"逻辑这东西对韦恩没用。"

"我之前从一个旅行占兆者那买过一个防逻辑的护身符。"韦恩解释道,"它能让二加二等于腌菜这样的算式都在我这里行得通。"

"我……无话可说。"玛拉茜说道。

"严格说来,这也算是说了话。"韦恩说。

"看来他们替你把那制枪师从河里捞出来了,瓦克斯,他还活着。虽然不太高兴,但是没死。"

"有人找到关于其他女人质的线索了吗?"瓦克斯利姆问。

韦恩看了玛拉茜一眼,她摇摇头。"还没有。也许迈尔斯知道她们在哪。"

前提是他愿意说的话,瓦克斯利姆想。迈尔斯从很久之前就感觉不到疼痛了。瓦克斯利姆想不出别人能怎么拷问他。

在瓦克斯利姆看来,没有救出其他人质,他的任务还是失败了。他曾经发誓要把史特芮丝救回来,他做到了。但更大的恶行仍然未被终结。

他叹了口气,这时队长办公室的门开了,史特芮丝从里面走出来。两位高级警官在为瓦克斯利姆和韦恩做完笔录之后,也把她说的话记了下来。两位警官朝旁边的玛拉茜招招手,她走了过去,回头看了瓦克斯利姆一眼。他告诉她要对警察实话实说,对他和韦恩所做的任何事都不用隐瞒。但如果可以的话,希望她能别暴露拉奈特。

韦恩走到几个正在吃三明治早餐的警察旁边。他们怀疑地打量着他,但瓦克斯利姆凭经验断定,韦恩很快就会引得他们哈哈大笑,并邀请他一起用餐。*他究竟知不知道自己的本事?* 当韦恩开始给那些警察解释昨晚的战斗时,瓦克斯利姆暗自琢磨这点,*还是说他做这些都是凭直觉?*

瓦克斯利姆看了他们一会儿,这才意识到史特芮丝走到他身边了。她坐在对面的椅子上,落落大方。她梳好了头发,虽然长裙还因为被劫的遭遇显得皱巴巴的,整个人看上去却很镇定自若。

"瓦克斯利姆大人，"她说，"我有必要对您致谢。"

"希望这个必要不会让你太费力。"瓦克斯利姆的语气有些不悦。

"只是……在被劫走之后……我有必要……您应该知道我没被劫匪碰过，我仍然是清白之身。"

"铁锈灭绝啊，史特芮丝！我为你感到高兴，可我不需要知道这个。"

"您需要，"她面无表情地说，"如果您还需要继续履行婚约的话。"

"即便如此也没关系。另外，我觉得我们还没到这个地步，甚至都没对外宣布我们在交往。"

"没错，可我认为我们现在应该对之前的时间表做些修改了。您看，您那么奋不顾身地把我救出来，肯定会让我感动不已。即便原先被人视作丑闻，现下也会变成浪漫。我们下星期应该宣布订婚，上流社会肯定会接受我们的做法，不会发表任何质疑或评论。"

"那挺好的。"

"是的。那我们继续执行合约？"

"你不介意我又重新回到了过去的老路？"

"如果您没那么做的话，我恐怕早就死了。"史特芮丝说，"我没有抱怨的资格。"

"我打算继续，"瓦克斯利姆警告她说，"虽然用不着每天都跟人交手，但我接受了警方的邀请，参与到城市的治安管理中来。我计划偶尔出手解决那些棘手的麻烦。"

"每位绅士都有爱好。"她平静地说，"而且，跟我认识的某些男人比起来，您这点爱好根本无伤大雅。"她向前倾身："简单说吧，大人，我能接受您本来的样子。我们两个人早就过了期望对方做出改变的年纪。如果您也能接受我的话，我就能接受您。我也并非没有缺点，之前的三位追求者曾经选择用书面交流的方式长篇大论地给我解释。"

"这我倒没发现。"

"这不值得引起您的注意，真的。"她说，"但请您别见怪，我认为您也意识到了,我选择这桩联姻同样有不得已的苦衷。"

"我理解。"

史特芮丝略作迟疑,接着她冰冷的态度似乎融化了。她的自控力,还有她那钢铁般的意志,从身上消失了。她突然显得很累,疲惫至极。但在她的面具后面,他看得出她对他有些好感。她把两只手交握在身前。"我……我不太擅长跟人打交道,瓦克斯利姆大人。这点我明白。可我必须强调的是,我对您所做的一切表示感谢,这是我的心里话,谢谢。"

他看着她的眼睛,点了点头。

"那么,"她又变得公事公办起来,"我们准备订婚?"

他犹豫了。没有理由不这么做,但他心里却在责怪自己的懦弱。今天同时接到两个女人的表白,一个含蓄,一个直接,他考虑接受的是后者吗?

他朝笔录室看了一眼,玛拉茜正在对警察讲述自己在那场混战中的经历。她很迷人,既漂亮,又聪明,还很有追求。即便是从逻辑与理性的角度分析,他也理应彻底被她迷倒。

事实上,她总能让他想起蕾西。也许这就是问题所在吧。

"就照你说的做。"他转过身来对史特芮丝说。

尾声

玛拉茜出席了迈尔斯的处决现场。高级检控官戴尤斯劝她不要这么做。他从来都不会出席处决。

她独自坐在外圈,看着迈尔斯沿着阶梯走上行刑台。她的座位就在刑场上方。

她眯起眼睛,想起迈尔斯站在迷雾缭绕的漆黑地下房间里,拿枪指着她藏身处的情形。她在那短短两天时间里曾经三次被人用枪指着头,但只有一次相信自己真的要死了,因为她在迈尔斯的眼中看见了杀意。那是无情的冷酷和居高临下的优势。

她颤抖着。距离隐匿袭击婚宴和迈尔斯被抓一天半都不到。但她却觉得足足老了二十岁,仿佛只有自己孤身一人被镕金术的速度场包围了起来,外面的世界天翻地覆。她险些没命,也生平第一次杀了人,她爱上了一个人,继而遭到拒绝。现在她又帮忙给蛮苦之地从前的英雄定了罪。

迈尔斯轻蔑地看着把他绑在柱子上的警察。他在整个审讯的过程中几乎都保持着同样的表情,这是玛拉茜头一次以代理律师的身份控诉罪犯,尽管这个案件的主要负责人是戴尤斯。虽然受审的是个大人物,风险也很高,审判过程却很快。迈尔斯没有否认罪行。

看来他觉得自己是不死的。就算是站在那里——身上的金属意识库已被移除,还有十几支上了膛的来福枪指着他——他也不认为自己会死。人类的脑子非常擅长自欺,把无可转圜的绝望感屏蔽在外。她认得出迈尔斯的眼神。每个人在年轻时都有这样的目光,每个人最后又都会明白那只是谎言。

警察把来福枪扛到肩上。也许迈尔斯自己也总算意识到那个谎言了。在枪声响起的瞬间,玛拉茜感到很满足。这种感觉令她非常不安。

#

瓦克斯利姆在旱港镇上了火车。他拄着手杖缓解腿上的疼痛,胸前还缠着绷带,帮忙固定断裂的肋骨。一个星期的时间根本不足以复原。他恐怕都不该下床走动。

他一瘸一拐地沿着头等车厢那豪华的走廊往前走,经过那些装饰高雅的私人包厢。当他数到第三间包厢时,火车刚好驶出车站。他走进房间,没有关门,坐在一张靠窗的舒适座椅上。座椅与地板被固定,前面摆着张单腿的小桌子。桌腿修长纤细,曲线优美,如同女人的脖颈。

稍歇片刻,他听见走廊里传来脚步声。来人在门口犹豫不决。

瓦克斯利姆看着窗外的风景。"你好啊,叔叔。"说罢,他转过身,望向门口的那个男人。

埃德温·拉德利安大人走进包厢,手握鲸鱼骨制成的象牙白手杖,衣着体面。"你是怎么找到我的?"他边问边在另一张椅子上坐下。

"我们审讯了几名隐匿。"瓦克斯利姆说,"他们描述了一个被迈尔斯称作'西装先生'的人。我不认为别人能从这描述里认出你来。据我所知,你在'死前'十几年一直都深居简出,几乎与世隔绝。当然,除了你给报社寄去的与政治相关的信件。"

这其实不是个诚实的答案。瓦克斯利姆是按照迈尔斯雪茄盒上的数字,找到了这列火车,这节车厢,那烟盒还是韦恩交给他的。那是轨道路线。其他人都以为那是隐匿打算袭击的列车,但瓦克斯利姆却看出里面另有文章。迈尔斯在追踪西装先生的行动轨迹。

"有意思。"埃德温大人说。他从口袋里掏出手帕，擦了擦手指，这时一名侍者端着盘食物走了进来，放在他面前的桌子上。另一名侍者给他倒了杯酒。他挥手示意两人在门外等候。

"苔尔辛呢？"瓦克斯利姆问。

"你妹妹很安全。"

瓦克斯利姆闭上眼，将汹涌的情感压下去。他一直以为妹妹与叔叔在那场意外中一道丧生了，但他把自己的情绪处理得很好。他和妹妹已经多年未见。

那么，为什么听说她还活着，却对他有如此大的意义呢？他甚至判断不清自己现在感觉到的究竟属于哪种情绪。

他强迫自己把眼睛开。埃德温大人正在看着他，手里举着一杯如水晶般透明的美酒。"你早就怀疑了，"埃德温说，"自始至终，你都在怀疑我没有死，所以才会对那群恶棍的描述有所察觉。我改变了穿衣风格，换了发型，甚至剃掉了胡须。"

"你不应该派你的管家杀我。"瓦克斯利姆说，"他被家族雇佣了那么长时间，怎么可能临时被隐匿策反，对我下杀手。那说明他在为别人工作，而且工作有一段时间了。最简单的答案就是他还在为自己效力多年的主人卖命。"

"啊，当然，你本不该知道是他制造的爆炸。"

"你是说，我本不该活下来。"

埃德温大人耸耸肩。

"为什么？"瓦克斯利姆靠上前问道，"如果只是想把我除掉，为什么要把我弄回来？直接安排别人接管家族不就行了？"

"原本辛斯顿要接管的。"拉德利安大人给蛋卷上涂着黄油，"可惜他的病……计划早就开始执行，我没时间去物色别的人选。另外，我当时希望——这显然是无稽之谈——你已经长大，战胜了小时候那过分强烈的道德感。我希望你能助我一臂之力。"

铁锈灭绝啊！我恨这个人，瓦克斯利姆心想，童年的记忆又在眼前浮现。他之所以跑去蛮苦之地，一部分原因就是要远离这个居高临下的声音。

"我是为那四个被劫走的女人来的。"瓦克斯利姆说。

拉德利安大人喝了口酒。"你觉得我会把她们交给你吗？"

"会。否则我就会让你的身份曝光。"

"尽管去！"拉德利安大人像是被逗笑了，"有人会相信你，另一些人则会把你当成疯子。这两种反应都不会对我和我的同僚造成任何阻碍。"

"因为你已经被打败了。"瓦克斯利姆说。

拉德利安大人差点被蛋卷噎住。他大笑着，把它放回桌上。"你真这么想吗？"

"隐匪已除，"瓦克斯利姆说，"迈尔斯在我们说话的这当儿就会被处死，我知道你在为他提供资金，我们找到了你要偷走的货物，所以你一无所获。你肯定一开始就没那么多资金，不然也用不着让迈尔斯带人去抢劫。"

"我向你保证，瓦克斯，我们有能力偿还债务。谢谢。而且你也找不到证据证明我和我的搭档们跟那些抢劫案有什么关联。我们只是把场地租给迈尔斯，怎么会知道他想干什么？和谐之主啊！他可是个受人尊敬的执法者。"

"你抓走了那些女人。"

"没有证据，只是你的猜测。有几个隐匪会发毒誓，宣称是迈尔斯把那些女人先奸后杀。我知道其中一名隐匪活了下来。虽然我还是很好奇你是怎么在这列火车上找到我的。"

瓦克斯利姆没有回答那个问题。"我知道你完蛋了，"他说，"所以想怎么说都行。把那些女人和我的妹妹交给我，我会跟法官申请宽大处理。没错，你是用高风险的投资方式给一群劫匪提供了资金，可你也明确告诉他们不得伤害任何人，扣下扳机枪杀佩特鲁斯的人也不是你。我想你能免受死刑。"

"你也太自以为是了，瓦克斯利姆。"拉德利安大人说着把手伸进夹克口袋，拿出一张折叠的报纸和一个薄薄的黑皮记事本。他把它们放在桌上，报纸放在上面。"用高风险的投资方式给隐匿提供资金？你真觉得是这么回事吗？"

"还有绑架那些女人。"瓦克斯利姆说，"大概是为了敲诈他们的家人。"

最后那句话是谎言。瓦克斯利姆从来不认为那些行动跟敲诈有关。他叔叔有别的打算，而且考虑到那些女人的血统，瓦克斯利姆怀疑玛拉茜说的没错。这些事情与镕金术有关。

他心里暗自希望叔叔没有直接参与……育种计划。这个念头让瓦克斯利姆非常不舒服。也许拉德利安只是把那些女人卖给别人了。

这是什么样的希望啊。

拉德利安轻叩那张报纸，那则标题醒目的新闻必定会轰动全城。太齐尔家族濒临瓦解。上周的抢劫案给他们造成了太多负面舆论，即便货物找回来也于事无补。加上其他的重大财务问题……

其他的重大财务问题。

瓦克斯利姆看着报纸，太齐尔家族的主要产业是安全防护，也就是保险。铁锈灭绝啊！这一切都是有预谋的。

"一连串有目的性的抢劫。"拉德利安靠近他，声音听上去甚是满意，"太齐尔家族完蛋了。他们欠下了太多笔高额赔偿金，这些抢劫，还有保险赔偿，已经毁掉了他们的家族和财政信誉。公司股东会廉价抛售手中的股票。你说我的财政状况堪忧，只是因为那些钱被挪作他用了。你难道不纳闷，为什么我们家族会这么穷困？"

"全被你拿走了。"瓦克斯利姆猜测，"你把那些钱从家族里挪出去干别的……挪到了其他地方。"

"我们刚刚把城中最强大的金融机构给夺了过来。"拉德利安说，"被偷走的货物正在被运送回来，所以在我们收购并接管太齐尔债务的同时，客户为丢失货物提出的赔款申请则很快会被撤销。我早就料定迈尔斯会被抓获，不然这个计划就实现不了。"

瓦克斯利姆闭上眼睛,感觉到恐惧袭来。螳螂捕蝉,黄雀在后。这与抢劫无关,甚至跟绑架也无关。

而是在利用保险的程序骗取股权。

"我们只需要货物消失一段时间。"埃德温说,"一切都进行得天衣无缝。谢谢你。"

#

子弹射穿迈尔斯的身体。玛拉茜就这么凝神屏气地看着他,强迫自己不许眨眼。是时候长大了。

他再次被射中。她的眼睛睁得老大,神经紧绷,恐惧地看着他的伤口开始愈合。这怎么可能?他们已经仔细对他搜身,确定没有金属意识库。可枪伤却闭合起来,他脸上的笑容越发明显,眼神变得疯狂。

"你们这群废物!"迈尔斯朝行刑队大喊,"总有一天,戴着终极金属的金红之人会来到你们面前,你们全都要被他们统治。"

那些人再次开火。更多子弹打进迈尔斯的身体。枪伤又一次愈合,但却没那么干脆了。不管他身上最后一块金属意识库被藏在哪里,里面储存的治疗力量也已所剩无几。当第四波子弹破膛而出,打得他一阵抽搐时,玛拉茜感到自己在发抖。

"崇拜他吧。"迈尔斯的声音减弱,嘴里喷出鲜血,"崇拜特雷,等待……"

第五波子弹击中,这次每一处枪伤都没有愈合。迈尔斯的身体绵软无力,双目空洞地大睁着,盯着前方的地面。

警察们看上去极为不安。其中一人跑去查看他的脉搏。玛拉茜颤抖着。直到最后一刻,迈尔斯似乎都没有接受他的死亡。

可他现在的确死了。像他那样的制血者可以反复疗伤,但如果停止治疗,让伤口吞噬肉体的话,就会跟普通人一样死去。为了确保万无一失,离他最近的警察举起手枪对迈尔斯的脑袋侧面连射三下。这一幕太可怕,玛拉茜不得不别过头去。

结束了。"百命"迈尔斯死了。

但在她别过头去的同时,看见下方的阴影里有个人正在往上看,警察们没有发现他。他转过身,出门走进小巷,黑色长袍潋滟般流淌。

#

"不只是保险。"瓦克斯利姆说着迎上埃德温的目光,"你还把那些女人带走了。"

埃德温·拉德利安一语不发。

"我会阻止你的,叔叔。"瓦克斯利姆轻声说,"我不知道你打算对那些女人做什么,但我会想办法阻止你。"

"拜托,瓦克斯利姆,"埃德温说,"你那自以为是的正义感在你小时候就够烦人了,光凭你的血统,你就不该表现成这样。"

"我的血统?"

"你有着贵族的血脉。"拉德利安说,"直接可以追溯到'神之顾问'本尊。你是一位双生师,是强大的镕金术师。真遗憾我下达了对你的格杀令,可那是不得已,我的同僚们在对我施压。我怀疑——甚至希望你能活下来。这个世界需要你,需要我们。"

"你这话说得很像迈尔斯。"瓦克斯利姆惊讶地说。

"不,"拉德利安说,"是他像我。"他把手帕塞入领口,开始用餐。"可是你还没做好准备。我会确保给你送去适当的情报。现在请你离开,仔细想想我的话。"

"我不这么认为。"瓦克斯利姆说着把手伸进外套里掏手枪。

拉德利安用怜悯的表情抬眼看着他。瓦克斯利姆听见了子弹上膛的声音,朝外一瞥,几个身穿黑西装的年轻人站在走廊上,身上全都没有佩带金属。

"我在这列火车上安排了差不多二十名镕金术师,瓦克斯利姆。"埃德温的声音冰冷,"而且你还受了伤,几乎连路都走不了。你手里没有一丝对我不利的证据。你确定要跟我打这一场吗?"

瓦克斯利姆犹豫了。下一刻他咆哮着冲上前去,把他叔叔桌上的饭菜扫落。碗碟和食物被打翻在地，瓦克斯利姆身体前倾，愤怒道："我总有一天会杀死你的，叔叔。"

埃德温往后一仰，完全不为所动，"带他到列车后面，扔下去。再见，瓦克斯利姆。"

瓦克斯利姆想伸手抓他叔叔，但那些人闯进车厢，把他给拖了出去，他只感觉腰侧和腿上一阵剧痛。埃德温有一件事没说错，他今天不适合战斗。

可那一天总会到来。

瓦克斯利姆任由他们沿着走廊把自己往后拽。他们打开列车尽头的车门，把他扔到下方飞速掠过的轨道上。他用镕金术让自己停了下来，那些人肯定早料定他会这么做，火车在他眼前飞驰而去。

#

玛拉茜冲进警局建筑旁边的那条小巷里。她感到有股力量蠢蠢欲动，那是股难以描述的好奇心。她必须查清楚那个人影是谁。

她看见黑色长袍的下摆在拐角处消失，连忙追过去，手里紧紧攥着手袋，摸着里面那把瓦克斯利姆给她的小手枪。

*我这是在做什么？*她心里有个声音在问。*就这么一个人跑进小巷？*这举动可不明智。但她觉得必须这么做。

她往前跑了一小段距离。她跟丢了吗？她在交叉口停下，前方又出现一条更为狭窄的小巷。她的好奇心呼之欲出。

一个身穿黑袍的高个子男子，正站在更窄小巷的入口处等着她。

她倒吸一口气，快步后退。那人足有六尺高，长袍把他从头到脚包得严严实实，看上去十分吓人。他伸出苍白的手，把罩帽摘下来，露出剃得精光的脑袋，眼角周围还有纹饰复杂的刺青。

在他眼睛里扎着两根像是铁路道钉一样的东西，一边的眼眶已经变形，像是被碾碎过，愈合已久的疤痕和皮肤底下突出的骨头破坏了刺青的线条。

玛拉茜知道这个神话中的人物，但当他真正出现时，还是吓得她浑身冰冷。"铁眼。"她小声说。

"很抱歉以这种方式把你引来。"铁眼说。他的声音平静而粗哑。

"这种方式？"她问，几乎是在尖叫。

"用情绪镕金术。我有时会拉得太用力。我在这方面比不上微风。平静下来，孩子，我不会伤害你。"

她立即平静下来，但那感觉极不自然，让她觉得更糟糕了。平静是平静了，但却很难受。一个人在跟死神对话时，怎么可能平静得下来。

"你的朋友，"铁眼继续说，"发现了一件非常危险的事。"

"你希望他停手？"

"停手？"铁眼反问道，"恰恰相反。我希望有人能通知他。和谐之主在行事方法上有特殊的见解，我并非总是认同他的观点。奇怪的是，他那特殊的信念却要求他容忍我。这个给你。"铁眼从披风里拿出一本小书。"里面有情报，小心收好了。愿意看就看吧，但请替我把它转交给瓦克斯利姆大人。"

她接过书。"请原谅。"她竭力对抗铁眼在她心里形成的麻木。她是真的在跟神话里的人物说话吗？她是不是疯了？简直无法思考……"可你为什么不亲自交给他呢？"

铁眼用抿紧嘴唇的微笑作答，用插着亮闪闪尖钉的眼睛注视着她。"我有种预感，他会朝我开枪。那家伙凡事都喜欢深究到底，可他正在为我弟弟做事，我很看好他。再见了，玛拉茜·科尔姆斯贵女。"

铁眼转过身，朝小巷深处走去，披风在身后沙沙作响。他一边走一边戴上兜帽，然后一跃而起，对附近建筑的屋顶使用镕金术，消失在视野中。

玛拉茜捏紧那本书，颤抖着把它放进手袋。

#

瓦克斯利姆在车站停下，一路都在沿着铁轨使用镕金术飞行，此时他让自己尽量轻轻落地，结果还是把腿弄疼了。

韦恩坐在站台上，双脚搭着个木桶，叼着根烟斗。胳膊吊着夹板——由于没有健康储量，他不能快速疗伤。如果现在存储健康的话，只会先让他的伤势好得更慢，就算再通过提取金属意识库加快治疗速度，也不过只是回到原点。

韦恩正在读着一本小说，是他在火车上从别人的口袋里摸来的。他在对方的口袋里留下一枚铝弹，比那本书的售价要值钱上百倍。讽刺的是，那人在发现铝弹之后恐怕根本意识不到它的价值，随手就会扔掉。

我得再跟他谈谈，瓦克斯利姆心想，随即走上站台。*但今天就算了*。今天，他们还有别的事情要担心。

瓦克斯利姆来到他朋友身边，但眼睛却继续看着南边，看着城市和他叔叔所在的方向。

"这是本挺不错的书。"韦恩说着翻了一页，"你也应该看看，是关于小兔子的，兔子会说话。真是神了。"

瓦克斯利姆没有回答。

"所以，是你叔叔？"韦恩问。

"是。"

"人渣。那我欠你五块。"

"我们赌的是二十。"

"对，可你欠我十五。"

"是吗？"

"当然啊，我跟你赌过，你会帮我对付隐匪。"

瓦克斯利姆皱着眉，看着他的朋友。"我不记得这场赌局。"

"我们打赌时你不在。"

"我不在？"

"嗯对。"

"韦恩，你不能跟不在场的人打赌。"

"我能。"韦恩说着把小书塞进口袋，站起身，"只要他们应该在场。

你当时就应该在的，瓦克斯。"

"我……"该怎么回答他呢？"我会在的，从现在开始。"

韦恩点点头，和他一起看向依蓝戴的方向。那座城市耸立在远处，两幢摩天大楼竞争似的在城市的同一侧拔地而起，其他较为低矮的建筑则像水晶似的从这座日渐扩张的都市中央向外辐射。

"你知道吗，"韦恩说，"我之前总在想，来到这样的地方，看见这样的文明，会是什么感觉。我没想到……"

"没想到什么？"瓦克斯利姆问。

"这里才是世界上最艰苦的地方。"韦恩说，"我们在山那边的生活相比之下是那么简单。"

瓦克斯利姆发现自己在点头："你有时候非常睿智，韦恩。"

"要看我动没动脑筋啊，老兄！"韦恩说着拍了拍脑袋，加重口音，"脑袋不是白长的，至少有时得派上用处。"

"那其余的时候呢？"

"其余的时候，我就不想那么多了。不然我又会跑回简单的地方待着。明白？"

"明白，而我们必须留下，韦恩，我在这里有工作。"

"那就去完成它吧。"韦恩说，"一如既往。"

瓦克斯利姆点点头，从袖管里拽出一个薄薄的黑皮本。

"那是什么？"韦恩好奇地接过来。

"是我叔叔的记事本。"瓦克斯利姆回答，"里面写满了会面安排和注记。"

韦恩轻轻吹了声口哨："怎么拿到的？靠撞肩膀？"

"扫桌。"瓦克斯利姆说。

"不错嘛，合作这么多年，我总算教给你点有用的本事。你拿什么换的？"

"一个威胁。"瓦克斯利姆回头看着依蓝戴，"还有承诺。"

他会让这件事情结束。这是蛮苦之地的价值观。当自己人走上歧途时，你必须亲自清理乱局。

镕金秘典（ARS ARCANUM）

金属快速对照表

代码	金属	镕金术力量	藏金术力量
1	铁	拉拽附近的金属源	储存物理体重
2	钢	推动附近的金属源	储存物理速度
3	锡	增强感知力	储存感知力
4	白镴	增强身体力量	储存身体力量
5	锌	煽动(点燃)情绪	储存精神速度
6	黄铜	安抚(抑制)情绪	储存温暖
7	红铜	隐藏镕金术脉动	储存记忆
8	青铜	能听见镕金术脉动	储存清醒
9	镉	减慢时间	储存呼吸
K	弯管合金	加快时间	储存能量
M	金	揭示你的过去	储存健康
N	电金	揭示你的未来	储存决心
W	铬	清除目标的镕金储量	储存未来
Y	镍铬	增强目标的镕金燃烧	储存授权
Z	铝	清除体内的镕金储量	储存身份
S	硬铝	增强下一次金属燃烧	储存联结

■金属列表

铝（Aluminum）：
燃烧铝的迷雾之子可以立即代谢掉体内的金属，清除所有镕金术储量，且不会产生任何其他效果。能够燃烧铝的迷雾人，由于这项能力的无用性而被称作铝虫（Aluminum Gnat）。名为真我（Trueself）的藏金术师能把他们的身份本体感储存到铝的金属意识库中。这门艺术很少会在泰瑞司群体之外被人提及，甚至在他们的族群之间也未被深入理解。铝本身和几种铝合金对镕金术免疫，不能被推或拉，可以被用来抵挡情绪镕金术的影响。

弯管合金（Bendalloy）：
名为滑行者（Slider）的迷雾人能通过燃烧弯管合金的方式，在周围制造出一个压缩时间的速度场，让圈内时间的流逝速度变得更快。从滑行者的视角看去，圈外的一切都如同慢动作一般。名为吞食者（Subsumer）的藏金术师能储存把养分和卡路里储存在弯管合金的金属意识库中，他们能在主动存储时吃下大量食物，既不会有饱腹感也不会发胖，然后用提取金属意识库来代替进食。另一种弯管合金则可被用于以类似的方式调节液体摄入。

黄铜（Brass）：
名为安抚者（Soother）的迷雾人可以燃烧黄铜来安抚/抑制周围人的情绪。这项能力既可应用于单独的个体，也可针对一片区域内的多个目标，并且安抚者能够把注意力集中到某种特定的情绪上。名为火灵（Firesoul）的藏金术师能够把温暖储存进黄铜金属意识库里，在主动存储时体温降低，之后再从金属意识库中提取温暖。

青铜（Bronze）：

名为搜寻者（Seeker）的迷雾人能通过燃烧青铜来"聆听"其他正在燃烧金属的镕金术师的脉动。不同的金属能发出不同的脉动。名为哨兵（Sentry）的藏金术师能把清醒储存进青铜的金属意识库里，在主动存储时会昏昏欲睡，之后再从金属意识库中提取储量来消除睡意或是提高警觉性。

镉（Cadmium）：

名为脉动者（Pulser）的迷雾人能够通过燃烧镉，在周围制造出延展时间的速度场，让圈内时间的流逝速度变慢。从脉动者的视角看去，圈外事情的发生速度快得让人眼花缭乱。名为喘息者（Gasper）的藏金术师能把呼吸储存进镉的金属意识库里，在主动存储时他们必须使劲呼吸，让身体吸入足够的空气。之后再从金属意识库里提取呼吸，消除或降低用肺部喘气的需要。他们同时还能大量补充血液中的氧气含量。

铬（Chromium）：

名为水蛭（Leecher）的迷雾人在接触另一名镕金术师时，会通过燃烧铬来清除对方的金属储量。名为旋转者（Spinner）的藏金术师能把运气储存进铬的金属意识库里，在主动存储时让自己变得不幸，之后再提取出来，增加好运。

红铜（Copper）：

名为红铜云（Coppercloud）迷雾人——又称烟阵（Smoker）能够在身边制造出一团隐形云雾，让附近的镕金术师不被搜寻者（Seeker）发现，这团云雾还能使附近的人免受情绪镕金术的影响。名为库藏（Archivist）的藏金术师能够把记忆储存进红铜的金属意识库中（即为红铜意识库），在储存状态下，这段记忆从他们脑海中消失，之后再被完美地提取出来。

硬铝（Duralumin）：

燃烧硬铝的迷雾之子能立即烧光任何正在燃烧的其他金属，释放出那些金属里巨大的力量。由于这项能力的无用性，能够燃烧硬铝的迷雾人被称作硬铝虫（Duralumin Gnat）。名为联结者（Connecter）的藏金术师能把精神联结储存进硬铝的金属意识库中，在主动存储时削弱对方的意识和彼此之间的友谊，之后再提取出来，迅速与他人建立起信任关系。

电金（Electrum）：
名为预言者（Oracle）的迷雾人能够通过燃烧电金的方式看见未来的发展趋势，通常仅有几秒钟。名为巅峰（Pinnacle）的藏金术师能把决心储存进电金的金属意识库里，在主动存储时变得抑郁，之后再提取出来，进入狂热状态。

金（Gold）：
名为占兆者（Augur）的迷雾人能够通过燃烧金来看见过去的自己，或是在过去做出不同选择，会变成什么样子。名为制血者（Bloodmaker）的藏金术师能把健康储存进金的金属意识库里，在主动存储时削弱健康状态，之后再提取出来，用于快速疗伤或以超过身体正常能力的方式愈合伤口。

铁（Iron）：
名为扯手（Lurcher）的迷雾人能通过燃烧铁来拉拽附近的金属源。铁拉的方向必须朝着扯手的重心向内进行。名为飞掠者（Skimmer）的藏金术师能把物理重量储存进铁的金属意识库里，在主动存储时降低有效体重，之后再提取出来，让有效体重大为增加。

镍铬（Nicrosil）：
名为镍爆（Nicroburst）的迷雾人在接触到另一名镕金术师时，燃烧镍铬能立即烧光对方正在燃烧的任何金属，释放出对方体内巨大（乃至意外）的金属力量。名为承魂者（Soulbearer）的藏金术师能把授权（Investiture）储存进镍铬的金属意识库里。这种力量鲜有人知——其实就连泰瑞司人也并不真正明白他们在使用这些力量时究竟能产生什么效果。

白镴（Pewter）：
名为白镴臂（Pewterarm）的迷雾人——又称打手（Thug），能够增强自身的体力、速度和耐力，同时强化身体的愈合能力。名为蛮力（Brute）的藏金术师能把体力储存进白镴的金属意识库中，在主动存储时让力量变小，之后再提取出来，增强力量。

钢（Steel）：
名为射币（Coinshot）的迷雾人能推动附近的金属源。钢推必须以射币为中心向外进行。名为钢奔（Steelrunner）的藏金术师能把速度储存进钢的金属意识库里，在主动存储时让速度变慢，之后再提取出来，加快速度。

锡（Tin）：
名为锡眼（Tineye）的迷雾人能够通过燃烧锡来强化五官感觉，所有感觉都能同时得到提升。名为风语者（Windwhisper）的藏金术师能把五感之一储存进锡的金属意识库里，每种感觉必须使用独立的金属意识库。在存储过程中，对应感觉的敏锐度会被降低，之后再从金属意识库中提取出来，增强这种感觉。

锌（Zinc）：
名为煽动者（Rioter）的迷雾人能通过燃烧锌来煽动周围人的情绪。这项能力既可应用于单独的个体，也可针对一片区域内的多个目标，并且煽动者能够把注意力集中到某种特定的情绪上。名为星火（Sparker）的藏金术师能把精神速度储存进锌的金属意识里库，在主动存储时降低思考和理性分析的能力，之后再提取出来，更加快速地思考和分析。

■浅谈三大金属艺术

在司卡德瑞尔,总共有三种主要的"授权"形式,在当地被称作"金属艺术",但同时还有其它名称。

镕金术是三种形式中最为常见的一种。按照我的术语,我称之为"正化",意思是使用者从外部汲取力量,然后身体将这力量过滤为不同的形态(力量的实际输出形式并非能由使用者自行选择,而是刻写在他们的灵网上)。汲取这力量的关键来自于不同类型的金属,且必须带有特定成分。尽管那金属会被消耗掉,但那力量本身却并非来自于金属。可以这么说,那金属只是催化剂,启动授权并让其继续进行下去。

事实上,这跟赛尔上以形态为基础的授权并没有太大差别,那种授权的关键在于特定形状,只是对交互性的限制更大。然而,我们还是不能否认镕金术的原始力量。对于使用者来说,凭的是天生的直觉,并非需要大量研究和练习,赛尔那种基于形态的授权则与之恰好相反。

镕金术是野蛮、原始而强大的。总共有十六种基本金属,但还有另外两种——在当地被称为"神之金属(God Metals)"——可以各自被制造出整整十六种不同的合金来。由于这些神之金属如今通常已经难以取得,所以那些对应的合金也不再被广泛使用。

藏金术仍广为人知,而且直到今天在司卡德瑞尔仍然流行,甚至可以说,和过去那些时代相比,它在今天的用武之地甚至更多,当年只被限于泰瑞司或是被守护者藏了起来。

藏金术是一门"平化"的艺术,意思是在使用过程中没有力量的获得或损失。这门艺术也要求把金属作为焦点,但并不会消耗金属,而是把金属作为媒介,让使用者自身的力量在时间中完成转移。使用者可以在某一天往金属里储存,之后的某一天再从金属里往外提取。这是一门相当全面的艺术,有些能影响到身体,有些能影响到意识乃至灵魂层面。灵魂层面的力量正在由泰瑞司族群进行密集实验,不会对外人谈及。

需要指出的是,藏金术师与普通人群的通婚,使这些力量在某些方面被弱化了。现在很多人在出生时只拥有十六种镕金术能力中的一种。存在这样一种假说,如果有人能用神之金属的合金制造出金属意识,就能找回其它能力。

血金术在司卡德瑞尔的现代世界中知者甚少。经历过世界重生的那些人守护着血金术的秘密,唯一已知的使用者只有坎得拉人,他们大部分人都是和谐的信徒。

血金术是一门"负化"的艺术。有些力量会随着使用渐渐消失。虽然历史上很多人把它视作"邪恶"之术,但没有哪种血金术的授权仪式是真正邪恶的。从本质上说,血金术的远离在于从一个人身上移除能力或属性,再转移给另一个人。这门艺术主要与灵魂界有关,也最让我感兴趣。如果说书中世界的人对哪门艺术兴趣最大的话,一定非血金术莫属,在应用上有着无穷的潜力。

Claiming it will revolutionize security and transportation, Reshelle Tekiel announced her House's new vault-style train car, intended for the transportation and protection of valuable goods via railway. The car is on display for the public at the Evergall Trainyards until the 19th.

Designed specifically as a response to the terrible and ever-increasing rise in bandit attacks by such groups as the infamous "Vanishers," the new Breaknaught train car is fabricated from the finest steel, designed upon the latest modern lines and sealed by a massive door and lock identical to those found upon the vaults of Tekiel's own banking houses.

The timing mechanism of this scientifically advanced lock guarantees that once sealed, the railcar cannot be reopened until well after it has reached its destination. Thus the Breaknaught allows even the most concerned of gentlemen to rest secure in the certainty that their valued cargo may travel unmolested along the lines of the Elendel Basin and the lands beyond.

Indeed, this is a greater concern than ever in light of the recent attacks upon those traveling the railways near our fair Elendel itself. None are safe from the ravenous ways of the Vanishers, stripping ladies and lords of their precious valuables at gunpoint. While blood has yet to be spilled in their attacks, they have recently begun adding kidnapping to their list of sins, and it seems only a matter of time before injury results.

Rather than wait for the painfully slow machinations of other house lords to defend lives and goods from these thieves through Senate procedure, House Tekiel has stepped forward once again with an ingenious solution that takes an active hand in battling these villains.

THE PHANTOM RAILCAR!

Described by Witnesses!

In this harrowing report, three witnesses tell of the night their train was robbed by the Vanishers. One of them is the train engineer herself, and she explains in great detail the ghostly apparition. Discover the facts for yourself, and see why this phantom is too quiet, too bright, and too unworldly to be anything other than a force from beyond. Experts from the university compare train disasters to determine which is the apparition's origin, and the death lists give insight as to what the phantoms may desire. Exclusive reporting, only found here! Reverse side.

Two years ago, the c exploration vessel the *sights* was taken by a te storm and blown int ocean deeps. Out of of land, there was no w navigate properly, an brave sailors found t selves praying for their as they sailed back eas in the hopes of striking

Harmony favored and they eventually f land—a strange island with unusual animals. they also found a refu sole survivor with a te story of his ship being by a strange seafaring p

Now, long after their ones had given ther for dead, the sailors returned to civilization, ing with them this re His story is one of f worry, and wonder. on, as we uncover the of the people of the o and their mystical Unk Metals. Full story, re side.

---

greeted with near-violent derision from members of the Trade Union Party interviewed by this broadsheet. A Line Riveter at the site of the Ironspine Building who gave his name as Brill told this reporter that Mr. Durnsed should "bloody well keep his head clear of these parts if he knows what's what." Before he could expand upon this statement, his local union representative intervened and gave assurances that the man was speaking metaphorically. However, the mood of the assembled Line Riveters and Shovelmen was decidedly against Mr. Durnsed.

The decision by the Union Leader means that the contract as written holds now through the remainder of the financial quarter. Subsequent to this revelation, industry stocks were trading generally higher, and even recently depressed Tekiel shares began to show positive activity.

RELIEF FROM YOUR PAINS!

Mistress Halex, Allomancer, has opened a new Soothing Parlor. Within its relaxing confines, one can find relief from stress, anxiety, and concern—leaving with a light heart and a soaring mind. Our reporter visits the parlor to give a detailed report of what goes on. A luxurious massage, sweet scents, and a Soother on duty to give a unique "Emotional Massage" leave you feeling as good on the inside as you do on the outside. Read the report on the back, column seven.

Feltri Proven to Be Rioter!

Alloran Feltri, long favored to win the Canalworkers 2nd Seat in this fall's elections, is rumored to have been using Allomantic abilities to create supporters. In a scandal sure to rock the city to its foundations, a former mistress has come forward to expose all. Complete story on reverse side, third column.

Allomancers for Hire.

All varieties. Coinshots,

Exploring the Pits of Eltania!

My dear editor, and by way of you, my dearest readers: I trust that my missive finds you well and in the possession of a willing ear, for the incredible events that transpired in my recent experience may strike you with incredulity and shock. I vow to you in earnest assertion that each and every word I write to you is true and factual. I live these tales so that you may learn of the Roughs and the fascinating people who live out here beyond the mountains, beyond the law, and beyond cultured reason.

When I wrote my previous missive, I was certain that my end had come. Indeed, I was captured and held by the brute koloss of the Pits of Eltania, and had been told that on the morrow, I would be executed and my flesh feasted upon. I feared a gruesome end, and I will admit that I found myself in earnest prayer to the Survivor that very night! If anyone needed the protection of He Who Lived it was I!

these incapable of bea craftsmanship.

But, I dally in the i nificant. Please forgive my mind continues to r the events of this week indeed, I believe that I not only been spared d but named king of this

It began on the dawn aforementioned execu After being dragged a in a not-too-kind fas I found myself benea blaring sun, trudging a the red, dusty ground.

A MISTBORN NOVEL

THE ALLOY OF LAW

执法镕金

迷雾之子外传·卷一

MISTBORN
The Alloy of Law

[美] 布兰登·桑德森 著
刘懿 译

迷雾之子外传卷一：执法镕金
MIWU ZHI WAIZHUAN JUANYI: ZHIFA RONGJIN
[美] 布兰登·桑德森 著 刘颖洁 译

责任编辑：骆苗源
装帧设计：OCEAN
责任校对：刘小燕

重庆出版集团 出版
重庆出版社

重庆市南岸区南滨路162号1幢 邮政编码：400061 http://www.cqph.com
重庆出版社发行中心发行
重庆市开源印务有限责任公司 印刷
E-mail：fxzhu@cqph.com 邮购电话：023-61520646
全国新华书店经销

开本：880mm×1230mm 1/32 印张：10 字数：245千
2017年7月第1版 2017年7月第1次印刷
ISBN 978-7-229-12171-6
定价：42.00元

如有印装质量问题，请向本集团图书发行有限公司调换：023-61520678

版权所有 侵权必究

图书在版编目（CIP）数据

迷雾之子外传.卷一，执法镕金 /（美）布兰登·桑德森 著；刘颖洁 译.
——重庆：重庆出版社，2017.7
书名原文：The Alloy of Law: A Mistborn Novel
ISBN 978-7-229-12171-6

Ⅰ.①迷… Ⅱ.①布… ②刘… Ⅲ.①长篇小说-美国-现代 Ⅳ.①I712.45

中国版本图书馆CIP数据核字（2017）第071743号

版权核准号（2015）第095号

All rights reserved.
Simplified Chinese Translation Copyright © 2017 by Chongqing Publishing House Co., Ltd.
through The Grayhawk Agency
Published in agreement with JABberwocky Literary Agency,Inc..
Copyright © 2012 by Dragonsteel Entertainment
MISTBORN: The Alloy of Law